达州文艺精品资助 ／ 巴山

心中一棵树

邹清平 著

中国文联出版社

图书在版编目（CIP）数据

心中一棵树 / 邹清平著 . -- 北京：中国文联出版
社，2020.8（2023.1 重印）
ISBN 978 - 7 - 5190 - 4320 - 9

Ⅰ.①心… Ⅱ.①邹… Ⅲ.①散文集—中国—当代
Ⅳ.①I267

中国版本图书馆 CIP 数据核字（2020）第 136982 号

著　　者　邹清平
责任编辑　邓友女
责任校对　程卓越
装帧设计　中联华文

出版发行　中国文联出版社有限公司
地　　址　北京市朝阳区农展馆南里 10 号　　　　邮编　100125
电　　话　010 - 85923025（发行部）　　　　85923091（总编室）
经　　销　全国新华书店等
印　　刷　三河市华东印刷有限公司

开　　本　710 毫米×1000 毫米　　1/16
印　　张　12
字　　数　203 千字
版　　次　2023 年 1 月第 1 版第 2 次印刷
定　　价　75.00 元

达州文艺精品资助 / 巴山文学院签约项目

顾 问：包 惠　郭亨孝
主 任：洪继诚　丁应虎
副主任：冉长春　方 江
成 员：龚兢业　龚肃川　贾洁晶

总　序

　　中国四川达州，巴渠大地人文底蕴深厚，自古诗韵文风流长。巴文化熏陶下的文艺名人灿若星辰，巴山作家群闻名遐迩，巴山诗歌城、巴山诗派名副其实，巴山画家群、巴山摄影人、巴山书家等文艺品牌影响日盛。

　　党的十八大以来，面对各种文艺思潮、文艺现象、文艺批评中存在的问题，习近平同志提出"坚定文化自信，用文艺振奋民族精神""坚持服务人民，用积极的文艺歌颂人民""坚守艺术理想，用高尚的文艺引领社会风尚"等中国特色社会主义文艺论断，有力丰富了马克思主义文艺理论，具有极强的现实指导意义。2016年，达州市总结提炼党的十八大以来在文艺方面的有益探索，创新实施繁荣发展社会主义文艺"1+3"新政，开展巴渠文艺奖评选、文艺精品项目扶持、文艺"双师双下"三大举措，规划5年投入5000万元，扶持鼓励文艺精品创作生产，特别是巴山大剧院、巴山文学院、巴山书画院、巴文化研究院、达州文艺之家、515艺术创窟等文艺阵地相继建成投入使用，为文艺家创作提供了阵地保障，也是贯彻落实习近平新时代中国特色社会主义思想的具体实践，更是弘扬中华优秀传统文化、延续振兴达州文脉的务实之举。

　　当前，达州文艺创作进入了厚积薄发阶段，优秀作品层出不穷，精品力作不断涌现。此次市委市政府全额出资出版的系列书籍，包含诗词、小说、散文等文学体裁，以及美术、书法、摄影等艺术门类，集中展示了全市最新的文艺创作成果，希望全市文艺工作者能够增添信心和动力，坚持以人民为中心的创作导向，不断创作出具有中国气派、巴蜀风骨、达州特质的文艺精品力作，助力"全国巴文化高地"建设，为达州实现"两个定位"、争创全省经济副中心贡献文化力量！

编者

2019年12月9日

目录

65/　第二部分　心中一棵树

121/　第三部分　行走的美丽

第一部分

真善美永恒

ZHEN SHAN MEI YONGHENG

真善美永恒

    故乡是米仓山南麓大巴山深处的土墙坪。背对森林的莲花石大山天池寺，面对悠悠流淌、清澈见底的龙潭河，左有石锣石鼓梁，右有林海茫茫的大凤山，坐落在绵绵山峦深处的椅子形青山中间，是一块风水宝地，人杰地灵，钟灵毓秀，民风淳朴，确实令游子难以忘怀，令旅客叹为观止。

    我们的祖先原籍江西省临江府江赣县，又从江西迁至陕西省西乡县二里桥村。100 多年前，翻越川陕交界处的高山峻岭，走过金田坝，来到现在居住的土墙坪，寻找一块生存之地，架木而栖，繁衍生息。迁徙的第一代中有三兄弟，其中有武士、有学士、有画家，可谓文武双全。先祖三兄弟由于文治武功，忠君爱国，宽厚待人，皇帝钦赐"浑厚勤俭"四个字，刻于祠堂石碑上。时至今日，一直教育、鼓励、鞭策着后人们如何诚信做人，如何勤俭持家。因为是皇帝的御笔题字，也就延伸作为我们的祖传家训，概括起来就是"耕读为本，浑厚勤俭"。这家训教会子孙们学习文化，节约为荣。这或许是每个人立本立身、修身养性的起码要求、基本素质吧！

    祖训世世代代相传，真是见效。曾经出现了白天耕田种地，夜里燃糠自照、燃薪读书，远近闻名的文化人本家符世宣大叔；出现了"1933 年秋，红军和白军，鸣枪相持佳川（今旺苍县），因之难民惊恐，强者抢渡登岸、弱者唯老弱妇幼，淹死于河者，不知其数，时维祖父祖母，性本好善，恻隐心情，奋不顾身，特背负老弱妇幼，渡河登岸，往来十余次，拯救得以再生者，有数十余人"的事迹佳话。20 世纪 50 年代末 60 年代初，达县师范学校毕业的两位高才生，因为出身，被分配到巴山深处偏僻的故乡村小教书。其他几位村支书听说其成分不好，都悄悄议论，指指点点，想借故推辞掉。我们村本家党支部书记说："我看这两位老师，戴着眼镜，文质彬彬，是坏人的可能性较小，只要教书好就行，我们村接收了。"于是上前去问老师："村上很偏远，群众善良，如果愿意去教书，就跟着我上山吧！"两位受冷落的文化人毫不犹豫地来到了我们村。家乡人宽容平和，自然浑厚，与人为善。善有善报，两位老师，品学兼优，吹拉弹唱样样在行，经过多年的传道、授业、解惑，让知识的火花，在家乡燃成燎原之势。师高弟子强，一级一级的后生们，在村小是好成绩，在乡中心校是好成绩，去了县城中学仍然是好成绩。故乡的山民们种田的努力种好田，以耕为本；读书的认真读好书，以读为本，还养成了勤俭节约的良好风尚。这几个方面，互相作用，互相渗透，互相包容，共同铸就了故乡美妙兴旺的交响曲，和谐的交响曲；形成了耕田认真，读书刻苦，勤俭持家的淳朴民风。

故乡的人世世代代欣赏田园风光，学习蔚然成风，人丁兴旺，人杰地灵。人们渐渐地悟出了什么，三三两两聚在一起摆龙门阵找原因。满腹经纶，饱经风霜，91岁高龄的智者符世群先生感悟人生，写了一篇名为《天地不亏为善者》的文章揭了谜底：

"广积善功，子孙贤荣，天地不亏为善者。"

因为有了浑厚、勤俭、耕读为本这些看似朴素的祖训，在山民们心中形成了无形的理念，无比巨大的神力，天地间的砥柱，无形而有力地支撑着故乡的兴旺，故乡的发达，故乡的进步，故乡的文明——真像现代的桃花源。

真善美不会被世上任何力量摧毁。永远的故乡，永远的真善美。

林海茫茫秃家梁

我的家乡土墙坪是一个偏僻的山村，坐落在一座名叫"秃家梁"的山下。很长一段时间，秃家梁"秃"得名副其实，光秃秃的，一树不生。那耸入云端的高高山梁，仿佛一个不长汗毛的赤裸巨人，打破了山民们"靠山吃山"的希冀。

儿时，祖父常常挥动着长长的烟杆给我们讲秃家梁的过去。那是一个老得生锈的故事，是他讲了一生也是他唯一引以为豪的故事。

很早很早以前，这儿古木参天，是一片茂密的原始老林。我们的祖先来到这里架木而栖，因此地背依山面对河，山清水秀，很有灵秀之气。于是，靠了这青山秀水，祖先们打鱼狩猎，日子倒也过得顺顺畅畅。他们独享了上天的恩赐，不敢做过多的梦，就像给生下的孩子取个贱名儿"孬狗子"，希望孩子既易带大又会有出息一样，他们希望这座青山万古长青，便避开了龙凤一类的吉祥名字，给山取了个贱名儿"秃家梁"。

长大后，我总怀疑祖父的话带有阿Q"以前我们可阔了"式的口气，因而不想考察祖先的发家史，加之，有爸爸妈妈"背柴卖草都要送娃儿读书"的宣言，何况那时秃家梁的草木也浓密茂盛，我一心向往的是上大学。

"秃家梁"，谁能料到历史真让这名儿兑现了！

为了炼钢铁，把一根根粗壮的原木得不偿失地送进了火神老爷的口中，这不仅使妈妈"背柴卖草"的愿望化为乌有，就连她煮饭的铁锅都砸烂赔了进去。

秃家梁裸露出巨石悬岩，丝茅草倒是慢慢地长出来了，遗憾的是妈妈不能将它卖出去了，虽然人们饥肠辘辘，但总不可能买茅草吃呀！然而，我们自己却开始拔茅草根嚼那清淡的甜汁了——上不了大学不要紧，填不饱肚皮可要命啦！

接踵而来的是"抓革命，促生产"，开天辟地换新颜，秃家梁也不能等闲，它和其他山岭一样，长高的丝茅草连同泛着嫩绿的小树一起全化成了灰。

破败不堪、焦黄黝黑的秃家梁上大寨田星罗棋布，活像一个个滤饭的筲箕——只是千山万水并不听使唤，"引水上山"变成了水中月、镜中花。

后来，我和许多同龄人一起跨进了大学校园。每当我读到秦牧的《土地》一文中"濯濯童山披上了锦裳"的句子时，自然而然就想起了家乡大山深处的秃家梁，那光秃秃的秃家梁。

西部大开发退耕还林的春风，让秃家梁终于结束了一段衰败屈辱的历史。退休在家的父亲用自己的存款换来了一株株树苗苗，和我那身强力壮的弟弟一起栽满了秃家梁的坡坡坎坎。

每逢节假日，我会回到令我牵肠挂肚的秃家梁醉氧。如今，山林已被弟弟承包管理，棵棵小树已长成茫茫林海，郁郁葱葱，青枝绿叶，层层叠叠，一片生机。穿行在披着松树和柏树的山梁上，眼前清爽绿色的画面，让人突然想起诗句：黄河九曲十八弯万古奔流，大山坎坎又坷坷永远长青。秃家梁不秃了！

此情此景，勾起了我对秃家梁这个名字的反感："我看还是把这座山改个名儿吧！"

"不，我们要让后人记住秃家梁的'光秃史'！"父亲感叹道。

山乡遇见

母鸡和小鸡

新年正月初，我休假在乡村住了七个白天黑夜，大年初一上午一只黑母鸡下蛋后的大叫声吸引了我和乡下的客人。走近鸡窝一看，有六个鸡蛋在鸡窝里有序的摆着，像一件件天然的艺术品那样精美。大巴山里每家每户都会在烂竹背篼里、烂摇篮里、烂木桶里装进干谷草或者干麦草放在屋角，经过母鸡长年累月踩、挤压，干谷草或干麦草从乱七八糟到层层叠叠井然有序，成了母鸡们下蛋和孵儿的天然的鸡窝天堂。

一只白母鸡在鸡窝里经过半个月时间不声不响默默无闻地孵化，有十六只小鸡神奇地破壳而出，此起彼伏的叫声像春风吹过大地一浪连着一浪。母鸡带着这十六只小鸡在屋团转①荒草地里，边走边寻觅吃的，母鸡一路带着，不声不响，让十六只小鸡在它周围可见的范围内，自己寻找觅食。它自己就吃高一点的石墙上土墙里的小虫子和野草、小鸡吃不到的草叶和杂草枝。当母鸡用双爪寻觅到土里的小虫子时，自己舍不得吃，马上用一种声音长唱，感觉仿佛是母鸡呼唤小鸡的声音，小鸡听到它温馨慈祥的呼唤，立即从东西南北向它们的鸡妈妈处奔跑，母鸡仍然努力用爪扒地皮和泥土，掀开泥土和草丛后，它并不自己找吃的，而是高兴地欣赏十几只小鸡猛烈地吃小虫子。白母鸡找到了一只虫子，先是"咯、咯、咯"大声叫唤一阵，引起小鸡们的注意，再将虫子衔在嘴里不吃，脑壳摇摆几下，又将虫子吐出来，向小鸡示范如何吃东西。白母鸡全身一片洁白无瑕，雪白的鸡毛呈现的起伏如同流线般完美，在阳光下折射出亮闪闪的光泽，鲜红的鸡冠子和雪白的鸡毛，在蓝天下绿色山间的背景里，更加璀璨耀眼、美丽有加。

此情此景，让我自然而然想起我母亲那瘦小的身体，风里来雨里去，顶风冒雪，用勤劳的双手，在艰难的日子里，自己舍不得吃舍不得穿，克服千难万险为我们几兄妹有饭吃、有衣穿，含辛茹苦、默默无闻、心甘情愿地奉献，对子女从来没有所求，恰如鲁迅赞颂的吃的是草，挤出来的是奶的牛。想起天下母亲无私奉献的美丽行为和纯洁心灵，暗暗决心一定认真锻炼身体、爱岗敬业、宁静致远，不辜负母亲对我们的期盼，做一个感恩奋进有良心的人。同时记起家乡一带流传的一副对联，上联：白鸡母，下白蛋，鸡白蛋也白。下联一直没有人对好，今天看着家门前一片竹林在风中摇曳点头，见物造句说出了下联：绿竹子，生绿笋，竹绿笋更绿。

火要空心 人要忠心

每年的清明后谷雨前，这段春暖花开的时节，我们都会邀约三五家人越过州河、翻山越岭，驱车来到万源市大山里，在蓝天白云下，在青山绿水间欢歌笑语、山歌相伴，在原来废弃的荒野茶园或者是在荒山野岭的山梁上，采摘野里生野里长无人管的茶叶。

迎着朝霞轻风，踏着晨雾露水，我们忙碌着采茶，五小时左右满背篼的、满提篮的、满口袋的活鲜鲜、嫩闪闪、油亮亮、清香扑鼻的片片茶叶绿得诱人，十分可爱。我们像呵护婴儿一样呵护着片片茶叶，脚步轻轻，背着背篼、提着提篮、抱着口袋里面鲜爽的茶叶，来到白云深处的乡村人家，大家你一言我一语，齐心协力用铁锅制茶。有的洗铁锅，有的用木弹弓形，或几个竹枝丫洗净擦干，或者火龙坑里烤干，有的将铁锅擦干，有的爨柴火，我们一行人和乡村农户主人家团结得像一个人一样，赶制带露有机茶叶，融入春天活泼鲜味。同时准备了松树柴块、柏树柴块、青冈树柴块、老茶叶树根等四五种柴块子，一切有序地进行。但爨柴火这个环节很有讲究，开始要用小柴火苗舔着锅底，中途用一会儿大明火，最后一段时间要用先期各种柴块燃烧留下的木炭火烘烤。我们一行人虽然都长在农村，但也有几十年没有进灶屋爨过柴火了。在大明火环节，灶孔里面烧了许多柴，有心急的人再往灶孔里面堆放了许多柴，以为这样做灶孔里的柴块会劈里啪啦燃烧，火苗会又大又明，迅速从锅底传热到锅里，方便炒好茶叶，结果事与愿违，火浪子越来越小，还不断冒出股股黑烟呛着我们。主人家感觉不对，马上来到灶孔前，立即退出了四五根块子柴出来，只架了五六根柴在灶孔里面，再用大块子柴刨开亮空，这时火苗子突然又红又大，燃烧动荡，时不时还蹿出灶孔，木柴燃烧时蹦出噼噼啪啪的响声，也没有窜出黑烟呛着我们。有人问这是怎么回事，主人家脱口而出，俗话说"火要空心才明，人要忠心才成"。不是柴块子越多，火浪子就越大。

平日里，我欣赏着、品尝着女儿戏称的玻璃茶缸里的"三无产品"绿茶，像片片兰花飘荡，在清新扑鼻的香气里，咀嚼着这条俗语。

小山村连着大都市

在人们的记忆里、印象里，羊肠小道、山峦连连、青山绿水、蓝天白云、景色美好、空气清新让人心情愉快的乡村，总是偏僻落后，与世隔绝。近日我们在万源市曾家乡烟霞山休闲，遇到了几件新鲜事，给我很大的触动，改变了原来的固有印象。

青山绿树中单家独户的陆姓人家，有一儿一女，儿子在深圳市工作，女儿在山东省上班，工作生活十分如意，常常告诉他们的父母亲在老家一定要守住好风景，守住青山绿水，给他们喂个生态猪、野山羊、跑山土鸡。两位父母在家乡日出而作，日落而息，春种秋收，六畜兴旺，从不使用除草剂和农药，种植着天然的粮食作物，养着动物。他们中午还要在院坝里跳一跳，打羽毛球、打篮球，用两张旧饭桌子拼起来打乒乓球，他们自豪地告诉我们，除了劳动以外还要锻炼好身体。我看见他家屋前竹林里、树林下有五六十只土鸡觅食吃草，这树那树相飞，便询问土鸡和土鸡蛋可不可以卖给我们，他们不好意思地告诉我们：对不起，我家的生态农产品，要按时给我广东的儿子、山东的女儿用快递发往，让他们远在大城市吃上家乡山村里喝山泉水、吃虫子和野草，这棵树飞那棵树的土鸡等生态有机的食品，我们父母亲也就放心了，高兴了，心安了。

潘家大院片片茶叶的淳朴清香，飘荡在千里外的大都市的茶缸里。烟霞山层层叠叠的山峦里，休养生息着十几户农民，位于山间台地中间的潘家大院，背靠长梁青山，面对层层梯田，炊烟缭绕，雾气升腾，仿佛白云生处、森林深处住着人家。三合面的院子里住着三户村民，他们借地势和环境酿造自己的生活，幸福无比。森林深处，四十年前的集体茶园，几十年来无人管了，他们把它大致分成三份，每家人呵护经营一份。每年清明至立秋的一百多个日子里，他们根据不同的客户需要采摘制作不同的绿茶，卖往山外的达州市、重庆市、成都市、西安市、武汉市、吉林市。今年四月二十日左右谷雨期间，我们八位朋友来到此处休闲，见一户村民正在用铁锅制绿茶，便询问茶卖往哪里？他告诉我们这一批茶约有十斤，卖给去年秋天在他家里避暑休闲的重庆市的一批美术教师。问他多少钱一斤，他说每斤五十元左右。问他用什么方式卖出去，他们哈哈大笑，说："我们通过快递卖出，通过微信收钱。"我惊讶地问："你们在乡村里用得来微信？"他们脸上荡漾着自豪的神色，在笑声里告诉我们，他们在微信朋友圈里，介绍海拔一千米左右，在山风中、在云雾里生长的无农药、无化肥的茶叶等生态富硒农产品。朋友圈越来越大，知道家乡优质农产品的人越来越多了，土产品越卖越多，大家心情越来越高兴。并说为了方便卖东西收钱，很快对微信运用自如了。

乡间田野生态有机富硒的农产品，像汩汩小溪，像绿色竹箭穿越层层关山，频频奔向山外的世界。青石板院坝里有一位七十多岁和一位八十多岁的老年人，在蓝天白云下，兴高采烈、手舞足蹈。他正在给我们现场介绍他们自己种的土特产用快递卖出去，通过微信收钱的愉快事情，精神矍铄，从头到脚洋溢着喜悦的气息，自然朴素的脸上笑得开满了花，笑容滚到了耳朵坡，像连绵灿烂的花朵，像幸福的花海荡起了五彩的波浪。大巴山深处的烟霞山村环境好，空气好，村民们种的农产品从刚刚冒出土的可爱的绿色小苗，到各种各样的花盛开，再到硕果累累的照片，配上青山绿树美景背景底色，发到微信里美得诱人，让大家垂涎欲滴。他们常常在微信里认真介绍自己的土特产品的生态有机富硒的优势，对人健康生活的益处。我走村串户发现，村庄里的村民们有出生在三十年代、四十年代、五十年代、六十年代、七十年代、八十年代，跨越六个年代的人，年老的、年轻的都高兴地、骄傲地告诉我，他们都在用微信收回他们卖掉洋芋粉、红苕粉、玉米粉、茶叶等乡村有机农产品的钱。俗话说"秀才不出门，便知天下事"，而今乡村是"村民不出门，生态产品天下飘"，既满足了山外人的口福，又富了自己的腰包。

绿色生态的小山村里紧密连接着繁华的大都市，丝丝相连，生生不息，味味相通，世界变成了地球村啊。

尺有所短　寸有所长

在大巴山深处，连绵起伏的山沟里，唐朝荔枝古道旁，不知从何时起兴起了赶场交易市场，从此赶场沟的小地名就沿用至今，已有一千八百多年了。赶场沟因平台地而形成，台地的右边坐落着川东民居四合院，院子里繁衍生息着十多户人家，左边挨着荔枝古道，有一块农村里院坝大的平石头，天然形成一个集市的平坝。神奇的是大平石中间凹下去三平方米那么大的一个坑，这个凹下去的地方长了四棵连根古柏树，树龄一千八百多年，形成一大片绿荫，和石坝相连的平地有半个球场那么大，祖先们专门栽了十二棵大柏树形成天然边界，如今这里古木参天，和这四棵大柏树共同搭成绿色亭子，遮风挡雨，绿荫蔽日，自然而然形成了一个交易集市，俗称"赶场沟"的地方。

村庄里的民居客人可以住宿，有十六根古柏树绿荫，有天然平石坝交易，有半个篮球场那么大一块绿草地，又紧挨荔枝古道，相传天然长成的四棵古柏树与人工栽种的十二棵古柏树，寓意村民们四季发财，月月兴隆。我们休闲散步在赶场沟：瓦房连接，瓦浪如海，炊烟缭绕，古树林立，绿草如茵，石坝平坦，人欢鸡鸣狗吠，一片自然田园风光，天然去雕饰。让人耳目一新，眼前一亮的是一排十二棵、一列四棵高大挺拔的古柏树和一片生机盎然、杂草葳蕤的绿草地相互衬托，相互融入，各自默默无闻地展示优势，构建着自然绿色的世界。

坐在石坝上，欣赏着美不胜收、高高低低、重重叠叠的绿景。思考着如果没有小草，就没有大地一片绿色和生机，就没有山岭、坡沟绿色大地的底色；如果没有大树，就不会有神工巧匠的鸟巢，就不会有微风的存在，更不会有高大挺拔的形象。两者相融产生了伟岸和柔和，构建绿色自然的世界。但小草和大树有高有低，有长有短，然而，长短天然相融，短处没有了，长处更长了。俗话说"尺有所短，寸有所长"，无论是自然社会还是人类社会，十分关键的是发挥好自己的长处，坚守好自己的特色，把自己的长处发挥到极致，自己的短处就会掩饰得忽略不计，短处与不足自然而然就无影无踪了，自然和社会里呈现出长处越来越长、越来越满，呈现出朝气蓬勃、昂扬向上的势头，永葆生机活力。

可敬可佩土明星

著名作家魏巍的经典散文《谁是最可爱的人》中，赞颂了英勇的中国人民志愿军在朝鲜战场打击美国侵略者的英雄事迹，中国人民志愿军是可敬可爱的人。我认为同样可敬可佩的，还有大巴山深处万源市大沙镇青山绿水间洋溢着泥土芬芳气息的土明星。他们是乡民们互相认识看得见的、事迹先进却很朴实的、邻里相处有感染力的乡土草根明星。

在中国首个农民丰收节之后，新中国成立六十九周年前夕，万源市大沙镇党委、政府和达州市、万源市的脱贫攻坚帮扶单位达州市人民政府办公室、达州航达钢铁有限责任公司、万源市农商银行，为了携手共建"人际和睦、社会和谐、家园和美"的和美大沙，政企一心为大沙镇实现脱贫致富奔小康凝聚精气神，共同举办了"携手共建、和美家园"庆祝建国 69 周年暨帮扶单位送文化下乡文艺演出活动。乡中心校的小学生、初中学生和学生家长，各村村社干部、乡镇附近的村民、达州市和万源市的帮扶单位领导和部分工作人员近两千人参加了活动，声势浩大，场面热闹非凡。

艳阳高照，秋高气爽，村民们的心情更爽。大家整齐有序、欢聚一堂，在蓝天白云下、欢歌笑语里，观看了精彩的文艺演出，欣赏了舞蹈和唱歌的艺术盛宴。

在精彩节目演出中穿插了五次颁奖活动，在演出结束时全体起立，齐声高唱了耳熟能详的《没有共产党就没有新中国》歌曲，高昂的歌声荡漾在山乡田野。"和美家园"颁奖活动让人耳目一新，喜出望外的是穿插在节目间歇的"和美大院""书香门第""孝善之家""勤劳致富星""清洁文明户"五项颁奖颁证活动，为了宣传推广，五项评选标准如下：

和美大院标准：邻里相互守望、互帮互助、融洽和谐、团结齐心、无邻里纠纷；庭院堆码整齐、环境干净整洁、无明显垃圾；屋内厅室洁净美观，物品摆放整齐；家庭幸福和睦，家风严格正派。

书香门第标准：重视家庭教育，关心下一代学习成长，并培育出懂感恩、知礼仪、善学习、成绩好、高素质的青少年，近年来连续考取重点大学，且品行端正；家庭有"爱读书、多读书、读好书"的良好习惯，家人都知书达理、和善待人。

孝善之家标准：尊敬长辈、孝顺老人，夫妻互敬互爱，儿女品行端正，家庭团结和睦，家风淳朴清正，群众信服认可。无推诿扯皮不赡养父母行动，无家庭暴力，无歧视虐待老人小孩等现象。

勤劳致富星标准：自强自立，勤奋努力、合法劳动，不等不靠、敢闯敢干，通过自身努力脱贫致富，且具有示范带动作用。无等着干部来脱贫、伸手就想得钱花、别人得利就眼红等现象。

清洁文明户标准：追求清洁、文明、健康的生活方式，邻里和睦，家庭和谐，庭院始终保持整洁卫生，见脏就扫。房前屋后无乱搭乱建、乱堆乱放现象，畜禽圈养；室内物品摆放有序，生活用品清洁，灶台整洁；家庭成员衣着干净整洁、生活习惯良好。

这五项获奖村民代表中有德高望重的九十多岁的老人，有二十多岁朝气蓬勃的有志青年。主办方热情洋溢地给他们佩戴了大红花，他们坐成了一个红花方阵，个个精神振奋，喜气洋洋。大红花在艳阳高照下，熠熠生辉，像团团火焰闪着金光，燃烧着、影响着周围的村民们。获奖人分别上主席台亮相领取证书或者奖牌，同时每户奖励五百元人民币。

大沙镇党委、政府从去年开始举行该活动以来，五类标准共评选出三十六户村民的温馨感人事迹。

这个创新积极向上的举措，赞扬了百姓身边的好人好事，推送了身边的乡土明星，可喜可贺、可敬可佩、可圈可点。这些邻里融洽和谐、家风严格正派的和美大院，家人知书达理、重视家庭教育的书香门第，孝顺老人、儿女品行端正的孝善之家，自强自立、不等不靠、勤快肯干的勤劳致富星，屋里屋外干净整洁的清洁文明户，这些朝夕相处身边的榜样，在家乡田边地角，坎上坎下，屋前屋后，屋里院坝，在砍柴割草、放牛放羊、扎花绣朵劳动中，边干农活边摆龙门阵、侃大山、拉家常，在亲情友情里，会有形无形自觉不自觉地引领着周围的乡民们。这些互相认识看得见的身边的土明星，在乡间行走劳动，用自己的言行引领着、鼓励着、影响着周围的村民们，这很容易自然形成你追我赶的生机勃勃的局面，容易在本土开出一片片美丽的鲜花，收获丰硕果实。他们家庭富裕了，家庭文明了，环境美好了，是脱贫攻坚路上的佼佼者，是践行社会主义核心价值观的模范，是乡村振兴、乡风文明的星星火苗。他们将人性阳光的真善美在村民们之间展现，发出光和热，赶走灰暗和弱点，提振奋斗的精气神。村民们小康的日子会越来越红火，越来越舒心甜蜜。

注释：

①团转：方言，（在房屋、建筑等的）附近，周围。

我的隐形翅膀

我一直有两个隐形翅膀，助推我愉快地前行。

大巴山深处偏僻的小山村里蓬门荜户出生的我，从小父母亲就教育我"书中自有千钟粟，书中自有黄金屋，书中车马多如簇，书中自有颜如玉。"有大哥大姐"韦编三绝"的榜样，我从小就爱读书学习，先是看了许多连环画（也叫小人书），知道了英雄人物的故事，特别是《高玉宝》这本连环画图文并茂地告诉我，高玉宝在那样艰难的环境下是如何读书、渴望知识的，在我幼小的心灵中刻下了深深的烙印。再是在院坝里的青石板上，在山梁上放牛放羊玩耍时在石板上写、在石板上练背诗背下来的唐诗宋词、毛主席的三十八首诗词和李白的《蜀道难》等。这些经历至今对我生活和工作大有裨益。

读小学时，母亲扯了一尺哔叽布在煤油灯下给我缝了一个书包，书包里除了装有课本外，一直有两样与课文无关的东西，一样是竹笛，一样是一本课外读物。在放学的路上爬坡爬累歇气时，就取出竹笛，对着大山，对着森林，对着夕阳，对着小溪，在石头上，在大树下，苦练《北风吹》和《谁不说俺家乡好》的曲子，后来还在县文工团表演过竹笛独奏，这是我自己认为苦练的最高奖赏。还有一样是课外读物，要么是作文选读，要么是散文选集，要么是小说。一有空就挤时间学习。曲波的长篇小说《林海雪原》，就是我一学期里帮父母亲做农活、砍柴、割草、煮饭后抽空读完的，那优美的语句描写，那英雄人物不怕困难、越是艰险越向前的大无畏英勇精神至今萦绕在脑海，激荡在我的工作和生活细节中，给予我克服困难的勇气。

虽然不敢说手不释卷，但我小学毕业后确实形成了爱学习的习惯。在大队附设初中读书时（现在早就不会在村小办初中了），语文老师刘富常见我学习刻苦用功，随时把书包背上的习惯，特别在班上讲了牛角挂书的成语故事，并表扬我学习认真，随时挤时间学习的行为，这更加激励我爱学习的劲头，更加燃烧了我学习的热情，广泛地阅读了能买到或借到的课外书。特别记忆深刻的是，翻山越岭跑了八十多公里山路，在邻近一个镇上借了一本《当代》杂志，如同在炙烤的阳光下行走干渴后喝到山泉；如同山间的喜鹊展翅，自如轻盈。

在十公里外的村上读了两年附设初中，因为刻苦学习，以全区第一名的成绩报答了老师，报答了父母，报答了养育的大山，报答了滋润的小河。后来走出了大山，到了更远处求学，但坚持学习的习惯一直伴我走进新的生活，迈向更加遥远的日子，以至工作后固守，没有改变。

参加工作的第一驿站是地区五金公司。我在远离市中心区七公里的七里沟小山村里守仓库，库房前面是一坡梯田，梯田两边是一片松林，背后的大山梁上人烟更是稀少了。在那样的小山村里发货守商品度日，有几个同去的伙计，总是不安心，要么请病假，要么请事假，而父母亲的来信总是提醒我是农民的儿子，大山里的孩子，要有吃苦精神，守好自己的岗位，干一行，爱一行。我捧着"抵万金"的家书，总是读得热泪盈眶，热情满怀。暗下决心，无论有多么艰难都要坚持住（其实对我来说不艰难），我想比红军要幸福多少倍，他们吃不饱肚子，还有敌人围追堵截，有生命危险。现在比我小时候放牛放羊强多了，那时满山遍野奔波后，只有望着日落西山的惆怅，只有空空如也的肚子，美丽的夕阳也变得十分平常。因为饿了，只有吃点烧红苕、烧洋芋这类食品，当时有这些吃的都不错了，想想这些，看看现在，多么幸福，于是扬起生活的希望风帆，驶向那未来的彼岸。

暗下决心爱岗敬业，做好商品的进出账目，一一核对，仔细发好每批货物，熟记每批商品的性能及使用常识，方便顾客咨询。坚守岗位，做好本职工作的同时，给自己规定了必须参加自考大专的学习，并写身边的人和身边的事，以及五金公司的新闻，每一个月自己定下必须要在《通川日报》（达州日报前身）发表新闻或其他文章三篇的硬任务。写单位的新闻，对熟悉单位业务大有帮助，这是相得益彰、一举数得的好事。我坚持了六个月，本职工作也做好了，又宣传了单位的工作。半年后，领导根据我的业绩，调到了公司政工科做宣传工作。这次工作调整，我倍感幸福，再也不用穿着解放鞋步行往返几公里到日报社送稿子了；再也不用因为进城采访了新闻，晚上挂着打狗防蛇的拐杖，拿上手电筒，回到七里沟山村了。到新华书店读书买书的距离也更近了。有的是发挥特长的工作环境了；有的是充满激情、干劲倍增的日子了。初尝爱岗敬业甜头，让我更下决心要每月在报刊上发表四篇稿件的新任务。

立足岗位成才的思想，让我工作认真，任劳任怨。一千多个日子过去了，突然调我到地区商业局办公室工作，并兼任《巴山商业经济》编辑。突如其来的喜讯，让同事投来了羡慕的目光，我自己认为这是爱岗敬业的结果。

干一行，爱一行，取得了一定的收获，心中无限快乐！我就在实践生活中不断完善自己，不断充实自己，岗位需要什么知识就补什么，我就像海绵吸水一样如饥似渴地钻研，孜孜不倦地学习，很快在新的岗位上又成了骨干，边工作边学习，知识储备渐渐丰富，业务水平有所长进，在《人民日报》、中央电视台刊播了新闻，应用文写作水平逐渐成熟，业余时间读书写作，出版了两本散文集，加入了四川省作家协会，有幸选为省作协全委会委员。

光阴荏苒，我辗转几个单位工作。业余时间一直坚持读书，其乐无穷；上班做好工作，其乐融融。

学习的阅历，工作的经历，让我长出了两只隐形的翅膀：左翼坚持学习，右翼爱岗敬业。这对隐形的翅膀助我飞向幸福的生活，美好的人生。

故乡的石头

　　故乡大山深处土墙坪的石头，虽然不如黄山的石头那样奇异，却也不乏峻美。它们独立成块的多，大大小小，散布于广阔的原野上，或卧于田边地角，或卧于田地的正中央，或站在山的边缘。根据这些石头的特性与形状，故乡的先祖们早就给它们取了一个个形象的名字，如金榜岩石、尖荷包石、船儿石、平石坝、窝窝石、雷破石、月亮石、石锣石鼓石、石人石等等。当然也有啥都不很像的没有名字的石头，也有很多石头成群结队在一起，如老屋后面有个地方叫乱石峠。

　　金榜岩石在老屋后面一里远的赖子岩边，因有硕大的黑色金榜二字而得名。金榜岩石有三十来米高，悬崖陡壁，从上到下为凸出 —— 凹陷 —— 凸出的格局，像人的脸庞，再加上整个竖着的表面以白色为主，中间夹杂着横七竖八的黑色条纹，活脱脱地又构成了人的眉毛眼睛和嘴巴，整个金榜岩石就成了一副石身人面像。它千百年矗立在这里，注视着这里的变化，倾听着人们的嬉笑怒骂。在岩石的半坡处还嵌塑了一尊观音像，每年都有附近的人来这里烧香，祈求观音的保佑。在观音像下面约十米处留有清代举人李柄南题写的"金榜"两个大字，朱红底色，黑字，气势恢宏，苍劲沉雄。因有金榜二字，岩石叫金榜岩，这一带地方因有金榜岩，所以叫金榜岩湾。我们老家这地方因有金榜岩而出名，又因我们家里20世纪出了几个大学生，金榜岩的名气又更大了。

　　尖荷包石距老屋的前面几十米远，典型的上小下大，又像一只硕大的青蛙鼓足了气，坐在田边地角，随时跳起来捕食害虫，所以女儿珞珈在自己的文章中称它为"青蛙石"。石头表面被祖先们凿成了顺势倾斜的晒坝，一年四季都有水稻、小麦、胡豆、红苕夹子和洋芋夹子在上面晒过，因为都知道有句"斜石坝晒豌豆——滚"的歇后语，所以从来没人在上面晒过黄豆或者豌豆。面对这晒坝，顶端的右边还有一块凹槽，集体生产时在凹槽处搭建了看护粮食时用于睡觉的窝棚，人睡在里面还可以兼顾其他晒石坝上的粮食。

夏日的晚上，石头上的蚊虫很少，很多时候晚上不做家务的男人们和天真的孩子们，只要不下雨，就一定会坐在这尖荷包石上乘凉，还可以信口唱上几折子山歌，也可以吹牛摆龙门阵，歌声笑声在屋后的金榜岩湾里回荡，一天的疲劳和心中的不愉快在这里便会跑得无影无踪。

老屋背后两百米左右的地方坐落着一块大致呈长方体的石头，一头大，一头小，表面平整，像一艘船，故乡人称之为船石坝。因小的一端地势稍高，属于上行船，石头边缘处还有一孔，原来孔里还穿有绳子把石船拴住，后来，说是迷信，把绳子砍断了，从此就成了孤孔独守，再也没有栓过这石船了。故乡有个习惯，每年水稻收割后，晾干的稻草都得给牛存放着，一部分弄回屋里，一部分放在野外。为了野外的稻草保持干燥干净，故乡的人们就会将稻草围绕着柱子编放成三四米那样高的椭圆体的外形，我们也叫作"上草"，被上草的柱子或树干在我们当地称为草树。恰好在船石坝的船头前端就有人凿了一个直径约莫20厘米的圆凹坑，每年也有人插上木料柱子，每年这里都会有一个"草树"，呈黄色，这草树在其他地方就很平常，可在这船型的石头上，就活脱脱地成了一副帆，因为这草树，这船石坝就更形象生动，更像一条船。当微风吹着周围田地里郁郁葱葱的庄稼荡起一层层绿色的波浪时，这帆船就像航行在绿色的海洋里。要是周围的田在秋收后装满了水，一阵阵秋风吹起层层波浪，晒满了金灿灿的稻谷或者苞谷的船石坝就更像一艘载满粮食的大帆船在海洋里乘风破浪，把粮食运向祖国需要的地方。

/17

给我童年带来过无数欢乐的石头，要算坎脚①里自留地旁的窝窝石了。因这块石头表面有一块大致呈小半圆形的凹坑，我们老家人都称其为窝窝石。也是一块不大的能作晒坝的石头，可儿时的我却不管大人们如何利用它，我只当它是一个很好耍的地盘。多雨的季节里凹坑时常积满了水，犹如一面镜子镶嵌在窝窝石上，白天反射着阳光，夜里倒映着星星和月亮，日月星辰都在我的脚下，仿佛整个宇宙都是我的。我还会用纸叠个小船儿放在清澈的水面上，用嘴吹动小船在水上游动，从一端吹向另一端，再从另一端吹回来，就这样让小纸船飘来飘去，直到纸船湿透，船沉为止，有时一天要放好几只纸船。从地面到石头上面去的入口是一个很陡的斜石坡，就当作现在城里小孩玩耍的梭梭板②，坐在上面往下溜，天晴摩擦大还不易滑下，雨水淋湿后滑得更快，所以不管天晴下雨，只要有机会都要去滑几次，裤子往往也被擦烂。在枯水的冬季，当凹坑干涸的时候，竟把凹坑当成火炉坑，从周围的树上折下些干枝在里面生火取暖。也不管能否引起火灾，只管热和就行。

最平坦和最光滑的石头要算尖荷包石旁边的平石坝了。它没有尖荷包石那样高，却比尖荷包石要谦虚得多，踏实、稳重、平平地躺着个身子。要是屋子周围的石坝都空着的话，平石坝是晒粮食的首选，不管是浑圆的豌豆黄豆，还是其他形状的其他粮食。

老屋西面几百米有块石头叫雷破石。它旁边两三米远还有一块石头，倾斜而立，要是有足够的力气把这两块石头拼凑在一起的话，接缝会很吻合——原本就是一块石头，传说被天空的一个惊雷劈成了两块。可惜，前几天回老家才发现雷破石和其旁边的石头都已被埋了，可能几年后出生的孩子都不会知道有雷破石的存在了。

故乡还有很多有趣的石头，不再一一列举详述，比如放牛玩耍的棋盘石，屋前左边像印章的石头，还有嵌有无数小月亮的月亮石等等。我把离老屋稍远的石锣石鼓石和老屋对面观光山两边山脚的石人石给大家说说。

从小就听人们谈论着古怪的石锣石鼓石，但由于这石头离家有几里路，还要过毛狗（狐狸）洞湾才能到，我胆子小，怕毛狗，所以小时候没见过，等稍大一点，又很少上山，直到前年腊月回家才与二哥一同前往，终于知道了石锣石鼓石位于房后磨刀石山向西南延伸的山尾处。石头不高大，上下左右只有四五米的样子，圆溜溜的，鼓鼓的，像两个鼓叠放在一起，且最上面还扣盖了一口锣，像锣的石头已被哪位神仙给敲破了。"真像锣和鼓，真像，太像了"，我连连惊叹。我惊叹大自然的鬼斧神工。传说要是俯耳在石锣石鼓石身上听见敲锣打鼓的声音，就一定能科考高中，我也试着去听了一下，听不见锣鼓的声音，大概我也不能高中了，因为科举考试废除已有百来年了。我问二哥听见没有，他说听见了，谁信呢？可二哥初中毕业就能考上大学，或许他真能听得见石锣石鼓的声音呢！

大自然的美妙与神奇是人所不能为的，石人石就给了我这样的看法。老屋对面的观光山正中间地段明显高高地凸出一块小山包，小山包上还有个山寨。故乡的人讲小山包、山寨是轿顶，观光山是座轿子，是出"老爷"的地方，传说山下学堂湾的李家就是坐轿的人。是轿子就得有人坐轿有人抬轿，谁是这抬轿的人呢？无巧不成书。观光山右边山脚下就天生有两个一高一矮的圆柱形石头，形像两人，而在右手边的山尾处也天生长有两个一高一矮的圆柱形石头，也形像两人，人们就把这两处的石头叫石人石，相应的地方叫石人卡。简单讲，观光山像轿，山两边各有两石人像在抬轿，形成了一个"四人抬轿"的天然景观。观光山永恒，这四个石人也永远矗立在这里，不管严冬酷暑，天晴下雨，日晒风吹，坚守自己的岗位。说来也巧，学堂湾的李姓人家确有人中举，还不止一人。到底是因有人中举才把学堂湾的李家人定为坐轿的人，还是因为坐轿的是学堂湾李家人才中了举？都无从考证。只知道又传说学堂湾的李举人中举前，晚上用他母亲扫的青冈叶放在火龙坑里烧，借火光读书呢。

　　想起故乡的石头，心里感觉特亲切。用来晒粮食的石头总会让人想起晒粮、看粮和收拾粮食的故乡的人，想起在马灯和月光下被故乡的亲人摇得吱吱响的风车；用来欣赏或当摆龙门阵素材的石头总会让人想起那些美丽动人故事。再莫名其妙的石头，也会被故乡的人们加工成板材铺院坝；凿成水槽涧水灌溉和饮用；弄成方条石作土墙房的稳固地基；制作成石磨和石碾磨出白花花的面粉和碾出亮晶晶的大米；用石头砌墙修筑梯田梯地，保持水土。故乡的石头还能保一方的平安，在 2008 年特大地震期间，就有很多人晚上在那些远离山坡和房屋的平坦晒坝上睡觉，躲避地震的危险。

注释：
①坎脚：四川方言，（地势较高地方的）下面
②梭梭板：滑梯

故乡的山路

人有恋旧情结。也许这是认识过程到审美过程的必经途径。

在对故乡路的认知时代，我读过本地文人董正兰写的一首诗，其中开头一句是"蜿蜒蛇绕一仙龙"。过去村社道路，就是蜿蜒蛇绕，通向乡镇场镇、县城的路莫不是"蜿蜒蛇绕"，像张旭、怀素的狂草一样，颇有挥洒自如的艺术感。过去的路是我们的祖先一直坚持走出来的，到了我们诞生在这山野田园村落，就不得不走。

走，概括了山里人的命运。高祖由江西省宁江府新赣县迁入陕西是明代中叶，至清初才由陕西西乡县来到四川省通江县（古称璧州）涪阳区白院乡一个叫土墙坪的地方。谁还敢说他们这一代一代跨省迁徙不是走出来的？

我们土墙坪出山的路，到小学、初中、高中、大学，上学的路就是祖祖辈辈在自然的状态、在生存的状态、在发展的期待中走走停停，走中选择，走中建设，乃至走中淘汰过滤出来的。

先说到汉中的路，由南江白院乡经通江县板桥口乡—平溪镇—碑坝—镇巴，这里的山路是 480 公里，祖上本土产的银耳、木耳、棉花、茶叶就是从这条山径运达的。20 世纪本村亲戚刘兆龙祖祖在世时说，他为我们家背过银耳、土漆、白蜡、皮货到汉中，从汉中运回盐巴、棉布、丝绸、煮酒的曲子。走山路背负百余斤对他来说，是一种谋生的选择，见世面、开洋荤的理想选择。据刘祖祖讲，到汉中往返就是一月多，这路在 1949 年，他安居乐业以后，就没有走了。后因行政区划调整，加之，南江县至广元的公路通了，至达县的公路通了，商品进入路线比过去到汉中近多了，方便多了。

但真正的出山公路，是 1966 年因南江县城到大河镇的泥结碎石路面贯通，继后是 1974 年、1975 年白院乡政府至大河镇的公路通了，大河至下两区的公路通了。我们老百姓最远赶场可以到南江县城、巴中县城，而且用的时间也就是 10 多个小时，把买卖做得风生水起，把走亲访友联络得巴巴适适。可以说，几千年出山远行的半径 100 多公里的旅途，在共和国的 30 年历史中基本完成。

　　我和兄弟们感受故乡的路的变迁是直接而又真切的。从故乡到区、乡、镇，读书上学、交公粮、售猪羊、买肥料、种子、农药都得走山路，先穿越清坪村田坝的田坎路，后下一级一级塬坝的山石路，再下一道二道悬崖的石梯路，其间必须经过土地岩刻有土地神像的栈道，险崖羊肠似的石级、石寨门，大柏树古树与禁山碑等自然奇观的所在；经过人坪、老学校、庄子上、一碗水、驷马桥等生长故事传奇人文景观的据点。这些山间小道，适应了深山以农耕牧业为主的生产生活方式，产生了与之相适应的历史文化特征。但是，随着20世纪下半叶工业文明推进，现代科技运动突起，信息革命狂飚，市场经济形态广泛植入，乡村公路成为老百姓的渴求甚至成了必然选择。1994年开始修村道公路，青坪村、青峰村与仙龙村三个村举全力修了8公里39道弯的准四级泥结碎石路面的村道公路，在这里居住的3000余人开始了乡村的现代生活。农用机具、家用电器从城镇经这条公路运入；村里的猪、牛、羊、鸡、鸭、鹅、兔等从过去的自食变成商品；村庄成了水稻、小麦、油菜等商品粮油基地，成了金银花、杜仲、白芍、党参、川芎等中药材的基地。原先的土墙房大部分变成砖混结构的平房。公路给村庄带来的变化远不止这些。近10年间，村庄百分之七十的劳动力外出务工从这里乘专车出去，忙时下种和收割季节又从这条路回来。公路的通达，使居民们的心理时空、远近距离等观念发生了改变。公路之上，车轮驱动飞升着无限的梦想。

　　随着达州市到巴中市到陕西省汉中市高速公路通车和高等级公路过境，村里老百姓的需求增大，期望值升高，泥结路已成了经济社会快速发展的瓶颈症结。县交通局的同志说，该路马上列入通村公路规划，硬化成沥青路。如今，硬化的村道公路像致富的飘带通向家家户户。的确，路是一个时代变革、变迁的最直接的见证者，是触摸一个时代发展脉搏的纤细手指，也是催生新的生产方式、生活方式的催化剂，是拉动一个地方经济社会发展的火车头，也是撬动观念、思想文化形态移位、革新的杠杆。

　　故乡的路，山高陡险、弯弯曲曲、折折拐拐，培育了我们不怕困难的勇气，坚韧不拔的精神，催促我们走出山外，奔向远方。

高路入云端

　　"高路入云端，险处不须看。"这是我春节前回到国家贫困县巴山深处海拔一千三百多米的故乡小山村，在山脚下小河边洗手时，抬头望见在山顶蓝天下起伏的绿色与天际线相连的地方——松林坪冲口而出的感受。司机说我们在陡峰和云雾中，七弯八拐将车开上了你的家乡，这水泥路也应该叫天路吧。

　　的确从山脚下白果树坝村小学到松林坪的公路左弯右旋，层层叠叠形成"之"字形斜坡上行，七公里的水泥路盘旋而上，黄河九十九道拐，我粗略地计算了一下，这段水泥路恰巧六十六道弯。弯弯的黄河是大自然恩赐人类的母亲河，故乡缠绕山间的水泥路是人们顺地形山势而修，像致富的飘带系着百姓的希望和梦想，伸向森林深处，连接大山外的精彩世界。

　　坐着汽车爬上故乡，站在云海山岭高高的山冈上，高音喇叭里的音乐旋律，树林里的牛铃声和羊铃声，人们的哼歌声相融成了山村田园和谐交响乐。我和几位朋友沿着山林中的公路走走看看，停停想想。回想起三年前未通公路的情形，曾经山沟山梁间座座松木桥连接的图案在我的脑海涌现。

　　原来乡民们出山上街和儿童们上学的路，是又险又高的三根倒角弯松木悬桥，龙家坡河沟三根松木两头搭在对岸的石头上搭成的桥，又险又高。每当经过这两座木桥，又小心又害怕，时时会惊出一身冷汗。故乡大山里砍柴是将细木条柴捆成圆柱状，大一点的树木，剔成圆木形，一群群大人小孩用山里的红刺藤拴住圆捆柴或者圆木柴料的一头，另一头拴在肩头，顺着坡地从上往下拖，我们叫拖捆柴、拖木料，艰难地行进在林海绿草中，像巴河上游船工拉纤一样的负重前行。

　　家乡的地形像陕北高原的塬，四梁三沟壑，林木葱葱并排呈现，村民们日出而作，日落而息，打井而饮，耕耘而生，耕种庄稼、走亲串户要过三座四木并排桥。我印象特别深的是，殷家大院子到刘家大院子山梁中的那两座险桥。这三匹山梁自然形成了两个纵深沟，高三十米左右，宽六米左右，沟

/22

底小溪潺潺，两边悬崖陡壁，松树林立，荒凉幽深，野兽出没。如果没有这两座木头桥连接通行，向上面密林深处绕行的话，对河两岸各增加 1 公里路程，男女老少出行极为不便，搭了两座六米左右的四根松木桥，村民们走直路，生产生活安全方便了。两座木桥在山间与大地形成了地面三角形，也像山民们推磨用的落面架仰躺在大地上，撑起生活的希望。李白的《蜀道难》中的"连峰去天不盈尺，枯松倒挂倚绝壁。飞湍瀑流争喧豗，砯崖转石万壑雷"诗句仿佛就是根据这里的景物描写的。曾经这段羊肠山道又险又高又荒凉，每每经过这两座又高又长又险的木桥，都是趴下双手扶桥而过，让人惊心动魄。现在从殷家大院子直通刘家大院子是林间平坦的公路，我们沿着公路来到了印象里又高又远的刘家大院子，几声鸡鸣把我叫到了现实生活中。见刘氏三兄弟养了三群土山鸡，散养着，问他们喂这么多的鸡干啥，他们大声骄傲地说，现在公路都修到屋门口了，他们喂的土鸡放养，吃青草虫子，喝山泉水。肉质又香又嫩又紧，钙质含量丰富，十分紧俏，再多都好卖。有人用车在屋门口来拉，二十多元钱一斤。

在散步中我们碰上一支约有一百多只羊的羊群，在自然起伏的铃声伴奏下羊群嬉戏着往山林里钻，羊角像弯弯的月亮射向天空。户主告诉我们，几年前交通不便，羊不好脱手，现在路通到山林里，他这羊平时十元一斤，腊月间要卖十二元一斤，一年下来就能脱贫了。在山里放养，羊的肉质鲜嫩，是冬季三个月的人间美味，长年累月吃纯正的羊肉，可以长命百岁，身体健康。我们边走边感叹，现在精准扶贫，政策落实了，修了水泥路，天晴下雨路好走了。原来未通公路时，有俗话说"烂了白露（即白露节气那天下了雨，天一晴，路一干白，就会又下雨，阴雨连绵），一冬三个月走烂路"，山下的姑娘怕走烂路不愿意嫁上来。现在这个俗语改写了，一年四季天晴下雨都走干净整洁的路。故乡家家户户建房改水改厕，基本上用上了太阳能热水器，居民用电和太阳能相得益彰，数九寒天打霜下雪也能用上热水洗脸、洗澡、洗菜。村民们因林木山势制宜，有的屋前屋后养蜜蜂，有的田边地角种萝卜，有的荒坡荒岭喂牛养羊，有的用红苕、洋芋、小菜等绿色食品喂熟食猪，从实际出发，各得其所。虽然各家各户致富的路子不一样，但是村民们家家户户富裕了，呈现了产业蓬勃发展的景象。

行走在故乡，同样的土地和山梁，以前偏僻贫穷，如今的水泥路像致富的输血管伸向家家户户，感觉一条公路的通畅带来了家乡的"核变"，有人的思想观念变化更新，物产更加丰富多样……

美丽的村庄

谁不说咱家乡好，我的故乡确实美丽。

到了红叶的故乡南江后，经大河镇白院寺的麻柳树潭，然后上山过大柏树、卡门、险岩子，赏着一路风景就来到了坐落在巴山深处椅子形的土墙坪。那高高的青丫寨耸入云端，最早迎来日出，最后送走晚霞，满眼葱绿的山梁映入了眼帘，给人绿荔荔地，像一个巨大的绿色伟人昂着头，无声地俯瞰着四面八方庄子里的人们，记录着村庄的沧海桑田，诉说着村庄的美丽与自然、绿色和希望。

天然的乐园

土墙坪这个大自然村庄，在儿童时代简直是天然的乐园。卢家河的黑竹给我们带来了多少快乐，当我们看见这里的竹子全是一片黑色，齐刷刷地站立，以为是一块墨，很是好奇，认为拿来经过墨盘的旋转磨墨，就可以来做作业、写大字、练书法，就小心翼翼地带着儿童的好奇心去轻轻地摸，生怕把手染黑了。这给表哥卢新益他们带来多少笑话和逗我们的话柄，他好心地告诉我们，这叫黑竹，它是黑面白心，是竹子的一种，同样可以用来编斗笠、筛子，只是稀少，人们都舍不得砍它。见我们越听越入迷，就给我们每个人砍了一根。儿童们看了《孙悟空三打白骨精》电影后，拿着黑竹做成的短棍，或叫金箍棒，或叫镇妖棍，玩起了儿童仗，都高兴地喊："我是孙悟空，从来不怕妖魔鬼怪。"以至于我们有急事走夜路，或者到大河镇看露天电影时，也把它带上，一则用棍子探路，二来镇妖降鬼打狗。美其名曰镇妖，其实只是儿童的心理作用罢了。时隔三十多年，我与女儿回老家，我同样给她砍了一根黑竹，她脱口而出"镇妖棍"，她见是黑竹，感到新鲜奇怪，也就爱不释手了。

青丫寨、碑碑梁、磨刀石、短梁子、长梁上、毛狗湾、大石坎、厂沟湾、天池寺、松花嘴这几匹山梁和湾里是我们数百个儿童天然的放牧场所。村庄里儿童们早上上山放牧，或下午上山收回牛羊，都是三五成群一起约定上山，不像现在城里水泥森森的房子，儿童相见不相识，也无共同的语言。那时候我们背着背篼，或披着蓑衣，拿着镰刀，赶着牛羊唱天舞地，比如说齐声高唱《火车向着韶山跑》的歌儿上山，去劳作，放着牛和羊，放着希望，收获着快乐。

把牛羊赶上山，让它们自己动口，啃食吃饱，我们儿童就在附近或比赛着割草，或比赛着砍柴，或比赛着爬山，或比赛着背唐诗宋词。一面劳动，一面唱歌，愉快的歌声满山飞。同时还交流着许多儿童玩具的玩法，真是一个快乐无忧的童年，没有痛苦。我们在山上劳动，从来没有言苦的时候，都是按时约定，现在想来那才是真正的无忧无虑的幸福。劳动之余，学习了许多书本上学不到的东西，扎毽子、搓绳子、做竹笛、下象棋、打羽毛球、打乒乓球等。特别是秋天在山上采了多少野果子吃，简直是美味佳肴，什么野核桃、板栗子等，用现在时髦的说法是无公害原生态山果，吃不完还要拿一点回去孝敬父母亲。砍柴、割草、放牛等农活都是在希望和玩乐中完成。

人到中年了，时时记起我们在山上互相比赛、互相帮助、互相关心的儿童集体生活，从不感到劳累，确实是在用儿童的劳动创造儿童的快乐生活，或许就是最早的和谐日子罢。

现在，我常常想起村庄小河沟里的螃蟹、泥鳅；我常常想起青丫寨梁上的月夜；我常常想起天池寺树林里的野鸡、锦鸡；我常常想起"稻花香里说丰年，听取蛙声一片"的自然交响乐；我常常想起"居高声自远，非是藉秋风"的蝉蜕；我常常想起竹林里的竹牛推磨的"呜呜"声；我常常想起家乡的童年，美丽的故乡；我常常想起快乐的日子、成长的日子、美丽的日子。

学习的源泉

故乡的童年如此美丽，如此令人难忘，但青年时代的视觉又不一样了。故乡有几个景点更有深层次的美丽了，如仙龙庵、观音井、金榜岩。

仙龙庵在大凤凰山的尾巴上，是一个长长的山梁，我们启蒙的小学就在这里，各家各户的远近儿童，从四面八方来到学校，接受知识。有几株大柳树像迎宾一样在风中摇曳枝条，似乎在欢迎我们儿童上学，还有数排高大的杨槐树将教室环抱其中，风吹绿叶沙沙响，太阳照着绿叶闪银光，寒暑易节年复一年，我们一批批地小学毕业升入初中、高中、大学，但都要抽空闲来到仙龙庵或者小学母校，或者说沾仙气，或者说是故乡情，都没有忘记学习启蒙的地方。

观音井，离家约五百米，一年四季，一泓清澈甘洌的泉水，多么诱人。井口有几棵先辈们栽的柳树伸向天空，无论是冬天还是夏天，都守护着村民们吃水的源泉，更有一幅文化内涵的对联：一澄泓澈倒映蓝天，万马骏腾奔流大海。横批是：活泼泼地。每当我们假期做作业疲倦之时，都会不假思索地来到这口井旁纳凉、喝水、咏对联，并用井水洗洗眼睛，洗洗脸，清醒一下头脑。村民们种庄稼的间隙，也会扛着锄头，戴着草帽，不约而同地来这里喝水、纳凉、谈天说地，仿佛是一块既学习又工作又纳凉的风水宝地。这口井是冬暖夏凉，水质特好，远在他乡的游子，每次回到故乡，总忘不了享用故乡的甘泉，并用舌头啧一啧，甘泉沁入心脾。离开家乡时，还要装一桶带上，路上享用。

金榜岩在青丫寨山下一面陡峭笔直的半岩上，只可仰望，岩中有斗大两个涂有红油漆的连字面板，"金榜"二字就在其中，故乡人称金榜岩，依金榜题名之意。故乡的青年学子，小学、初中、高中毕业时，都要虔诚地来金榜岩下许愿，并亲手抚摸"金榜"，祈盼升学考试一帆风顺，不知是有了心理作用还是金榜岩确有神灵，学子们回到学校用功了，成绩都很好，以至文风渐起。无论是青年人还是老年人，越来越信服这些了。许多在外地工作的大学生说，哪有什么神灵哟，其实是大家你追我赶，都努力读书，形成了学习的风气，以至于比其他学校的学生多学习一些知识罢了。现在人们回老家一定要到金榜岩下面玩，只是一种游玩了。

还有许多风景如棋盘石、椅子石、万卷书石、石锣石鼓石就不必说了。仙龙庵风景秀丽，确实是个读书的好地方。观音井井水清澈甘洌，一方水土养一方人，又有一幅好对联，就有了文化氛围了。大家边喝水边赏对联，就知道学习的好用处。金榜岩是依据金榜题名而来，文化的催动，大家都喜欢来这里玩一玩。一代一代的文化积累，底蕴厚了，学习氛围自然就浓，也就是学习的人文环境。如今远在异乡工作的人们都说家乡的山山水水十分美丽，回了故乡要感受那种文化氛围的气息，催人时时学习，让人进步。

与时俱进的步伐

美丽也不是一成不变的，村庄越来越美丽，也是勤劳勇敢的村民们从实际出发，与时俱进的步伐创造而来。20 世纪 80 年代起，退耕还林植树造林种下马尾松等七千多亩，昔日光秃秃的山梁如今变成大森林了，放眼望去，林海莽莽，松涛阵阵。村庄的百姓流传着顺口溜：昔日开荒种粮，黄泥巴飞扬不见粮，如今退耕还林，花果飘香住新房。村民们多方想法，拉通了农电，结束了百姓祖祖辈辈数千年烧松毛点煤油的历史，现在又在全省率先实现了城乡用电同网同价，每度 4 角多钱，煮饭不再用柴、煤，用电饭煲、电炒锅，省时省力环保清洁，现在厨房里贴上洁白的瓷砖，整洁清爽，这确实是山乡越来越美丽的重要元素。全村男女老少经过三个寒冷的冬天，硬是在陡峭的险岩上修通了盘旋三十八道拐的 8 公里公路，望着这路，自然会想起电影《红旗渠》的故事，其险也如此。村道公路通向村庄的农户，再没有了猪坐轿子人挑担的现象，提升了经济发展的速度，改变了人们的观念，村庄里紧连着市场，村民们自觉地调整种养产业结构，市场需要什么就生产什么，种植什么。如今故乡一片片果林点缀着美丽的山村，杜仲林、苹果林、银杏林、板栗林，互相比赛发展，互相生辉。沼气的神奇火焰点亮了村民的新生活。我们到建有沼气池的村民家，他骄傲地拧开固定在墙上的沼气阀门，按下自动开关，挂在屋内的沼气灯亮了，转动沼气灶上的自动打火器，"啪"的一声，灶上冒起闪动的淡蓝色火焰。他自豪地夸奖，家里用上沼气后，一年四季煮饭烤火，节省开支两千多元，两亩多菜地更沾了光，沼肥浇灌蔬菜，病虫害明显减少，产量也提高了，蔬菜是纯天然绿色食品。

碧绿的山峰一座连一座，一片片梯田紧相连，经济果林伴花香，一阵阵歌声随风传。这里的人们过上了幸福的生活，正奔向科学发展生态文明的美好生活。美丽的村庄是儿童的乐园，是青年学习奋斗的源泉；与时俱进的步伐是村庄永恒美丽的根本。

/27

大巴山的年味

　　我的故乡位于大巴山南麓，巴河上游河系的无名村庄，每年一进入寒冬腊月，伴随着乡村刀儿匠杀年猪时声嘶力竭的猪嚎声，年味就开始荡漾在山村旮旯里，温润在山民的心中。在故乡黑毛猪儿家家有，但要看谁家的过年猪又大又肥，这在当地是主妇能干，家庭富裕的象征。

　　在腊月里，定好了杀年猪的日子，这天主人家天麻麻亮起床，烧上一锅开水，刀儿匠和帮忙的邻居把三百斤左右重的肥猪按倒在又宽又长又厚的长板凳上，互相大声吆喝着齐心协力，有的按头，有的按尾，有的按脚，有的按肚子，刀儿匠一手抓紧猪耳朵，一手进刀放血。这时预先准备好草纸对着猪颈项，等刀儿匠拔出杀猪刀瞬间喷出猪血溅到草纸上，趁热贴到猪圈上方辟邪，希望今后养的年猪又大又肥。那时不像现在给动物打预防针，物资又特别匮乏，如果哪家养的年猪中途病死了，那简直是一场大灾难。同时，帮忙的人马上拿着洗干净的盆子装猪血，其他人依次淋开水、去毛、开膛破肚。

　　故乡有吃泡汤肉的风俗。提前告诉近邻杀猪的日子，请他们到现场做客。杀猪后先割下二十多斤的后腿"坐墩肉"切片，用烧柴火的大铁锅加酸辣椒爆炒，再将猪的内脏清洗干净，将新鲜冒热气的猪肝、猪腰、猪心等，加点干辣椒、葱、蒜、香菜等佐料大火爆炒。这些炒菜和一大盆红嫩的猪血伴小菜汤，就是常说的"泡汤肉"了。大巴山里人厚道，遇上谁家杀过年猪，不论生人熟人，只要赶上了就得入席就坐，如果这时谦让客气，主人反而会不高兴。只要人勤快帮忙，泡汤肉从腊月初一开始可以吃到大年三十，几乎每天遇到。乡里乡亲，大人孩子，热热闹闹，喜笑颜开坐了几桌。刀儿匠和主人家坐到上席后，刀儿匠高高兴兴地说："喝上一碗酒，你家富裕年年有。吃上一块肉，你家年年杀大猪。"大家在热闹非凡热气腾腾的氛围中大块吃肉，大碗喝酒，共庆丰收好年景。

　　杀猪后将肉切成长方形的块状，抹上盐浸七天左右，再把猪肉挂在火龙坑上，灶屋里用柏丫枝、香樟叶、花椒树枝、八角香树叶等混合燃烧产生青烟熏烤半月以上，红红的弥漫着特殊香味的腊肉就成了餐桌上的佳肴。过了腊月十五，将丰收的雪白的糯米精心炒成阴米子，蒸成甜酒（醪糟），待过年时招待亲戚朋友邻居，表达主人热情好客的心意，增加喜庆和睦的气氛。

每年从腊月二十三开始，婆婆（祖母）或娘就会带着一帮细娃儿在晴天的上午打扫扬尘和屋前屋后的卫生，最有记忆和趣味的是边扫边唱："蚊蚤公，蚊蚤母，河那边请你吃晌午，酒也有，肉也有，蹦蹦跳跳飞过河，把你吃得胀鼓鼓。"并将扫在一起的垃圾在院坝边或屋后空地焚烧。我们在愉快的劳动中，唱着民谣，不知不觉融入过年的温馨气氛了。从这天起，家家户户开始推磨了，有推米豆腐的，有推菜豆腐的，有推魔芋的，有推粉蒸肉粉子的，有推汤圆的，有推年糕的，忙忙碌碌，喜气洋洋。特别有趣的是，若遇有人在推魔芋，不能粗声粗气地问他在推什么，主人这时最忌讳问他推什么东西，担心有人施法念咒推的东西不下磨，其实是魔芋在两扇磨盘之间粘连不能下得很快，哪里是什么法术作怪。石磨嗡嗡的旋转声传递着丰收的喜悦，石磨一转一转像天地之间，大巴山里年味荡起的涟漪在山村扩散，渐渐地转来了大年。

"大人盼栽田，细娃儿盼过年。"这在我们家乡一带成了腊月里喜庆的口头禅。爸爸说，过年要吃新鲜肉，便于做炒菜、蒸菜和炖菜，经过寒冬的肉类，质量好，吃起可口，营养也要好一些。娘说生活再艰难，也要把年过得热热闹闹。

全家人大年三十特别忙，早上起床后简单吃了早饭，就忙碌地准备午餐，午餐是过年的显著标志，那是全家的团圆饭。大哥负责挑满一缸水，然后劈柴，把青冈树、柏树棒碎成小块。我主要是打杂，帮助娘洗肉淘菜，还要负责弄牛草、羊草，这一天牛羊全部吃青饲料（白菜、萝卜、胡豆苗），娘说牲畜也要过年的。为了统筹时间，娘把猪肉、羊肉等蒸菜先做好上到蒸笼里蒸，然后就在火龙坑架起鼎罐，或是鱼煮豆腐，或是藕炖鸡汤，最多的时候是全羊汤，因为我们家一直养着一群南江黄羊。炒菜备好料，在快开饭的时候，大家都坐在桌子上了，娘才开始炒菜。炒菜一般是猪的里脊肉、牛的腿心肉、鸡的胸脯肉或鸡杂。里脊肉用韭菜或者红葱（大葱）炒，鸡的胸脯鸡杂用泡菜炒，牛肉丝则用芹菜或者青菜爆炒。这些菜，即便在物资丰富的今天，都难以一下办齐全。在所有的菜端上桌后，娘就用一个大盘子把桌上的菜各取一点，再倒一杯酒，让我们兄弟几人送到离房屋不远处的爷爷婆婆坟前，然后回来全家一起吃饭。娘说："年头岁节要祭祖，这个传统，一代一代要继承好。"

爸爸平时不喝酒，只是在大年三十这天慢慢喝三小杯酒。他要我们二十岁后开始喝酒，并说保护大脑是在二十五岁后喝酒为宜，但在过年这天中午，他实际上并不严苛，我坚持要喝酒就允许喝一杯。爸爸说，你娘做了那么好的菜，不喝酒是体会不到它的味道的，所以每次过年他都要早早地准备好酒，并鼓励我们每一样菜都要品尝一下，才不辜负娘的手艺与辛劳。娘说："学生多吃菜油（植物油）聪明。"当年无论食用油多么紧张，都要想法保证过年有菜油炒菜。

午饭后爸爸拿出笔和纸，开始封写胡子，他口述，我执笔写，大哥就封钱纸，然后我们几弟兄拿着香、蜡烛、鞭炮到祖先坟前焚烧化纳。给祖先们烧纸钱，有时院子里的年轻人都会相约一起，由长辈带领到祖辈们的坟墓前统一祭祀，一大群人，一缕缕烟雾，一阵阵鞭炮，一声声喧哗，显出人丁兴旺。我们的天全祖祖有六个儿子，我的爷爷排行第四，我的叔叔们称爷爷叫"四老子"，当然叔辈除了称自己的爸爸以外，都直接称呼"某老子"。六个爷辈的子子孙孙繁衍下来，已经是二百多号人了，热闹壮观的场面可想而知。

祭完先祖后，我们要给屋周围的果树敬过年饭。家乡的百姓尊重自然，敬畏自然，他们信奉果子树也要过年也要吃年饭，让果子树吃好年饭就会多结果子。家长带着院子里一帮细娃儿拿着镰刀来到屋前屋后的果树下喂年饭，用刀将果子树砍一个小口子，把中午煮好的米饭虔诚地喂到砍的树口里，边砍果树边唱："砍一刀，结一挑；砍两刀，结两挑；砍三刀，结的果子比山高。"我们一群细娃儿欢天喜地，在"有水果吃了"的歇斯底里的吼声中走向下一棵树又开始砍，期望来年水果丰收。

大年三十下午，家家户户开始贴春联了，春联是自己找乡间文化人写成，如果家里有读书人，就买回红纸，自编自抄写好，内容具有时代色彩和家乡风景地理特征等，但有三副对联从我有记忆开始，始终没有变化，每年都写好隆重推出，贴在阶沿上面六根北水柱头上：勤耕田地饱肚子，苦读诗书明事理，横批：耕读传家；良田千顷日不过三餐，瓦房万间夜不满八尺，横批：知足常乐；德为至宝一生用不尽，廉作良田万世耕有余，横批：德廉幸福。大人孩子们用铁勺将麦面在火上或灶孔里搅好糨糊，用筷子糊好对联背面，有的贴，有的看贴端正没有，一起忙个不亦乐乎，在欢欢喜喜的气氛中贴好。对联红纸上的字泛着银光，字的笔画像燕子轻盈地飞翔，像鱼儿兴高采烈地跳跃。细娃儿三五成群在院坝里踢毽子，做游戏，放鞭炮。鞭炮是我们自己从山里砍回的巴山白蜡树，俗称巴山火炮儿树。这种树叶子很小很密，一见明火就接二连三噼噼啪啪的响起来，将它和金竹木竹一起在院坝边角里一起燃烧，树叶子和竹子的竹节先后交替发生的响亮的声音，就像大河流水般自然爆炸出年味。20世纪30年代红军和敌人夜战常常采用此方法威吓敌人。就地取材土制的火炮听起来与串串鞭炮声没有两样，我们边跳边吼："过年了！过年了！"无比欢欣鼓舞。娘和婶娘们清洁锅碗瓢盆后，准备一些清淡的饮食，消解过度的油腻，缓解胃肠的重负。娘还要给生猪准备饲料，因为我家平时养了两头接槽猪一头母猪。爸爸下午一般是在自留地头走一圈，然后登山观光，天快黑的时候就回家了。他要亲自在火龙坑里爨火，将平常在山里挖回来的大树疙头放在火龙坑里用干柴禾引燃，整个烤火的屋子热气腾腾。爸爸和娘常说，三十晚上的火，十四晚上的灯（腊月三十晚在大巴山叫大年夜，正月十四晚在大巴山是小年的夜），火要旺，灯要亮。这是大巴山历来的习俗，是来年百业兴旺、温暖光明的象征。大年夜烤旺火，大火通宵红亮，直接燃烧到初一早上，寓意红红火火。

大年三十晚上，一家人边烤大火，边其乐融融摆龙门阵，边按风俗互相提醒需隐藏的一些日常生活用品，以便大年初一这天不看见这些东西。将家里的大南瓜、秤杆、顶针、锥子和针线藏好，认为大年初一，见了南瓜会一年四季遇上怄气的事；见了秤杆，上山割草时容易遇上蛇；见了顶针锥子和针线，怕来年种的庄稼遭虫钻咬。这天晚上一定要洗干净脚也是民俗之一，那个年代生活困难，说三十晚上脚洗干净了，来年出门会遇上好吃的，我们盼望有好吃的，全家人会认真自觉地洗好脚。山里人认为初一如果扫了地吹了火，全年庄稼就会遇上大风破坏。我们和母亲还会打扫好卫生，想法保护好大火通宵燃烧。大家认为初一早上所有的水都不能往外倒，如果那样就会闷不住财，因此一定找好几个桶和空盆，装初一早上用的生活废水。这些讲究一代一代传承下来也不知真假，但是人们宁可信其有，总是喜滋滋地传承这些过年的风俗。

大年三十晚上，大人们还要守岁，俗话说"一夜连双岁，五更分二年"，一家人围坐在火龙坑的四方，饭桌上有苹果喻盼来年平平安安；有煮好的糯米汤圆暗喻家人团团圆圆；有大红枣祈福生活红红火火好运来得更早；有柿饼隐含事事如意圆圆满满。总之，心里盼望样样吉祥，样样都向好的方面发展。山里人的生活真是妙趣横生，有滋有味。长辈们过年这天十分高兴幸福，还会给读书的晚辈发点压岁钱以示喜庆，有五角的、一元的不等，晚辈们特别兴奋，连声吼说："谢谢长辈，谢谢长辈。"全家人喜上眉梢，温馨的气氛满屋弥漫着。我们细娃儿实在熬不住了，就上床睡觉，渐渐进入梦乡。只是有人在进入新年的那一刻，爆竹声声辞旧岁，鞭炮声响彻在乡间上空。天快亮的时候，又常被猎枪"砰、砰、砰"的响声惊醒，那是我的舅舅、表哥他们家里，传承的"出天行"的古老习俗，即跨入新年那一刻的礼炮，开年大吉大利之意。我相信，那几声"出天行"惊天动地的轰鸣，从村子里出来的人终生难忘。

"出天行"的声音把我们惊醒后，兄弟几人开始起床了，穿上娘准备好的新衣服，蹦蹦跳跳、喜笑颜开找院子里的小伙伴玩。爸爸凌晨和院子里的人热热闹闹去水井湾观音井里挑几担井水回家，他说那叫"抢银水"，预示你多挑了水，今年就能够多挣钱。娘说在初一的凌晨什么畜牲先出声叫唤，什么畜牲今年在市场上就有好价钱出售。

正月初一我们会开心地玩。先是到长辈处拜年，说几句吉利的话，长辈们给我们发几颗糖果，抓几把瓜子等好吃的，然后由院子中有威望的长辈带着我们到竹林边打竹和大香椿树下打树。先是来到竹林边，面对竹子，我们便用弯刀背边砍边齐整高声地喊出："竹子瘦竹子胖，细娃儿长得壮，竹子高竹子矮，细娃儿长得快。"然后热热闹闹步行一会儿，来到香椿树下同样用刀背边砍边异口同声高声唱："椿芽树椿芽王，养个儿子没家行，我们细娃儿有出息，个个听话快成长。"这两个民俗是长辈新年第一天上午代表家长希望细娃儿新年身体长得更好，知识学得更多，个个成才的美好、朴实、善良的祈愿，这也许是简单的看得见摸得着的家教，对我们一年的成长起着潜移默化鼓励的作用。这几项风俗活动至今记忆犹新，在心中暖洋洋的。

新年初一早餐后，院子里的大人们邀约一起爬上青丫寨，观山望景，捡几根自己认为好看的柴棍捆好拿回家放好，寓意空手出门，抱财（柴）回家，一年四季好运多多，财源滚滚来。

山民们从大年初二初三开始，给外爷外婆、舅舅舅妈拜年的；给未来的老丈人老丈母问好的；给未过门的媳妇送彩礼的；手艺人徒弟拜望师傅的等，收拾好猪蹄、白酒、白糖、挂面等礼品陆陆续续出门看亲戚走人户，山间羊肠小路上穿得鲜艳喜庆的人们来来往往，欢声笑语，成了村庄移动的幸福风景，将弥漫在山间的年味推向高潮。

跳舞的麦秆

在青山绿水蜿蜒、碧绿的渠县龙凤乡，街道、田野、农家、树下，都会见到儿童老人像妇女织毛衣般得自然悠闲，在步行、聊天、看电视时，腋下夹着麦秆，手中编着麦秆，手臂上搭着编好的麦皮带。麦秆在手中上下左右轻盈摆动，似跳舞一样在人们手中舞动。这就是从宋代以来近千年的传统——编草辫子，在草编之乡龙凤乡随处可见跳舞的麦秆。

村民们因地制宜，种好小麦，成熟收割后，齐刷刷的麦秆不像其他地方焚烧丢弃，污染周围环境，发出呛人的浓烟。他们男女老少发挥聪明才智，千百年来就地取材，将麦秆晒干，编成带子，漂成各种颜色，经过草帽机、鱼眼睛机、压帽机三道认真的加工程序，变成各色精致草帽，奇彩奇景。特别是金色草帽，单看像金元宝，重叠在一起像银圆。这些金色的草帽编织着村民美好的生活，富裕了百姓，富裕着山村。

一进入龙凤乡扑入眼帘的是经过蒸煮漂白用于生产草帽的麦秆辫子，像金丝挂面一样，一串一串地晾晒在阳台栏杆上、街面上、院坝里，排列整齐有序，场面蔚为壮观。机声呜呜传来，一片繁忙景象，该乡已发展到 50 多家草帽厂，一年能生产 700 多万顶草帽，同时适应市场需要，编织提篮、枕头、垫子等日常生活用品，产值近千万元，年利近三百万元，产品远销秦岭南北、长江黄河两岸。从六岁的小孩到九十二岁的老人，他们在月光下，在电视旁，在大树下，包括平常走路都不忘手中编着跳舞的麦秆。乡村无闲人，编织麦秆忙，他们在生活中用金色的麦秆在晴空舒展和与晚霞争艳，伸向天际和太阳月亮星星交汇。他们在因地制宜劳作，从实际出发用辛勤的汗水和智慧，在家门口编织着美好生活，成为龙凤乡一道飘逸、美丽的风景线，生活在他们勤快的劳动中变得十分美好滋润。正是：千年草编，跳舞小麦秆。老幼手中颤抖欢，移动金色一片。青山绿水龙凤，传承勤俭民风。麦秆嬗变商品，惬意生活蓬蓬。

烧 炭

白居易《卖炭翁》流传至今，是因为烧炭其实是很艰难而危险的劳动，大巴山深山里一直有烧炭的体力劳动，分杠炭和呼炭。将炭子烧好后，背到一百公里外的乡供销社卖炭换取其他生活用品，或者背回家里放好等冬天来了贵客在楼上烤火用。

初中毕业的暑假，十四岁多的我和大叔、二叔背上铁罐和木瓢，拿了点猪油、盐巴、南瓜和大米等简单的生活必需品，出门向右步行五公里平路，再越过桶板溪，跋山涉水穿越森林，披荆斩棘来到了大巴山南麓通江县和南江县交界的深山老林中名叫大丫河的绿蓊蓊的杂木树林里，顺岩洞弄一点树木棒搭好简易床，露浸衣被夏又寒，上面放一床蓑衣夜间保暖。煮饭就用三个木棒支起，吊一个鼎罐，下面找一些干柴烧火，临时的安居点算是完成，这是烧炭的前序。

接着就是根据树木长势状况和地势情况先挖炭窑，一般是长6米、宽3米、深2米，均成直角直线，呈长方体状。然后砍柴，劈树斩枝，用斧头弯刀锯子将木柴处理成基本一样粗细，基本一样长短，耗时两天，材料备好后在大森林中找一些干枯柴薪，先将干柴用火烧好，待火势很大火苗四射时，我们叔侄三人，鼓起勇气，互相鼓励，团结一致，乘着大火势将砍好的木柴层层叠叠码成十字架燃烧，这个时候山风习习，助燃火势，火苗火浪随风飘绕，既美丽又热烈，只可惜无心思欣赏，只能光着膀子，迎战烟熏火燎，一边因烟熏流着泪，咳着嗽，一边不顾一切地往炭窑里码满柴块，在我们眼中刚劈开的呈现着新鲜颜色的柴块子仿佛像黄金那样纯净，香味清新扑鼻，感觉十分爽眼高兴。

堆满炭坑再往上码两米高左右，待熊熊烈火浮出飘荡的时候，我们齐心协力用青垛子大叶树条子密封柴块，再在上面用杂草和树叶混合而成的稀泥巴捂好，在炭窑脊梁上留有六个左右小碗口大的通气孔便于亮火，等到青烟散尽，再用稀泥密封一天，然后掀开出炭了。

从上木块到炭坑到满起再到码到一人高时再用泥巴捂住燃烧，这个过程不能停歇，真正是白加黑战斗到胜利为止。这时看着突兀的炭窑包高兴万分，所有的疲劳和痛苦早已随着山风树摇荡然无存，像元帅带着千军万马打仗胜利时的荣耀，像战胜了许多山梁和森林的胜利喜悦。阶段性的喜悦伴随着我们，山间村民开始煮南瓜稀饭了。木块在里面燃烧，我们等待烧炭捂炭的过程中，不再是等待。这个时候轮流回家背吃的，其余两人又在山上砍柴，准备第二个炭窑需要的原材料了，这期间约莫需要十余个日子。

出炭的日子是这样的场面：我们吃饱睡足，先在炭窑边平整一块十余平方米的土地，将土弄得十分疏松和细碎，以便于把火红的木炭及时放到地里面灭火淬火。再将炭窑面上的泥巴一齐掀开，用备好的长木钩、木火钳和锄头开始出炭了，出炭是迅速将每块木柴，以迅雷不及掩耳之势放入松土里，木柴凤凰涅槃后变成红彤彤且十分烫手的红条条，简直是火龙火虎。这时有的挖泥槽，有的出炭，不歇气地轮流轮回，有时顶着烈日，有时冒着山雨，不顾疲劳一鼓作气地完成出火条，依次横放在泥土里面，捂住熄火。捂得越快，炭子的色彩和硬度钢火形状样范越好，质量上乘，更容易卖到好价钱。这是体力好、速度快、技术高、忍耐强融为一体、十分高超、环环入扣的技术，同时要面对明火烧烤，脸会被熏成殷红殷红的巴山腊肉色。这是烧炭取得胜利的关键。

这一个假期我在大山里拖着十分疲惫的身体，幕天席地，总共烧了三窑炭，人变得又黑又瘦，经过日晒火烤，两个膀子和背起了皮子，疼痛不已，特别是晚上火烧火燎的痛让人根本就睡不好觉。看我变得又黑又瘦，手上满是死茧和裂口，母亲见状心痛地说："你这次真的吃苦了，农民劳动三个苦活（打燕麦、烧炭子、耙秋田），你体会了三分之一，这回吃了一个多月的苦，以后就会有好日子了，先苦后甜。"她温暖慈祥地鼓励着我。

白居易的《卖炭翁》：

> 卖炭翁，
> 伐薪烧炭南山中。
> 满面尘灰烟火色，
> 两鬓苍苍十指黑。

这是秦岭终南山中几千年前烧炭的真实写照。其实有了少年时代烧炭的经历对我人生来说是件好事。经历是一种财富，后来走出大山读书工作，结婚生子，辗转了几个工作岗位，贡献自己的智慧和汗水，从来不怕吃苦，再也没有什么困难难倒过我。

生态文明建设的今天，山民不再烧炭了，但我要感谢大山里烧炭的经历，她时时处处鼓舞我、引领我、启示我不怕困难，积极应对前行的生活，拒绝不正当的诱惑。

我家的土地

祖先翻越秦岭，从陕西省西乡县到四川省南江县大山深处架木而栖，到爷爷婆婆这一辈，经过几代人的勤耕开荒，改土造田，已置有十六亩土地了，家境在山里边属殷实之列，但全靠勤劳的双手，起早摸黑，披星戴月，没日没夜的劳作，维持着全家的开支和发展。土地有磨子田一坝，坎角里一坪，金榜岩一湾。

祖先除了种好田地外，还从汉中府，从婆婆娘屋里莲花山找来了柿子树种、茶蜡树种，田边地角见缝插针种好经济果林，几年后，遍地柿子树和蜡虫丰收。火红的柿子丰收后，加工成殷红的柿饼和柿夹，或用土坯大缸装好密封几月的水柿子。将茶蜡树上的蜡虫和白蜡加工成农产品。再请巴山背二哥将土特产品背向汉中府、绥定府、南江县、通江县、巴州县，换取一笔笔经济收入。

日子过到了"土改"以后，我家划为上中农，田地不出不进，也没有没收什么，但要向国家交5000斤公粮，自己运输，用人力翻越穿过唐家包，翻越深山老林冷水丫，往返120里山路送到通江县涪阳粮站。当时号召支持抗美援朝，保家卫国，爷爷、婆婆、爸爸、妈妈打着柏皮火把，昼夜兼程交公粮虽苦，但精神抖擞，乐在其中。

20世纪50年代我家土地上的柿子树、茶蜡树，连同屋后的黄桶粗的大柏树林，连同其他能燃烧的树木统统被砍掉，送进了炼铁的土炉子烧掉，变成了木炭，从没有炼出什么铁来。爷爷、婆婆看着自己几代人的心血一夜之间变成火焰和炊烟飘向空中，连声叹息，怄气成了疯子，爸爸妈妈从此变得沉默寡言，不知什么生活重负压在了他们的心头上。

因心爱的树被砍掉，婆婆怄气含恨离世了。爸爸妈妈又开始栽树，首先栽樱桃树、青冈树、核桃树等经济林木，几年后，稍微有一些小收成时，偏偏遇上"文革"，又无端地被砍掉。我小时候刚刚吃上红红的樱桃和喷香的核桃，又只能从记忆中，从回味中望梅止渴。尽管肚子饿得呱呱叫，但成天都在高喊着的"抓革命、促生产"等口号，却从未使人们填饱过肚子。

美好的家园不在了，美丽的森林不在了，结果实的果树不在了。故乡的亲人们脸上愁云满布，饥饿和贫困在山间、村口徘徊。一样的地，一样的天，就是不知何故，折腾这样，折腾那样。

日月星辰，天转地移，到了1980年，改革开放打开了时代的山泉，滋润了土地，滋养了百姓的心田，土地下户，几经折腾的土地，又分回到了我们家。饱受了饥饿的我们，精心侍弄土地，一年下来，粮食丰收了，吃饱了肚子，精神面貌大变，又开始思考将如何珍惜利用好这块乡间的土地。

将宜种庄稼、水稻的磨子田坝依然种水稻，保证基本口粮；把宜种果树的坎脚里等地方种上了核桃、苹果、梨子、银杏树，现在真正成了果园的主人，带有地下水的地方挖了鱼池；适宜种树的金榜岩湾退耕还林，种上了柏树、杉树、松树。三十多年过去了，因地制宜的措施孕育成林的树有水桶那样粗，调节气候，涵养了水源，故乡风调雨顺，风景美丽，处处绿满山间，环境十分宜人，氧吧天然形成，如同仙境般。我们几弟兄回老家抱着、摸着、抬头看着伸向空中的大树成林成片，齐声说："这是财富，这是宝贝！"

在以粮为纲的年代，父亲种田全家人吃不饱饭，就悄悄种了金银花药材。这藤蔓真争气，花花白白的，蓬蓬勃勃的，我们抽空摘收后，卖给供销社，变成我们读书的学费了。

我们家的土地同样经历了"三提八统"，税负过重的日子，现在全免了，种粮有补贴，种树有补贴，土地和树林仿佛开心了，土地回报了美丽惹人爱的庄稼，树木在风中向大山、向太阳、向月亮、向人们诉说，自己能够自由自在成长，再也不怕被砍了。

我们家的土地从来没有辜负我们的期盼，它用最肥沃的肉培植庄稼，用最纯粹的血滋润庄稼。一百多年来，经历了几代人、几个时代，反反复复，曲曲折折，山还是那座山，梁还是那座梁，田还是那些田，地还是那些地，耕了种，种了耕，树砍了栽，栽了又砍，无论怎样变化，真是万里长城永不倒，黄河水东流，小溪汇成大海，小草小树长成林木，生生不息，土地生财，土地生万物。你善待他耕种他，他就以百倍的回报。你去践踏他、毁坏他，不珍惜他，他就叫你饿肚皮，一无所获。真是种豆得豆，种瓜得瓜，种下勤劳科学的种子，开出幸福之果。

各种鸟雀们纵横交错飞翔在老家的天空，俯瞰故乡远离喧嚣和浮躁、世俗和功名的山川河流、我家的土地上茂盛的森林、荡漾的绿叶、丰满的果实。

小雪大雪

雪落黄河静无声，雪落故乡却有情。

在小雪大雪的日子里，故乡上空那纷纷扬扬的雪花，有的似鹅毛，有的似梨花，密集如柳絮，霎时就让山岭、田坝、石头、树林、竹林、房舍失去了轮廓，一片银白世界，朴素、恬静、洁白无瑕。

岁月悠悠，我想念故乡的下雪天，我想念故乡的雪景。

故乡在大巴山深处高山上，冬天常下大雪，镌刻在记忆深处的雪天是那么清新、生动和亲切。有年寒假，我正在山坡上割草，大北风刮得正猛，突然飘来大片大片的雪花混杂其间，我停下手中的活，眼望着飘雪，冒着严寒，伸着双手去捧雪花，盼雪积在手掌心。雪越下越大，越来越密，我静听雪落树林发出的吱吱嘎嘎的和谐声音。双手放在雪中，只见冻红的手掌里有雪水，就是不见积雪。可是，当我背着草在往回走的路上小歇时，天地间已融为一体，空气中没有尘埃与喧嚣，山山岭岭，银装素裹，宛若一个银白的世界，一个童话的王国。虽然高天滚滚寒流急，但心情无比愉快，洁白的雪景真能净化人的心灵，升华人们的灵魂。寒冷早已全然不觉，似有微微春风荡漾于心。从此，下雪天漫天洁白世界在我心里留下了深深的记忆。

孩子 10 岁时，回米仓山南麓老家土墙坪过春节，休闲一周回城上车时，她说："爸爸，春节什么都好，但有一件憾事。"我惊异地问："什么？"她从容回答："没有下雪，没有看成雪景，没有堆成雪人。"堆雪人、打雪仗是儿童们最爱玩的游戏。我们儿时玩雪时，三三两两有的捧，有的垒，有的团，不一会儿，就堆成了雪人、小狗等喜爱的东西。当然，做这游戏时，要以不怕严寒、不怕困难的勇气为前提，所以，儿童们为了显示勇敢，在玩伴中表现一下自己，总是盼望大雪天的到来。还有一件有趣的游戏，就是下雪时，山雀儿无法外出觅食，呆呆地蹲在屋檐下、挑梁上，这就给我们提供了捕捉机会。将一个筛子放在院坝中央，用一根小木棍支起，再将一根长绳拴住小木棍，筛子下面放上小麦、玉米、谷子等食物，小朋友们就静静地远远地躲在屋里的门后面等小鸟来啄食，待小鸟一进去，这边立即一拉绳，好，小鸟被罩住了。

这些儿时的游戏，现在回忆起来，仍然记忆犹新，其乐无穷。

更有记忆的是1989年春节的大雪。1988年底，我从商业系统调到纪检监察系统工作，春节前报了到，通知我节后正式上班。回老家过春节，几天都是晴朗的天空，定于正月初二回城，头天晚上是满天星斗，母亲说，明天是个大晴天，好赶路。可是，第二天早上起床时，真是"忽如一夜春风来，千树万树梨花开"的真实写照。近一尺厚的瑞雪，冰天雪地，气温陡降，而且我还要翻越通江县、南江县交界的最高峰冷水丫，就更不敢想象。想不走，可上班是不能迟到的；想走，还真考验人。犹豫不决时，父亲说："1933年红军腊月入川，比这雪大得多，冷得多，他们生活极其艰苦，饥寒相伴，都能克服困难，翻越千里风雪大巴山，在冷水丫打了一个大胜仗。你现在吃得饱饱的，穿得暖暖的，又年轻，这点困难还怕？何况这也是个好兆头，是老天爷提醒你，在政府机关工作，做人就要像雪一样，心地纯洁，白璧无瑕。"父亲这样一说，我毫不犹豫地整装出发了。经过一整天的顶寒风、翻雪山，越过冷水丫踏上了上班的归途。一路上，雪花飘飘，天地一片苍茫，我心情也十分惬意，总觉得是个好景象。

当我来到冷水丫高峰时，特地休息了一会儿，面对玉树琼枝的世界，面对纯净的大自然，思绪万千。此情此景，让我想起小学四年级时，张老师叫我帮他买杠炭。在飘雪的日子，我爬着积深雪的山路，在荒山野岭烧炭处买了五十斤背回。同学龙大宪趁我不注意就捧了几捧雪在杠炭里面，想增加我背的重量。这是儿童时代常有的恶作剧。因气温低，雪一直没有融化，等我背给老师时我都没有发现这个秘密。下午老师问我，炭里面有积雪是什么意思？这让我大吃一惊，想怎么有这么多雪块，满脑子疑问。老师没有批评我，却和蔼地说："雪是白的，炭是黑的，你们做人做事要坦诚，要做到黑白分明。"当时我不得其解，怎么可能欺骗老师呢？放学的路上，大宪同学说："对不起，老师批评你了，是我恶作剧，让你受了冤枉。"这事过去了几十年了，我一直没有向张老师解释，但我也一直没有忘记老师的教诲。

我爱故乡洁白无瑕、朴素自然的雪，更向往故乡雪天的清亮世界，了无尘屑。

小寒大寒

2018年1月4日下午五点五分，天气预报发来短信息：明日小寒节气，天气继续保持阴冷，寒气更浓，注意防寒保暖。

这让我突然想起寒冬里，故乡大巴山深处乡村流行的俗语"小寒大寒，冻死懒汉。勤勤快快，热和过年"。当然故乡也流传着俗语"一九二九，怀中插手，三九四九，石头冻朽"，或者说"三九四九，冻死老狗"。故乡的人们用勤快的双手，在辛勤的劳动中产生热量，产生温暖，驱走严寒。那时的故乡一到寒冬腊月，确实是寒风萧萧，冰天雪地，天寒地冻。家乡的人们闻鸡起舞，勤劳勇敢，不坐以待寒，积极参与劳动，确实不冷，说话吐出的热气在寒风中更加显眼，更加明了。

在严寒的日子里，我们平时在家里或者在学校的玩耍中，分成几组要么做逗兵短跑的游戏，要么做用力互相挤油渣的游戏，同时也斗鸡、踢毽子等。父母亲鼓励我们做这些运动游戏，产生热量，抵御严寒。这样下来虽然身上衣衫单薄，但也会浑身热气腾腾，暖暖和和的。还有一个寒冷的游戏，就是将冬水田里厚厚的凌冰，划成比一本书还大或者有半张报纸那么大一块，将谷草用手指掐成五寸长，在冰块的中间或黄金分割处，用谷草细秆吹冰块，用人的热气渐渐融化冰块，在冰块中吹成一个小孔，穿上棕树叶子，吊起提上前后摇晃涮一涮的，在儿童中比赛，看谁的冰块大，凝固得久。儿童们做这些游戏时，大人们在劳动的间歇小站一会儿，要么言传身教，要么鼓励助阵。儿童们兴趣越来越浓，在寒冷中比个输赢，冷意全无，喜笑颜开。

在大山深处，放寒假时最冷，我们几个小学同学一大早背上背夹儿，拿上弯刀，披上棕搭搭，互相喊着走进大山深处森林中砍柴，冰天雪地，冰霜遍地，树干上、树枝上、树叶上，要么结有冰柱子；要么树干、树枝、树叶上，在寒夜低温里裹上厚厚的雪就像木桶形状的冰糕、冰条、冰棍，横七竖八、井然有序地架在空中，高年级的龙大州同学告诉我们这叫玉树琼枝，还朗诵了陈毅的"大雪压青松，青松挺且直，要知松高洁，待到雪化时"的诗句。

我们跟着吼："玉树琼枝哦！大雪压树枝哦！"在树林中，用弯刀一砍树枝，积雪和冰凌齐刷刷地落在我们头上、颈项里、耳朵上，但都因为我们劳动热和了，冰寒的雪和冰块打在身上，或落在颈项里，只是寒冷地一惊，冰冷的感觉立即被热量压倒，我们都只是哈哈大笑，觉得十分惬意，而且还比赛看谁最不怕严寒。有时候同学之间也会做恶作剧，把一大块冰或者一捧雪，趁谁不注意时放在别人的后颈窝，用体温融化，这时互相哈哈大笑，问冷不冷，没有谁说冷，从来也没有谁生过气，也从来没有谁说。做这些游戏时有人因为背心里有冰块或者雪而感冒了的事情出现。

印象最深刻的是，有一年过年前几天，寒风凛冽，天寒地冻，为了准备年货，母亲叫我翻山越岭去用豌豆换粉条，我认为是母亲信任我，也没有因为寒冷而推脱。因为山高路陡的羊肠小道很远，需要早晨天刚亮就背着背篼出发，一出门外面的温度特别低，零下五度左右，屋的四周不是结有冰，就是白头霜，或者打有桐油凌（这是最寒冷的标志）。刚一出门不适应，打了个寒颤，立即镇静一会儿就出发了。那寒冷、那寒风打在我行进的脸上，真如刀割刺锥一样，我想到父母亲的信任，想到过年要吃粉条，寒冷忽略不计，没有退却，踏霜履冰，大步流星地迎着寒风前进。约十五分钟后，全身渐渐暖和，越走越热，我后来敞开衣服行进了，吐出的热气发白，在寒风中形成鲜明的对比，成了靓丽的风景，成了我勇敢的源泉，边走边吐出的热气成了我不惧严寒前进中超越的目标。到了打粉家受到了"这娃儿不怕冷，不怕困难"的夸奖，回到家全家也称赞我"不怕冷，不怕苦"，心里无比高兴，恰似"高天滚滚寒流急，大地微微暖气吹"。

在家乡经历了十分寒冷的环境，后来在我的生活中没有畏惧寒冷的困难。2005 年，市政府机关西迁后，一年四季，打霜下雪，我从不懈怠地行进在仙鹤路、滨河路，在小寒大寒的日子里，在州河边行进时，也遇到了寒冷的河风和刺骨的寒风打脸，路的两边铺满了白头霜。因为小时候在大山里感受过、体会过比这更严寒的日子和场景，这点寒冷不值一提。数九寒天的季节没有阻挡我早早地出发。养成了步行上班的习惯，快步行走一会儿，满身热气腾腾，精神抖擞，愉快地走到办公室，开始完成新的一天工作任务。

天寒地冻的日子，像大巴山深处威严的父亲和慈祥的母亲，鼓励、鞭策我们战胜困难。

困难不丢书

今天，农历六月初七，是我敬爱的伟大的父亲的生日，因而怀念起父亲对我们比巴山还高、比巴河还长的恩情，有关读书的几个温馨场景，忽然跳进我的脑海，像蒙太奇的电影画面，清晰而甜蜜地闪着放着。

父亲满腹经纶，四川省达县师范学校毕业，教过书，从过政，当过地下党员，参加红四方面军，分配到特务连战斗。年轻时曾和张爱萍将军恰同学少年，在大巴山里面，挥斥方遒，问苍茫大地，谁主沉浮。新中国成立后，因地下党手续不全，父亲回老家勤耕，过着日出而作，日落而息充实的日子。但他一生都爱学习，从我记事起，我家就有《毛泽东选集》《鲁迅选集》等许多书籍摆放在楼上书房里。1943 年出版的斯诺著作《西行漫记》又名《红星照耀中国》，都是我小时候在家乡阅读的。

父亲对于时代的语言和毛泽东的语录常常是倒背如流。1957 年毛泽东的《正确处理人民内部矛盾》《论十大关系》《如何建设社会主义》等著作内容都在他的脑海里装着。毛泽东语录"错误和挫折教训了我们，使我们更加的聪明起来了"成了他教育鼓舞我们脱口而出的口头禅。

听母亲和邻居说，我家的二楼书房里有很多书，巴山大力汉起码要背十多篾丝背篼。父亲爱读书的习性，在他八十八岁生日后，我深有体会。他在我家戴着老花眼镜，字字句句拖声哑气，用新中国成立前的那种抑扬顿挫有音乐节拍的唱书的语调读《水浒传》，我三岁的女儿，感到十分新奇，常常开怀大笑，并悄悄告诉我："爷爷读书真好听，仿佛蜜蜂嗡嗡在唱歌。"

父亲自己爱读书，也希望我们几弟兄和方圆十多公里几个大队的后生们也爱学习。20 世纪 60 年代，我家生活十分困难，五、六、七、八四个大队高中毕业的后生和上山下乡的知识青年大多都在我家的读书楼上（特别是在饱吹读书无用的年代）读过诗歌、散文、小说，谈论人生理想，他常和他们讲天文地理、历史故事，后生们听得十分入迷，十分佩服他的记忆力和渊博的学识。当时煤油很紧张，靠供销社计划供应，每户每月半斤，父亲很节约，不抽烟不喝酒，但夜间读书讲故事，他从不埋怨后生们用了煤油，反而更加高兴。特别是周围谁升了学，他都要取出用旧布包了又包，放在枕头底下有汗味的五元或者十元人民币做盘缠鼓励。当时五元十元相当于现在很大的一笔财富，大米一角三分八一斤，食盐一角七分一斤，鸡蛋五分钱左右一个，足见当时五元钱的分量。如果哪家有困难，孩子不能上学，他定会在晚上去做思想工作，劝他们的家长目光不要短浅，哪怕是背柴卖草也要送孩子读书，思想工作做通后，还会给其家庭建议，科学种好田，搞一些小副业，并无偿提供种子，或者技术，或者劳动力。

在家乡方圆一百公里以内，父亲在通江县和南江县重视孩子读书的名声是响当当的。有一次，我翻山越岭，在大山里挖药材到附近一山民家里歇气喝水时，问我是哪家孩子，这么听话，暑假自己想法挣学费。当我报出父亲的大名时，那家的主人语调提高，高兴地说：“快进屋坐，今晚就不回去了，你爸爸重视教育、会教育孩子是出了名的。”

我读完小学一年级的暑假，把自己挖的半夏卖给供销社后，去大河区新华书店，想给自己买本《新华字典》，可惜当时区上没有。第二天晚饭后，我和父亲打着柏皮火把步行了三公里山路，托他在南江县进修学校当老师的同学在县城买一本《新华字典》。字典是七角二分，当时怀里揣了一元钱。当他的同学一家人为我们把几条山狗撵走后，同学“啊”了一声，“多年不见了，快进来，快进来。”

我父亲指着我：“同学老乡，这是我的三儿子，今年要读小学二年级了，我想给他买本《新华字典》，昨天到区上没有买到，书店的同志说一时半会儿不会有，我托你在县城买本《新华字典》带回来。”并拿出一元钱给他。

他同学杨老师说：“我一定给他买一本，钱绝对不要，就算我送他的礼物。”他们两个互相推来推去，杨老师又热情地把我们迎到屋里，并给我和父亲煮了面条吃。杨老师说：“你父亲和我一起读书时很刻苦，成绩好，字也写得漂亮，作文更好。在乡村读了几年私塾，十四岁时就考取了省达师，你要刻苦学习啊！”

那晚的画面虽然是在山村的夜晚，我至今感到温暖明亮，感到像是在山里黑夜迷途看到了启明星时的希望，天旱时下了场滋润禾苗的及时雨，甜美幸福。开学后的几天，杨翠华老师给我一本崭新的《新华字典》，他说是县城进修校杨老师带给我的，让我要好好学习。那心里的高兴劲儿比大热天吃冰糕还高兴舒服，放学路上跑得特别快，恨不得马上飞回家告诉父亲：我有

《新华字典》啦。当我回家时，父亲还在种大寨田没有收工，我怀揣着字典，如获一件宝物，如同孙悟空获得了金箍棒，如同过年穿一件新衣服一样高兴。自己高唱着愉快的歌儿，吆喝着羊群上山放牧了，在羊群吃草的齐嚓嚓声音里，贪婪地阅读着散发油墨芳香的汉字解释。

从此，《新华字典》成了我的好伙伴好朋友，他教我读书认字，知书识礼，学习也一直努力，以至于我现在工作了给单位每一位同志买一本《新华字典》，让他们随时查阅，请教这位无声且不缴学费的老师。

在生活十分艰难的日子里，在物质生活十分匮乏的日子里，在读书无用论的年代里，我家里陷入了寅吃卯粮青黄不接的困境。上街赶场办事往返四十多里山路，为了紧缩开支，用手绢包着在家里煮好的饭团，在路上与山泉水相伴吃下充饥，但为了买书从不吝啬。此时父亲用卖核桃换取的钱，还给我们买了《数理化自学丛书》、字帖、《读与写》等一系列书籍，慰藉我们饥渴的生活和灵魂。书是黑夜里的火把和油灯，照亮了我们前行的人生道路，似乎黎明前有了光亮，太阳一定会升到山顶，给人力量和希望。他自己还订了《四川农村报》阅读，每天收工后，最爱站在阶沿上背对着柱头认真听有线广播，了解时事政策。

还有一个秘密现在可以告诉人们了。1975年的暑假，我和他在棋盘石梁上放牛放羊割草，牛羊在自由自在地摇着尾巴欢快地吃着青草，太阳升起了一人高，朝霞满天，阳光四射！装满了两背冒梢梢的草后，我父亲突然站着不动，悄悄地说："儿子，今天这里很安全，你要努力刻苦读书。今后肯定要重视读书，重视知识分子，并再三叮嘱保密，一定要自己暗暗地努力。"

我工作后，和他常常交流："我们家里在那个年代困难得再也不能更困难了，你还要千方百计克服困难，以无比的勇气支持我们读书学习，其他乡民都不理解。"

他扬扬头和颜悦色地说："我们山里的俗话说，'穷不丢书，富不丢猪嘛'。学习是提高人的素质，是人成才的路子，再困难也要送孩子读书。"

父亲的一席话，时时刻刻在我的脑海里出现，成为我挤时间学习的内在无穷动力。

半山幺店子

木板房、吊脚楼、红灯笼、青瓦房在青山之腰远远就一眼见着撞入人们眼帘，李子树、梨子树、柿子树、枣子树、板栗树等又多又高又大，猎狗子（打猎时的撵山狗）又多又大又狠。这就是半山幺店子在脑海的美丽素描画面。

它背倚红四岭大山，左边一小溪在林中汩汩流淌，右边一小河流水潺潺，中间一大片巴山梯田重重叠叠，真正的椅子形地形地貌，上通南江县、下连通江县。屋后松树和柏树、蓼叶竹、荒野小径，流传着红四方面军的故事。从我有记忆开始，老百姓下雨天、下雪天在家里烤火时，男人做着修理农家农具活，姑娘和媳妇纳着千层底鞋，扎花绣朵，每每都要讲起半山幺店子后面茂密荒凉的树林中红军经历过的惊险故事。1933年春天，大巴山的春天来得比往年早一些，当红军和当地百姓在田坝里栽秧时，派了两个战士侦察，站岗放哨，当发现情况时，栽秧的红军战士迅速进入有准备的战斗状态，让敌人偷袭没有成功，反而吃了败仗，送来了很多武器弹药。猛跑猛喊的是从小不怕吃苦、热爱劳动、身体棒的何正文，这次放哨侦察敌情有功取得了正式加入红军的资格，新中国成立后成为开国将军。这故事既惊险又熟悉，反复传颂百听不厌。我们通江和南江方圆十几公里的儿童们从小就在崇尚劳动、不怕吃苦的氛围中学习着、劳动着。

这里是南江县和通江县方圆八十公里的山民赶油盐场的歇脚点。有年春天农忙时节，山村里没有时间概念，只听见大红公鸡第一声叫，我起床拿着电筒和二叔到南江县那边村庄推销店去称盐打煤油。过了几个田坝，越过几条小溪，穿过树林来到店子上，猎狗又猛又狠地狂吠着，几户村民警觉地起床盘问，我们及时通报姓名，他们同时各唤各家的猎狗，叫它们不要乱叫了，是朋友是亲戚。真奇怪，一大群猎狗瞬间噤若寒蝉，从凶神恶煞马上华丽转身为温顺可爱。大人们异口同声地请我们烤火，等天亮了再翻越红四岭买东西。我和二叔好言感谢，坚持在房后一块石坝上，两根大松树底下互相拥着取暖，等到天麻麻亮时再翻山。我和他坐下来警惕地握着镇妖棍（一种坚硬的黑檀木做的棍子，在大巴山一带传说能镇妖驱邪，鬼见了都又愁又怕），听着眼前的树在风中发出飒飒的声音，看着远处的山里黑红无底，雾时一个又大又黑又静的世界在我们周围，多么盼望着鸡鸣狗吠的声音出现。这时脑海中荡起儿童团长何正文放哨的故事，握紧镇妖棍心中暗暗地鼓劲：不要怕，勇敢些。当东方有一丝光亮，眼见脚下的路和空中的树梢枝丫清晰，我们精神抖擞地出发翻越荒山小径，把油盐等东西买回来。早饭后，像往常一样和同学们奔向学校，一点也没有影响学习。

在读初中一年级时，学校缺作业本，我大胆地建议到山那边南江县推销店买颜色不白的纸订本子，可谁去买就为难了，因为有了上次夜行买油盐的经历，我就自告奋勇地向老师说："明天上学时保证让同学们看到买回来的纸。"放学回家晚上煮饭时，我多煮了一个人的饭，然后将多煮的饭捏成饭团，用干净的手绢包着装在书包里，等天一亮，我一阵猛跑来到店子上，他们问我这么早干什么？我说到木椤坝买纸订本子。他们见我背着喇叭形背篼，就说："你一个学生敢翻越荒无人烟的小道？""不怕！我有一根镇妖棍。"他们哈哈大笑的声音和树林涛声和谐交响着。温姓人家一位大哥说："我今天反正要上山砍柴，我就早上去陪你走一段，等你买好纸后回来时，柴也砍好了，给你壮壮胆子。"我们边快步走边闲聊，他去砍柴时我鼓足勇气，又一阵猛跑翻山过河了，把纸买好装好后，在店里喝了几口热水吃了饭团，一路小跑飞也似的来到学校。老师和同学们看到纸惊喜不已，连连夸奖。老师说："你既勇敢又很仔细，还不怕吃苦，将来无论干什么都会有出息的，好好读书吧。"带着老师的鼓励，回味着我越过店子买纸的经历，努力地读着书。老师的鼓励、同学们的夸奖至今在脑海里回荡，时时提醒我不怕困难，努力做好工作和生活中的事。

三间两头转的三合面的店子上住着五户三姓人家，吊脚楼上和屋后阳沟里有几十只蜂桶，蜜蜂一年四季嗡嗡地叫个不停，采花不歇，就像店子里的人们辛勤劳动一样酿蜜创造幸福的生活。

这几家人共同的特点：勤快、诚实、憨厚，而且暗暗地互相比赛着做好事，兴好家。他们朴素的理念是过路的人歇气喝茶使他们人气旺，别人愿来是件好事，人走旺家门，人气越旺一切就会顺利。无论什么时间什么季节，无论是农忙还是农闲，他们每天天刚麻麻亮就起床，立即打理卫生打扫清洁，用他们自己的话说，一家人能不能干，先看阶沿院坝整不整洁，干净不干净。接着要么烧好白开水，要么烧好老鹰茶，或者野金银花茶，装在竹笼水瓶保温，或者装在一年四季火苗不断的火龙坑里的铁罐里热着，供过往行人随时喝随时装好赶路，清香始终在大山的空气里飘荡着。有时还有季节性原生态野山果免费品尝，他们口头禅："山里野果多的是，只要勤快，弄回来也不费事。"

我七岁时大热天和母亲去板桥口，路过这里就在温姓家中免费喝了可口的老鹰茶，当时热情的场面现在还记忆犹新，以至于他家后生读书需要我帮忙时，我高兴地尽力想法解决。有一年秋天打谷子时，路过这里的时候我们一行人除了喝好茶外还取了几个秤砣梨子和一撮瓢黑色诱人的板栗。有一年正月十几里我们十几人路过时，白开水由我们装和喝。杨姓人家还给我们取了大山里经过一秋冬的伏柿子解渴，一行人感激不尽。感受到这店子上的人都十分爽快热情。他们不同姓氏、不同人家，但几代人相同的是用他们的劳动，他们的热情，他们的茶水，他们的山果，温暖着过路的行人，美名在山里山外百姓中口口相传。

他们大人孩子打猎、砍柴、种地，秉承着敦厚待人的原则，过着很自在的日子。20 世纪六七十年代，因远离乡场，山还是那座山，梁还是那座梁，树还是那些树，没有钩心斗角生死疲劳的斗争，还是自然淳朴，还是过着日出而作，日落而息的日子。

这里的人们爱劳动，这里的人们爱种经济果树，这里的人们很淳朴、憨厚、勤快。守望着大山，欣赏着明亮的星星和清丽的月亮，唱着山歌："住在老林边，吃着兰花烟，烤的转转火，吃的洋芋果。"过着出门一首山歌子，回屋一背柴块子的日子，甜蜜温馨。

/47

老家的院子

老家位于大巴山南麓连绵青山的米仓山深处，周围的山势神似一条绿围巾围在人的脖子，左有大凤山形如眉黛，右有似弯月或豌豆角的绿色长山梁。老家的院子是一个穿斗结构三合面的川东古朴民居，正房有堂屋，两边有厢房，两头转。房屋鳞次栉比，连成一片。

院坝是 20 世纪 30 年代初铺就的青石板，院坝里石板上有棋盘画，也可以跳绳、打球、踢毽子、玩弹老虎、钻洞游戏，还可以在石板上写字。我们院子里的小朋友节约纸张，一代一代地在院坝用小石子与石板硬碰硬练书法。写起字来横平竖直，笔锋犀利，一撇一捺如刀锋有力。从这院子里走出大山的人，书法水平虽然没有飞鸟惊蛇、运斤成风的境界，但字形都很清晰硬直，一排一排，一页一页整齐规范。父亲在家乡读了六年私塾，他在这里读书写字，苦练童子功，启程出山步行七天来到绥定府，报考四川省达州师范，发榜时名列前茅，当时才十四岁。他常给我们传授写字的秘诀。先在院坝里的石板上练字，再用笔在本子上书写，那腕力定力悬功运用自如，他核桃大的楷书堪称书法作品，以至于八十多岁了还能教孙子辈练"永"字八法。

冬天暖阳底下，姑娘们、媳妇们在院坝里一边飞针走线纳千层底布鞋，一边摆龙门阵，在愉快中创造自己美好的生活。炎热的夏天夜晚，院坝里凉风习习，满天明亮的星星和圆月温润亲近，儿童们手指天空，寻找北斗星，当有流星划过，一阵欢呼吼叫。夏天的早晨，屋前院坝边飘舞着浓浓青雾，丝丝淡淡甘甜气息沁入心扉，神清气爽。

我老家院子四周墙壁上能写字的地方，都涂印有时代色彩。先后写有："打土豪分田地，搞好土地改革"；"多快好省地建设社会主义"；"农业学大寨，工业学大庆，全国人民学解放军"；"大海航行靠舵手，永远忠于共产党"。土地下户时的标语："一不等二不看，两横一竖就是干"。这些标语 20 世纪90 年代有人出两万元收购，大哥说："保护好这些文物，再贵也不卖。"

在生活艰难的 20 世纪六七十年代，父亲和大哥二哥在房屋的左面肩挑背扛平整了一块地，拓宽了我们的活动场所，放学回家来到那个平展的地方蹦跳，无比欢喜！同时修了20米长、2米宽、1.5米高的院墙，上面栽了苹果树、柏树，如今已长成参天大树。同时套种有金银花、茶叶，现在长势良好。全家一屋大小的人抽空闲的时候，在屋的右面修了高2米、宽0.5米、长200米的像一弯冷月似的围墙，注视着天空，守卫着家园。围墙外是巨石，巨石和围墙之间专门留了一条小路给过往行人。围墙里面是我家栽种的菜园和一年四季万物生长的自留地。那里面有三株柿子树、五株核桃树、五株茶叶树，有一个大石坝子供我们玩耍和家里晒粮，有七八座祖先的坟静卧在绿树下。自留地边上种有杭菊，大石头的坡坎上，我们从远处背了泥土铺在上面，种了金银花等植物。这里在困难的年代是我们家温饱地、幸福地、水果地，是自己动手、自给自足、丰衣足食的生活来源。这里还种有药材：天麦冬，地麦冬，当归等。这是一块无穷的宝地，也是全家的希望之地。

如今我们几弟兄工作在外，时常在电话中说起牵挂的那块地。成都的兄弟说，如今高速公路通车了，回家在两个小时之内，叫我回老家种茶叶，种菊花，把原来白蓬蓬的菊花种好。我们走南闯北还是家乡好，还是家乡的农特产品好。现在每次回家，到围墙里名叫坎脚里那块地是必需的历程之一。静静伫立，寻找儿时的温馨，闻闻芳草的清香。

屋后阳沟石墙的二台台上，一直种有三株高大的樱桃树，一片斑竹林四季常青，特别是春天，雨后的竹笋拔节长高，带给我们无穷的欢乐和美味的食品。古老的柏树被砍了，大哥二哥又栽了一排二十多棵泡桐树，齐刷刷似绿色的火箭伸向天空，远远地进入人们的视野。我们一家栽的树参差不齐地长高长大，吩咐女儿每次回家尽量栽树，我们也同时栽下了无尽的绿色思念。

我家二楼木板楼有特别之处，一是有一个20平方米的单独的读书屋，二是后面有活动雕刻的万字格窗子。读书屋从三十年代父亲那一辈算起，吸引了周围10公里范围内的外姓和本院里的约有五代读书人在那里读书学习思考。天大寒，砚冰坚，手指不可屈伸时，围着木制大方桌讨论人生、理想、本事。八十多年来，从读书屋里走出了许多科学家、作家、医生、公务员。

二楼活动窗离屋后竹树茂密的二台台两米宽，父亲是地下党员，从红四方面军特务连开始，一直到抗日战争结束。楼上是地下党秘密开会接头的地方，遇有特殊情况，就轻轻推开窗子，搭上一个竹梯，就从后面分散到各地，发动群众，完成上级指示任务。听母亲讲述，有一回几个地下党员夜里开会讨论晚了，因劳累过度，在楼上席地而卧睡着了。一大早有人来搜查地下党，听到院坝边狗子咬,她出门一看,七八个兵背着明晃晃的枪上来了,母亲急中生智迅速上楼,以找茶叶为名,将这消息告诉他们。地下党员们马上推开活动窗子,搭好梯子依次悄悄地转移。母亲生怕地下党员没有把梯子放好,留下可疑痕迹,她又假装上楼找柿饼,仔细观察,确保无疑。母亲每每给我们讲起这段故事时,惊讶地说:"好险哦,抓到了他们要砍脑壳。"我每次回老家,一家人都要去观察这些实地实物实景,接受传统信念理想教育,连同家乡父老乡亲温馨的叮嘱,坚定了我们的生活方向。

骑水马儿

山自青青水自流的巴山深处，故乡的桶板溪、吴家河、马家沟、白果树溪、侯家湾河等叫沟、叫溪、叫河的大小不一、深浅不同的回水潭，是我们山村儿童天然的游泳场所。放牛牧羊、砍柴割草、做农活的闲暇，在这个天然池子里，三五成群，蹦蹦跳跳学游泳。

一群赤身裸体的少年儿童将衣服放在水潭边平石坝上，以大带小，大的教小的，会了的就到潭中间中流击水，抢浪飞身，不会的和刚学会的就在浅水边学狗刨水、仰泳、燕子点水、鹞子打水，从这些基本动作中互相切磋体会感悟，苦练童子功。一个夏天结束，完全能够在潭中自由自在地潜游，会打水仗了，也会扎猛子了，也会在水里闭气换气了。特别是在水里睁眼闭气看水里的世界，阳光照射下一跳一闪的花花绿绿，让人特别兴奋和轻快。

几个炎热的夏天过去，这些动作十分娴熟后，伙伴们就会将棉布裤子的两个裤脚用山间的广藤儿扎紧拴牢，倒提起在水面上猛烈地几抖几按，两个裤脚自然地涨鼓成两个圆滚滚的气筒，这就是我们自制的游泳水马儿。无论是骑在或仰躺在水马儿上，静心闭气、一丝不动，或看水中的细鱼倏尔远逝、往来，时而碰在脚身上，似与游者同乐；或仰望青天白云，一动不动，怡然自得，随着水的流动漂旋而在水上时起时伏。同伴们互相吹着牛，有时伸手摘到潭边的沙泡儿塞进嘴里，此时无烦无恼、无忧无愁，真似水上儿童神仙啊。

20 世纪 70 年代末期的夏天，初中毕业要到区上诺水河镇考试，路程 60公里，对山里的孩子们来说，如果是晴天，我们同学在老师带领下，一天走到不在话下。本打算提前两天出发，山风大雨说来就来，老师和学生不敢被动等待，就提前三天冒雨前行，本想赶在山洪暴发前、河水暴涨时趟过板桥口这条河顺利到达，那时我们走出大山要迈过无数条河沟河流，乡上板桥口这条河上还没有修建才子潭桥，我们班五十多个同学，来到清朝才子蜀中第一联——青城山长联作者李善济门口的才子潭下边的那个大潭，河面更宽阔，水流平缓。班主任老师先下去试水后认为十分安全，两个男老师用两根三丈多长的棕索，像麦面麻花一样缠紧牵起，护栏着我们。我们将衣服和裤子全部捆好，顶在头顶上，两手轮流划水，轮流保护好头顶衣物，顺利过了河。这时天还下着小雨，担心遇上暴雨涨水，我们必须赶时间过河，可是还有16个女同学没有过河，山乡的女孩子，由于浓厚的封建礼教束缚，哪里会游泳？老师正在困惑时，不知是谁高声叫道："老师，可不可以叫她们骑水马儿过河？"班主任老师说那必须有体力好、水性好的老师或同学护送，或牵着走，或推着走，同时绳索两头要各有三个男同学拉起保护，绳子两头还要拴上大石头增加重力和定力。就这样，大家迅速抢时间，齐心协力，立即照班主任老师讲的扎实准备，一会儿16个女同学骑着水马儿过河了。大家一路小跑，经过了传说三国时代张飞书写的"天柱中原"的写字岩，天黑时到了灯火通明的诺水河镇，我们感到一切都新鲜新奇，内衣内裤也在少年时代的体温火气里用自身的体温烘干捂干了，顺利地参加了中专、中师、高中的选拔考试，顺利地渡过了人生河流中的独木桥。

"班主任细心负责""十六匹水马儿冒雨过河""麻花状绳子的护栏"这些画面是我脑海中抹不去的回忆。

穿过丛林看小溪

我们队位于偏远的山村，20多户人家同龄儿童10多个，砍柴、割草、放牛、放羊，绝大部分时间是一起度过的。上学放学绝对是集体行动，常常从松林坡传来互相叫喊的声音。我们上学时在松林坡石坝处相见，放学时在倒角湾田角一块大石头旁相见。一起在上学放学的路上唱天舞地。

我们砍柴的地方基本是固定在大丫河、乌滩湾、枞树梁三个地点。这里是大山深处、密林深处，两三个孩子是绝对不允许也不敢进入这三个地方砍柴，因为那里常常有野生动物出没，我们曾经遇见过豺狼、豹子，碰上猴子更是司空见惯，经常遇见猴子在树上又叫又吼，还用前脚刨脸羞我们，我们拿着弯刀跺着脚，大声吼着它们，远远地白吼。特别是林间惊飞的野鸡，让我们欢呼雀跃。

三五成群的10岁左右的少年儿童，在树林里约半个小时就弄好了自己的柴，或捆好，或装好。这时大家就会一起背唐诗，猜谜语，爬树找野果子吃，这些行动绝对是集体活动，单独活动会十分害怕。大人叫我们一起砍柴有伙伴，才会放心，所以我们同路上山砍柴，又同路回来。只要我们儿童们在一起，各家的父母亲从来不催我们回家，队上历来都是以大带小，大一点的孩子敢于热心担当，十多年的时间里，我们就是这样愉快地在树林中度过。但有一件更愉快的事情，就是在我们屋后的山梁里无论干什么农活，无论是谁当孩子王，都会做同一件事：干好农活后，整齐地横穿森林，跑步向前，披荆斩棘，到悠悠流淌的桶板溪。那里的山涧小溪，溪水丰盈，素湍绿潭，梯级形状，有流水潺潺，犹如白布水帘，有滚动的雪莲花。最让我们高兴的是，有四个比农村院坝还大的又绿又乌又红的大水潭，神似四张巨大的荷叶接连铺着倒映山间美景和蓝天白云。那时不知道朱自清先生的《梅雨潭的绿》，我们的直觉是水太红太绿，秋天水面在四面森林树叶变红的映衬下五彩缤纷，但大部分时间的潭水是绿乌乌的诱人。

这里有高大的石头，有平石板，有绿水深潭，有潭里的鱼儿跃动，是没有围墙的课堂，学会游泳的天池，洗衣服的天然场所。

　　儿童们自然是一起捉水潭里一尺左右长的鱼，一起眼睛闭着，鼻子捏着，像鸭子一样脑壳迅速埋进水里学游泳，一起像草原的雕翱翔蓝天时展翅起飞那样学跳水，一起洗了自己身上的脏衣服。洗衣服时准备一点皂角拿上，或者预先拿一块小肥皂，有备而来。互相不分彼此，互相包容，互相关心，团结得像一个人一样。只有团结一心，才不会打架动气，家长们才放心我们一起干活玩耍。

　　在放牛、放羊、割草的时候，也会有三五个女伙伴们藏在树林和水潭的秘密处梳妆打扮，手和脚偷偷在水里乱打乱弹，互相交流感悟。我们男儿童也不去看她们悄悄游泳，也不回家告状，久而久之，她们全都会游泳了，以至于后来在危难时刻拿出秘密武器显了身手。在白果树坝村小读小学五年级的上学期，我们勤工俭学扯猪草，一次有两位女同学不小心掉入了学校对面的深潭简漕潭，班长和其他同学惊慌失措时，我们队上的姓刘和姓殷的两位女同学立即甩掉背篓和镰刀，一起像跳水运动员一样，又像燕子一样飞跳进潭里，潜入水下，在水里与落水同学边搏斗边游上岸来，落水的两位女同学都呛了水，当时晕迷了。班主任老师和学校兼职校医百米冲刺跑来了，把两个女同学倒提起几抖，两位女同学"哇"的一声吐出一大摊水来，救活了命。

　　这下不得了啦，学校沸腾了，事迹传开了，这两位同学真是神仙下凡。因为在大山里面，有浓厚的封建礼教约束，女孩子们从来不准下河洗澡，更没有场所。两位女同学跳水救人的美名传遍乡村，两位落水的学生家长专程来学校感谢！晚上还特别到了我们队上感谢两位女同学。这种情景下，家长们一再追问她们是什么时候学会游泳的，开始她们都不敢说，还是班主任老师担保绝不批评她们，家长承诺绝不打她们，才慢慢地说出秘密：她们砍柴割草放牛放羊闲暇的时候一起穿过丛林，看山间小溪水，然后在那里自由自在地悄悄学会了游泳。

　　由于乡中心校发出了向这两位女同学学习的通报，由于在几个村庄里传说着称赞这两位女孩救人的故事，由于这两位女同学成绩越来越好，全村的人认为女孩子学会了游泳会保护好自己，也会保护好别人，再不相信封建礼教那一套，也准女孩子大张旗鼓地游泳了。从那以后，条件好的家长还给女儿买回花花绿绿的游泳衣，女孩子们在学校上体育课时，在学校旁边河里的大潭里，或者回家砍柴割草放牛放羊做农活的闲暇时，会大大方方地叫几位女同学到桶板溪自自然然地游泳了。后来我们村办了附设初中班，1979年到诺水河镇参加中考，遇上下雨，河里涨水，班主任老师带队找好了河滩水流缓慢的才子潭过河，一批女同学们自由自在地游过了河，顺利地参加了考试。

　　我们穿过丛林看小溪，那里除了地上好看的花草、好玩的游戏，空中还有许多鸟儿在蓝天盘旋，一会儿翅膀扑棱棱俯冲下去点水洗毛，一会儿站在大石头上载歌载舞，场景十分美丽，鸟儿一会儿在水面上飞，一会儿又集中地站在大石头上像开会一样，叽叽喳喳热闹非凡，我们心情特别喜悦。许多年以后，才知道那是鸟儿爱美丽，映着清澈的潭水起舞。

石磨声声

"上石岩，下石岩，白胡子老汉钻出来。"这是婆婆教给我的第一个"猜字谜"，它就是石磨。

"石头层层不见天，短短路程走不完。雷声隆隆不见雨，大雪纷飞不觉寒。"婆婆和婆婆的婆婆就是唱着这支古老而辛酸的歌谣，踩着永远不变的节奏，年复一年地推着石磨，从青丝缕缕的小妇旋转到白发苍苍的老媪。

有一年的端午节，村里来了石匠艺人，把我们家的"人邀磨"团成了"牛拉磨"，婆婆乐呵呵地把那根被她摸得滚光溜滑的磨杆套在了老黄牛的脖子上，我从犁地的爸爸手中接过黑塔树"使牛条"。从此，只有磨盘高的我开始"吭哧吭哧"地打着牛屁股，成为婆婆推磨的得力助手。

山里的天气变幻莫测，野雨山风时起时停，能挡风遮雨的地方自然成了安置石磨的理想之地，但只有几间低矮的木屋，平均一户四五个娃娃的山民们，不得不把石磨安放在露天坝里。独我们家的石磨得天独厚，被安放在三间瓦房的竹楼下，楼外密密的竹林恰到好处地挡住了外来的风。

石磨常磨的是苞谷、荞麦、干红苕粒，偶尔也磨麦子。每当婆婆牵着牛鼻索架磨时，我就提着粪桶催牛屙（拉）尿屙屎，并学着婆婆的口气："快屙，懒牛懒马屎尿多。"之后，婆婆就架起簸箕箩筛，坐在松树墩上，看着我迈着碎步撵牛，偶尔为灌不到磨心的我刨一下磨，并对越走越慢的老黄牛"吭一哧"一声吼，那牛就一阵快跑，嗡嗡地旋转几圈，磨盘上就堆起了小小起伏的"山峰"。婆婆赶紧用木瓢撮去箩或筛。这时，她便扁着嘴说："我孙子撵快些，以后端阳节婆婆磨新麦面给你蒸肉包子吃，还上街挂机器面……"

于是，我就盼望着端阳节，盼望吃那"咬一口就流油"的肉包子和"丝一般细白"的机器面。

大端阳过去了是小端阳，肉包子和机器面条终究没有吃到，但我能踮起脚尖用高粱刷刨磨了。这时，我羡慕起安在露天坝里的石磨来，那些撵牛的小伙伴，可以一边"哼哧"，一边看天上的云，看盘飞的鹰，听修大寨田撼山动地的号子声，或者牵着被捉的碌碌虫喊"推磨——推磨"，甚至还可以和坎上坎下的玩童比赛着骂人……

"嗡嗡"的石磨声单调极了，牛尾巴常扫得双眼流泪。我数着没有起点也没有终点的牛蹄印，听着猪圈里老母猪的呼噜声，傍着圆圆的磨盘，拖着发酸的脚步，昏昏地睡去……"啪啪"——婆婆的耳刮子把我打醒了，啊啊，馋嘴的老黄牛已把磨盘上的苕粒面舔得干干净净了。

"嗡嗡"的石磨声旋走了我童年的顽愚。我上学了，把黑塔树条儿敲牛屁股，"吭哧吭哧"的生活交给了妹妹。

在学校话剧队里，我饰演的是一个"忘记阶级苦、不爱惜粮食"的反面角色。每当戏进入高潮，几个红小兵口诛笔伐声讨我"把雪白雪白的馒头扔进垃圾"时，我就想起婆婆用苞谷和苕果面做的窝窝头，黑黝黝的……

端阳节又到了，该是磨新麦面蒸肉包子的时候了。婆婆颤巍巍地撑起落面架，妹妹踮起脚尖在刨磨。

"婆婆，别落了，有麦麸子呀！"我看见簸箕内先落下的白面盖上了一层麻麻点点的麦麸。

"这怕啥？自家吃的！"

婆婆拍两下箩子，扁着嘴说。飘飘扬扬的面粉，在她花白的头上盖上了一层暮年的浓霜，脸上的皱纹像岁月反复开垦过犁沟，凝成黑褐的波浪。牙齿脱落了，干瘪的腮帮似两口龟裂的池塘——我不敢提吃肉包子和机器面条的事了，怕那满足于填饱肚皮的笑容从她那脸上消失……

老黄牛死了，婆婆的身影消失了，妈妈从婆婆手中接过了落面架，石磨重又"嗡嗡"地旋转起来，旋转中磨着山里人悠长的日子……

我渐渐地离这推磨的生活远了，但每当我从单位伙食团买来雪白雪白的肉包子时，我的神思就傍着那圆圆的磨盘睡着了，如今那里睡着的是我的妹妹。我想念故乡的石磨了。

又是一年端阳节。我看见石磨了，她歪歪地静静地躺在竹林里，层层石岩上凝着雀鸟陈腐的粪便，活像一尊古老的化石。老黄牛留下的那头小黄牛也长大了，油光水滑的，它摇头甩尾，悠闲地反刍着逝去的岁月……

粉白的堂屋里，妈妈正在挂面，焕然一新的吊脚楼下面，隆隆的粉机声代替了嗡嗡的石磨声，生意很兴隆，妹妹再也不能傍着磨盘昏昏地睡大觉了，她成了忙里忙外的机手，把推磨的生活交还给了历史……

冒蒸气的肉包子、白花花的挂面条、滚动不息的泵轮，把庄户人的端阳节碾得喷香喷香……

闻鸡起舞

鸡年到了，想起了许多闻鸡（机）起舞的往事。

晋代的祖逖是个胸怀坦荡、具有远大抱负的人，可他小时候是个不爱学习的淘气孩子。青年时代，他意识到自己知识的贫乏，于是挑灯夜战，广泛阅读书籍，学习丰富的知识。后来，祖逖和幼时的好友刘琨一同担任司州主簿，他们有着共同的理想：成为国家的栋梁之材。

一次，半夜里祖逖在睡梦中听到公鸡的叫声，他一脚把刘琨踢醒说："别人认为半夜听见鸡叫不吉利，我不这样想，咱们干脆以后听见鸡叫就起床练剑如何？"刘琨欣然同意。他们每天鸡叫后就起床练剑，剑光飞舞，剑声铿锵。冬去春来，从不间断，终于成为能文能武的人才。祖逖被封为镇西将军，实现了他报效国家的愿望；刘琨做了都督，发挥了他的文才武略。这是历史上闻鸡起舞的故事，也是闻鸡起舞成语的来历。

我出生在大巴山偏僻的深处，父母亲和乡亲们闻鸡起舞，披星戴月，为生活辛勤劳动的场面历久弥新，在脑海里刻上了深深的印记。一年之计在于春，一日之计在于晨。每天早晨，父母亲天刚蒙蒙亮，自己起床干农活，也催儿童们按时起床，放牛、放羊、砍柴、割草、扯猪草，干力所能及的农活。

特别是农忙时节，为了抢收抢种，乡间的人们早上比鸡起得还早，晚上比狗睡得还晚，每天都只休息五个小时左右，父母亲带头引领着我们学习如何干农活，我们那几天和父母亲一起干活，一起享受播种的希望和丰收的喜悦。早晨鸡未叫时，父母亲和我们起床，在煤油灯下，母亲煮早餐，其他的大人小孩收拾自己劳作的工具，在微弱的油灯下吃完早餐就出发，并高兴地哼着"鸡叫头道梆梆敲，收拾工具就出发……"的民歌，歌声在乡间回荡。把一田一田、一地一地的庄稼，收割好整装好，在月亮坝里背麦子回家或背稻谷回家，晚上在油灯下和月光下，全家人用风车、筛子把粮食整理归类收拾好。忙农活时人们还高兴地吼着当时流行的《南泥湾》歌曲："又战斗来又生产，三五九旅是模范……"在愉快的歌声里劳动。

　　夏天和秋天里，早晨四点钟打着柏皮火把、电筒出发，背上爱国粮步行十五公里到区粮站。有一年夏天，全家人背小麦，迎着凉风和朝阳，看着根根树木和缀满露珠的小草，一路边行进边天南海北地讲起神仙鬼怪的故事。走了三十里路到了区粮站，收粮人员才端着碗吃早餐，把我们称赞一番，说"你们太早了"，对我特别夸奖，说："小孩子能干，不睡懒觉，我今天第一秤就收你们家的公粮。"我们全家人连声说谢谢，脸上溢满了幸福的涟漪。

　　那时生活条件艰难，小孩们都要在大人的带领下，自己从大山深处挖药材挣学费。挖药材要走二十多里弯弯曲曲的羊肠小道，才能进入荒山荒坡。早上四点钟起床煮好饭吃后，收拾好弯刀砍刺，披上小蓑衣防湿御寒，扛上锄头挖药材，打着平时准备好的柏树皮或向日葵火把，三三两两向大山深处赶去。走热了，凉风吹来浸入心肺，幸福愉快。天麻麻亮来到了大山深处，就寻寻觅觅，披荆斩棘挖药材。中午吃完干粮，又围绕着大山挖，如果互相看不见了，就互相吼着对方的乳名这娃子那娃子壮胆，夕阳吻着山梁时或麻羊子下地时（大巴山土语天将黑时），我们背上丰收的药材，深一脚浅一脚披着清风明月揣着满心欢喜回家。一个假期过去，挣足了学费，父母亲还奖励我们买连环画看或买泡沫凉鞋穿。

　　山里面的大人小孩闻鸡起舞，在艰苦的条件下勤快地创造着幸福的生活。这样的经历时时引领着走出大山后的我生活勤快，工作敬业。

　　我工作三十多年来，感到欣慰的是，无论在什么环境下，都做到了夏天6点钟起床，冬天6点半起床，按时上班，一年四季从不懈怠。特别是2005年9月开始，市级机关从老城区西迁后，我每天按时起床，收拾好后，7点半左右从南外三岔路口启程，经南门口坐乌篷船过河，沿州河边一路大步流星前行，仰望盘旋在空中的小鸟雀跃，俯瞰鱼儿在州河里自由游荡，翻越鹿鼎寨来到市政中心上班。按时上班了，生活低碳了，没有堵车的烦恼，多么愉快的日子。步行上班还收获了意外的喜悦。十多年来，我以步行在州河边为题材写了二十多篇作品在报刊发表。其中《石墙上的绿》获得森林城市征文一等奖，《走班札记》在《人民日报》发表。

　　我女儿在通川区一完小读小学，达州中学读初中，我们住在南外，一家人互相鼓励，早上按时起床。专门买了一个闹钟，里面有一只鸡的图案，每过一秒钟鸡啄一下，闹钟滴答一声，早上闹钟定到六点一刻，按时发出神似乡间鸡叫的声音，催着我们全家起床。女儿只要听到闹钟"鸡"一叫，觉得十分清醒，马上翻身起床，从不赖床，按时上学。全家比赛着看谁闻"鸡"

起床快，十分快乐。如今女儿在四川大学读研究生，我们时时电话上玩笑着，问是不是闻"鸡"起舞，女儿骄傲地说："我已经养成了按时起床的习惯，都是闻'鸡'起舞。"我这时内心洋溢着无比的幸福。

几十年来，我从小在偏僻的家乡养成了闻鸡起舞早起的习惯，现在居住在大都市，仍保持着早起习惯，没有雄鸡报晓，只有闻手机闹铃起床工作和生活了。在乡间闻鸡起舞辛勤耕耘，生活在劳动中变好；在城市中持之以恒闻手机起舞，开始一天美好的日子。

狗年随想

十二生肖轮来狗年了!

我想起了大巴山乡村一带关于狗的俗语:"儿不嫌母丑,狗不嫌家穷。""金窝银窝,不如自己的狗窝。""喂好一头猪容易,养好一条看家狗难。"……

在家乡一带,百姓谈到自己的儿女时,相互夸奖自己儿女们的口头禅:儿不嫌母丑,狗不嫌家穷,作为互相表扬鼓励教育子女的谚语。孩子们和狗并列称呼,说明在乡村狗和孩子都十分重要。乡村的人们特别呵护孩子,人们认为自己辛辛苦苦养育孩子,养儿防老,日后孩子们会孝敬报恩。同时也喜欢养一条狗,在房子屋前或屋后,家家户户会在家门口安放一个用石头打造的石狗碗,大人小孩将家里的剩饭剩菜放在石狗碗里,狗儿的眼睛里充盈着感恩的光映照着主人家,又是摇头又是摆尾又是前脚向上,欢呼雀跃,感谢不停,惹得主人家特别高兴,便发出驱使的声音,"赶快吃饭,吃饱后好和我们一起上坡。"狗子马上听话,迅速吃饭后躺在门口的阶沿上,等候主人使唤。主人若一个人上山砍柴或出门办什么大事,使唤一声"跟我走!"狗子马上随主人一前一后跑着,欢天喜地搭伴。特别是家中老人小孩单独出去办事,一召唤狗子马上就鞍前马后一道前行壮胆。

我在大山里读小学时,要经过一片大松林,一个倒拐湾。这两个地方阴森可怕,一个人经过时,会魂不附体,惊心动魄。每当我单独上学时,叫我家白狗子,送我到倒拐湾。它马上乖巧地顺着我上学的路一路前行,穿过松林坡,越过倒拐湾,我轻轻摸着它的尾巴告诉它,就在这个地方看着我上学,直到看不到我的时候才回去,同时还要发出叫声,给我壮胆。下午又在此地接我。一阵亲切交谈后,狗的叫声像溪水潺潺,声声入耳。下午放学回来时,它早已在这里等候,见到我时又是欢叫又是满地打滚,十分亲热。一会儿跑在我前面,一会儿跑在我后面,给我壮胆回家。我母亲说:"白狗子通人性,成了你的好伙伴。"

20世纪60年代粮食十分紧缺,我们兄弟姊妹也多,家境状况也不富裕,但我们家的白狗和我们相处融洽，特别忠诚主人，感恩主人。人们在一起摆龙门阵时，常常称赞我家白狗子的优点。奇怪的是，狗的这些优点潜移默化感染着家乡的青年人感恩孝敬父母亲，尊重老年人。这些淳朴的乡风，至今依然久久荡漾在家乡的山间，影响着一代一代的后生们。

家乡的人们因各种原因外出一段时间回来后，在一起闲谈山里山外说感受时的口头禅是"金窝银窝，不如自己的狗窝"。这是热爱家乡珍惜家庭的观念。解读为外面的世界很精彩，但是外面即使是金窝银窝也没有自己的家乡美丽、环境熟悉美好。乡民们在这种理念熏陶下，互相比赛看谁勤快能干，结合周围的地势建设好自己的柴房草屋、果园鱼塘，平时做到周边卫生环境清洁。让自己的家园望得见山、看得见水，客人来了无比欢喜，主人家脸上特别有面子，生活在这里自身无比幸福。这是他们朴素实在的感受，也是生活的根本，有了一个"狗窝"这个根，人们首先要全家团结一致，在根的基础上才能发展建设。家庭幸福了才会有美好的人生境界。

在大巴山深处连绵起伏、青山绿水的乡间，常常相隔一两里才有农户人家，基本上都是单家独户。在乡民中看来，喂好一头猪容易，养好一条看家狗难，喂好一条看家狗是多么愉快的一件事。白天可以跟人搭伴，可以保护好自己的鸡鸭牛羊猪，遇到陌生人及时提醒预警，引起全家人的警觉，避免不愉快的事发生。夜深人静时它躺在屋门口，静静地守望家园，天生的本能警觉屋周围的声音响动，影子晃动，及时发出"汪汪汪"的声音，给家人平安的慰藉。家乡每家每户的看家狗，无论家境富裕还是困难，它都忠于职守，是守护好家园的好帮手。

乡民们养好一条看家狗的标准，体格要高大肥壮，毛色需要一片纯色，更需要跑得快、反应机灵、鼻子嗅灵、通人性、理解主人家的意思，睡在屋角守望家园安全。无论是哪家的看家狗，主人家都要采取一些措施，锻炼它的跑功，要跑得快，抓得住目标，才有威慑力，才能担当起安全责任。乡村里培养看家狗的理念无形中给人们以启示：要做好一件事不容易，必须具备吃苦耐劳、练就一身真功夫，立得起、干成事。人们称赞好的看家狗的忠诚和吃苦耐劳的品性，渐渐形成了乡间十里八村"吃得苦中苦、方为能干人"的朴素理念。

家乡一带人们赞扬狗的忠诚、感恩、勤快、吃苦、负责的优点的这些俗语，潜移默化地影响着一代代孩子们的理念和行为，成为他们走出大山取得成功的秘诀。

故乡的高度

　　故乡位于大巴山腹地，青山连绵之间的一块平台地，生活着六百多人，海拔 900 到 1200 米之间，山高林深水长流，山梁高耸入云端，地处偏僻，称为穷乡僻壤。正如有一首流行的歌词那样："我的故乡并不美，低矮的草房苦涩的井水，一条时常干涸的小河，依恋在小村周围。一片贫瘠的土地上，收获着微薄的希望，住了一年又一年，生活了一辈又一辈，忙不完的黄土地，喝不干的苦井水，男人为你累弯了腰，女人也要为你锁愁眉，离不了的矮草房，养活了人的苦井水。"

　　然而，新时代以来通过易地扶贫搬迁，土地增减挂钩项目，危旧房屋改造，人居环境整治等脱贫攻坚优惠政策的落地，原来的旧烂平房、旧木板瓦房、土坯危房，现在经过易地扶贫搬迁修建和危旧房改建后，家家户户房屋升高为两楼一底或者三楼一底，户户建起了高楼，实现了平顶房的突破。房顶上四角种有四季开花的花朵，飘着花香，可以休闲，晒晾衣服和堆放一些农村生活的工具。小麦、玉米、稻谷、高粱等作物收获后也方便晒，方便收藏，同时修有漏斗，粮食晒干用风车扇好后直接从漏斗流入仓库保管。屋顶增加了生活的空间，拓展了生活的场所。村民们在楼顶休闲谈天说地时，骄傲地告诉我们，原来是平房，平常主要是在院坝里和阶沿上劳作闲谈。如今是楼房，人们都愿意在楼顶劳动与休闲，这里站得高看得远，心胸开阔，心情愉快。新时代党委政府脱贫攻坚政策真是好，我们在大山里托党委政府的福住上了好房子。

　　故乡的房屋因地制宜、依山而建，有的独栋，有的四面连院，有的易地搬迁连片修建新村。房屋形式多样：有小洋楼形状的，有巴山吊脚楼形状的，有走马转角楼形状的，它们掩映在蓝天白云下，静卧在青山绿水间，干净朴素，真是赏心悦目啊！

　　退耕还林的春风荡漾在家乡的山间田野。1980 年村民们人工劳力点播，一锄头一锄头挖荒坡，植树造林九千多亩，茫茫的马尾松林海，有水桶那样粗壮，可以用来做柱头或者房子的檩棒。人造林松树、柏树、杉树连片成林，特别是椿木树、泡桐树更加高大。故乡高高的树木层层叠叠，错落有致，环抱着村庄，海拔高度仿佛直升了 10 米到 30 米。这些树林美化了家乡，提供了丰富的负氧离子，涵养了水源，形成了动物的多样性，鸟儿自然而然择良木而栖，绕飞林间。现在家家户户有经果林、用材林。38 年过去了，已经成林成材，森林的综合效应逐渐显现了，而且越来越丰富，作用越来越大，致富的步伐更加扎实。环境好、日子好、物产丰富，家乡的村民们过上了绿水青山的好日子。

通村入组，左右连通的水泥路如网状玉带伸向家家户户，像核心元素激发了人们的致富分子，带动了人们致富。修好了水井、改建了厨房、改造了厕所、修好了猪牛圈，厕所和猪牛圈与生活用房之间用盖顶走廊连接，下雨天都不会湿脚，院子周围建好了垃圾池，避免了乱倒乱放。家家户户通了水泥路后，原来"晴天一身灰，雨天一身泥"的痛苦日子像山巅的白云随风飘散了。现在人们"出门水泥路，干净又舒服"的良好生活居住环境，催生改变提高了村民们的生活习惯，人的综合素质随之提高了，垃圾归类成了举手之劳，老人小孩互相提着生活垃圾放入垃圾箱，劳动之余三五成群听音乐、散步、看新闻联播，问他们搞不搞赌博，他们摇头齐声说，世界上从来没有听说搞赌博发了财的，俗话说：赌博赌博，越赌越薄。我们听后哈哈大笑。

好环境促使村民改掉坏习惯。原来住在土坯房里，墙壁被柴火烟熏得黑黢黢的，周围环境乱糟糟，随地吐痰，烟灰乱弹乱抖，脏衣服、脏鞋子乱扔乱放，习惯成自然。现在实施了改水、改厨、改厕工程，自来山泉水或井水哗哗流进了屋后的水缸，厨房整洁，厕所干净。面对良好的生活环境，一点一滴有意无意间改掉了原来的坏习惯，好习惯蔚然成风。

故乡的人们勤勤快快，创造自己的幸福生活，成了真正幸福的源头。"勤劳致富最光荣，好吃懒做很可耻"成了人们的口头禅。故乡这片土地上风气好、习惯好，村民的素质自然提高了。小孩子们因为营养丰富个头普遍长高了，大人们因为营养丰富身体健康长寿。人们的思想境界，也自然而然随着环境的美好而提高。民风淳朴了，再也没有听说谁家的小东西不见了，真正实现了古人描写的夜不闭户，路不拾遗。

党中央的精准扶贫政策在故乡生根开花结果，村民们的生产生活环境越来越美好，各方各面在有意无意间不知不觉里提升了，进入了新的高度，在青山绿树中过着矮子爬楼梯步步高、芝麻开花节节高的日子。

第二部分

心中一棵树

XINZHONG YIKESHU

心中一棵树

　　我常常怀念大巴山深处的蓬勃生机，片片绿叶摇曳的、高大的、果实累累的核桃树。

　　从有记忆的时候起，在家乡吃过樱桃、杏子、石榴、花红、林庆、枇杷、李子、梨子、葡萄、柿子、拐枣等水果和许多干果，但记忆中影响深远的是我家左边两个巨大的石头之间的小平地上，一棵农村水桶那样粗的核桃树上的核桃。

　　每年立春前夕，父母亲和我们都要用猪粪、牛粪等农家肥，围着核桃树的周围偎好肥料，供树春天吸收营养。核桃树从发芽开始，一直到开花结果，从春到秋，我们一直盼望着核桃早点成熟，以便饱我们的口福。然而，那时生活艰难，父母亲盼望的是核桃结得越多越好，因为他们的目的是将核桃卖了填补生活所需，给我们缝新衣服，或者变成书费和学费。所以全家会认真管理好核桃树，除了施好肥外，还要除掉树子周围影响核桃树生长的杂草，还有给核桃树喂米饭、喂汤、除苦水、撒草木灰这些古老的风俗。

　　每年正月十四过小年的这天，按照代代相传的风俗，为了秋天的核桃果又大又香，我们选择中午的时间，煮好米饭，端上菜汤，拿上弯刀，由父母亲带队，来到核桃树下，将核桃树齐人的腰的地方砍上六刀，在树干上留下刀印子，这时，通常是一男一女给核桃树喂饭喂汤，男的将米饭塞入刀口里面，女的用小勺将汤喂入口子里。同时口中齐声吼唱："吃一口米，核桃结得挤，喝一口汤，核桃装满仓。"核桃树长到清明节的时候，水分十分充足，我们又错落有致地在树上砍十多个口子，以便于苦水放出来，这样秋天收获的核桃才不会有苦涩味。再隔三五个日子，将准备好的荞草灰或者谷草灰放入口子里，方便核桃树在成长的过程中吸收，到了开花结果的季节不生病虫害，成为真正的绿色食品。现在时代发展了，每年清明节除了用原来撒草木灰的方式外，也有用乡间打石头用的钻子，将核桃树再打几个小孔，注入两滴农药在里面，预防开花结果时候的病虫害。到了中秋节左右，满树的核桃果像翠绿圆滚的小球，用长竹竿打下树后，要装满三大篾丝背篼，剥去外壳晒干，核桃壳又薄又脆，方便敲烂吃，核桃仁又亮又香，让人食欲倍增，俗称"米核桃"。干核桃约一百五十斤左右，要卖一百二十斤到乡上土产站，可收入两百多元现金，那时这个数目不小，用于全家生活的补贴和给我们交学费或者买课外书籍，全家人兴高采烈。

在我读小学五年级的寒假里，因我割草把价值七角二分钱长江牌钢笔弄掉了，没有笔做作业，几天闷闷不乐。细心的母亲再三追问为啥不写字，我惊恐万分，吞吞吐吐，告诉母亲笔不知在什么地方掉了，做好了挨"黄金棍"的准备。她却宽慰我说："笔掉了早点给我说好想办法，明天拿十斤核桃上街卖了买一支笔，多余的钱买几斤盐回来，今后要好好管理学习用具。"母亲没有批评我，并用原来想珍藏到过年吃的核桃换成钱解决了困扰我的难题。我特别高兴，决心认真学习，以好的成绩回报母亲，回报核桃。几十年来这件事情我一直记在心里，时时给我温暖的回忆。

一季季的核桃收入解决了家中很多事情的开支，帮助我们度过了生活困难的年代，给全家子孙三代十多个人带来了许多温暖、欢喜、幸福。我们盼望了春夏秋三个季节后，核桃丰收了，父母亲只让我们吃上十多个尝尝鲜，将卖了后剩下的三十多斤核桃珍藏起来，平常不让我们再吃了。这时候金灿灿的稻谷也丰收了，有新米吃了。大家认为核桃树通人性，结的果子很多，给家里的贡献大，一定要煮好新米饭，一家人虔诚地来到核桃树下，边说一些好听的感谢话，边将新米饭喂到了清明时节在核桃树上留下的口子里，让树子也尝尝新米。这算是大巴山里敬畏自然，给核桃树的感恩方式。

父母亲十分关心我们的生活，十分宠爱我们，把悄悄藏好的干核桃果，等到大年三十的晚上，用木撮瓢装好端出来，给我们一个惊喜。

这个时候，会总结过去一年的收获，安排来年发家致富的打算，也会表扬儿童们一年的进步，指出来年努力的方向。一家人团团圆圆，其乐融融。父亲满腹经纶，因为时代的变迁，回了家乡科学种田。母亲虽然没有文化，但她的言传身教教会了我们如何做一位正直善良的人。父母亲会轻言细语，旁敲侧击地说："核桃真是怪，剥了两层皮，才能见到真正的核桃仁，这也许是我们山里人的特点，从不张扬，深藏不露，但里面的核桃仁很香，人们十分喜欢它。说明只要有真货或真本事，人们会十分喜欢。你们今后都应该像核桃那样谦虚谨慎，默默无闻做事，不要张扬。"我们高兴地吃着核桃，潜移默化下，不知不觉就记住了做人要谦虚谨慎。

在故乡爱护核桃树，盼望着有核桃果吃，到过年的时候有干核桃果吃，这些重复了十六年的经历，在我身上烙上了深深的记忆，影响深远。我工作以后，担心核桃树年久遭病虫害，没有核桃吃了，就在老核桃树旁边十米远的地方，又栽了一棵核桃树，确保核桃果源源不断。

我走出大山三十多年了，有关核桃树的这些民俗，每到正月十四、清明节、中秋节都会想起，并且历历在目。如今我们一家人都喜欢用核桃果补脑，也常常讲核桃果谦虚的美德，深藏不露，才美不外现。这些自然朴素的理念，渐渐升华为谦虚谨慎、沉默是金的口头禅，在日常生活中互相提醒。我虽然生活在大都市，但心中仍然十分敬佩大山里像核桃一样谦虚低调、朴实生活的乡民们。现在，越来越怀念故乡那棵核桃树了。在我的心中永远长着一棵青枝绿叶、硕果累累的核桃树。在耳边响着大巴山一带的民歌："核桃结得多又多，多呀多得起砣砣。大砣小砣砣连砣，大坡小坡坡连坡……"

门前一棵树

野人怀土，小草恋山，我却思树。

故土的小屋前有一棵约 8 米高的"Y"形柿子树，一年四季矗立在院坝边，春夏秋冬献出自己不同礼物给屋主和周围的儿童们，以至于我们无论什么时候总是牵挂着它。看着它春天发嫩黄芽，夏天长绿叶子，秋冬更是我们的天堂，红彤彤的柿子悬挂枝头，似天空无数个小太阳温暖着周围的空气、人群，更填饱着我们饥肠辘辘的肚皮。我们先是把成熟的柿子摘下来放在稻谷田里的稀泥里面，过上七八天就掏出来解渴充饥，再是摘下来，装在很高大的水缸里面密封好，俗称水柿子。我家一年要泡三大缸，一大缸在立冬后吃；另一缸等到春节作为山果招待客人，或作为姑娘小伙迎亲娶亲的添箱水果；余下的一缸储存了一个秋天和一个冬天，是来年春耕大忙时节充饥的上等食品，那才真正有味道，让人食欲倍增。

最有记忆的是秋天里暖和的阳光下，柿子树上还有几个余下的柿子供雀鸟啄，有时一只鸟儿先到果实枝头上站着呼朋唤友，告知同伴发现了食物，一会儿不知何处飞来几只鸟共同啄食，食饱的鸟儿在蓝天白云下，树枝丫上玩跳叫鸣，自由地乱飞乱跳，鸣叫的声音仿佛荡出"感谢""感谢"的象声词。家乡老人、青年、小孩观察着此情此景十分惬意和满足，能营造故乡人热爱自然、培育自然、亲近自然的热情，更激起了故乡人热爱生活、感谢生活的浪漫豪情。现在想来那犹如一幕和谐自然的天然电影画面，那样诱人，那样和谐，那样永恒。

门前的"Y"形柿子树无私地奉献给了故乡人们食物、期盼、欢乐、温暖。

读小学时，我从南江县深山里仙龙村过继到通江县大山里松林坪村，那里的松树、柏树、杉树，错落有致，含混其间，笔直如林地生长着，给我的学习和生活带来了无穷的欢乐和鼓舞。

放学的闲暇和寒暑假，我们同学三三两两地到树林里砍柴。玩伴们有一件必须比赛的项目是练习爬树，看谁上树快，爬得高。在林间踏着露水，迎

/69

着和风，踩着积雪，迅速爬上树打松果子，抖里面的松子，要么自己吃，要么作为特产卖给供销社换取学费，或者打了杉果子背到板桥口街上卖 5 分钱一斤，再去买心爱的笔墨纸张等学习用具。经过几年在林间的操童子功比赛爬树，玩伴们都成为爬树好手了。

第二故乡院坝边水田坎上，有一根伸向空中的高脚杯形大柏树，一年四季"鹤立树群"，俯视周围牛羊鸡犬、风霜雨雪、劳作的民众。树高约 16 米，每天最早迎来日出，最后送走晚霞，太阳升到树梢时，我们就该上学了，那时条件艰苦，树就成了我们的时间树。小学期间，我们能按时上学，大人、小孩都是以这棵柏树上的太阳光来判断上学时间的，只要我们戏称时间树催我们上学了，同学们就飞也似的赶到 5 公里外的白果树坝小学读书。几十年后想来其乐无穷，思念更浓。

树高有鸟窝。不知是风向好，还是阳光充足，或是高空原因，这棵柏树上有三个大喜鹊窝，就像等边三角形的三个点在柏树上躲藏着，曾经引起了我们的无数遐想，也带给了我们无数次勇敢地攀爬上树找好吃的乐趣。三个鸟窝里面有鸟蛋和小鸟，那都是上等营养品，十分诱人。我们周围四个同学，按年龄大小为序，依次上树掏鸟窝、取鸟蛋、捉小鸟，收获了食物，更练就了勇气和胆量。我们每每有人上树时，下面的玩伴仰望蓝天，盯着树梢心惊肉跳，提醒树上玩伴抓住抓紧再往上爬。为了预防鸟来啄人，就用两根鲜艳的红领巾包住头部，只见两只眼睛在两块红领巾之间闪亮。这样持续了五年时间，我们有序地爬树，有序地搞好地勤服务，收获了许多鸟蛋小鸟，在那样的艰难年代吃了多少美味佳肴，飞禽鸟蛋，培育了勇气、胆量和团结协作精神。

门前这棵高大的高脚杯形柏树，是我们苦难年代的时间树、愉快树、勇敢树，也是我们童年、少年自由生活的象征。也真怪，我们记忆里那树上的鸟巢总是"蛋出不穷"。后来从大山里走出，居住在城市，每当想起"Y"形柿子树、高脚杯形大柏树，对我、对小伙伴、对人类的默默奉献，尽职尽责地顺其自然地该干什么就干什么，该奉献什么就奉献什么，这样的仁善、慎独、自强的品性，让我们对生活充满无限热忱。

真巧，我现在的家门前也栽了一棵在城市极普通极平常的伞形黄桷树，它引起了我极大的兴趣。

我最爱观察该树四季的变化。春天里，树上蹦出许多黄色和绿色小叶芽，一树绿茸茸的枝条引得我和小鸟们欢呼雀跃。如果趁着蓝天站在树下，融入春色，融入阳光，典型的赤橙黄绿青蓝紫画面，真是美如锦缎，丽如霞晖。夏天青枝绿叶，层层叠叠，蓊蓊郁郁，像一块绿色的幕布，在这之上百鸟齐鸣地奏着自由自在的颂歌。尤其是雨后初晴，黄桷树云雾绕枝，水生云烟，仿佛人间仙境让人流连忘返。秋风扫落叶时，它仍然顽强地抗争，仍然在风中点头吐绿。寒风凛冽，风雪交加，它依然固守自己的本色，依然坚韧地呈现着绿。隆冬时节，它给我的窗子挡住寒风，每每临窗而立，它对我是多么柔和自然，我对它是多么敬重和亲热，我们互相依存，互相欣赏。

我闲暇时头顶绿叶，手擎绿枝，学着应和鸟儿的叫声，还真有鸟儿飞到我头上来了。这时千万不能动，若无其事地融入自然，体味人鸟和谐相处的滋味，无可名状，更会让人身心健康。

特别是惊天动地的汶川"5·12"大地震期间，屋前的黄桷树更显现了与人的和睦相处。树周围二十多户人家，每天晚上将钢丝床、凉板床、凳子早早地搬到树下，为老人、小孩找好睡觉的地方。青年人、中年人在树下板凳上和衣而眠。孩子们放学后在绿荫下，在鸟鸣的伴奏中，旁若无人地读书、写字。余震使人们惊慌失措，而集聚在这棵树下的人们自信、无忧，依然其乐融融，仿佛周围什么也没发生。经过十多个日日夜夜的亲切接近，老人小孩异口同声感叹，黄桷树真好，通人性，是一棵充满希望的庇护树。这段经历被老人们用来告诫儿女，要多栽树，保护好树。

/71

现在树下更干净了，人们保护树的意识更自觉了，但它仍然默默无闻地向天空拓展，奉献出更多的绿色和清新的空气，惠泽周围无名的百姓。

树真好，大自然真好，无欲无求，尽职尽责，孕育了万物，创造了自然和谐。

想栽一棵树

小时候背起背篼去 30 里外的大河镇赶场称盐买油，最爱来到三棵大柏树下歇气。

三棵大柏树是先祖符运太秀才自家出五百两银子买下，供来往行人乘凉、遮风、避雨。大柏树遂人愿，枝丫茂盛，蓬勃向上，形成一个天然的人字棚，也似三把巨大的绿伞撑向天空，给到镇上油盐场来往的五个村近万名村民提供了歇气休息、谈天说地的环境。

在一个炎热的夏天，当我气喘吁吁、大汗淋漓、口干舌燥时，见在炎热的天地间，大柏树下还有一片绿荫，不管三七二十一，便席地而坐，尽心感受凉爽，细细体味比吃冰糕舒服得多的惬意。从此，对大柏树有了更深的感情。

上初中了，那时候是集体出工，父母亲、哥姐们都要去种大寨田，听梆梆声出发，必须按时到。当时父母亲为了不让我吃闲饭，就给我分配任务，每个星期天要砍五背柴，供家里煮饭喂猪，烧水烤火用。

儿时的同伴刘清文、刘清元、龙大宪等和我一起进行了砍柴比赛。进入林中，我们用斧头、弯刀专砍很笔直、没有节疤的树，也就是便于劈出细柴的树，在砍倒一棵树后，高喊同伴们看，他们砍倒了一棵，同样也喊我看他们的成绩。同时，在喊声中还鼓掌助兴："成功了！"这样持续近半年时间，不知有多少笔直挺拔的松树、柏树、杉树，在我们手中、欢呼声中、掌声中倒下了，砍成一米左右的短木，劈细了，背回家敬了灶神爷。然而，树们却痛苦了，流泪了。每倒一棵时，树两头都流下了哭泣的泪珠。特别是杉树更厉害，倒下一棵，更是报复一丛。只是当时没有感受到罢了。

半年时间下来，两梁一沟的好树全部不翼而飞，林子比以前空荡了。再也没有野鸡叫了，再也没有山羊跑了，再也没有猴子攀缘绕林了。

毁林开荒、开山造田造地，广种薄收，故乡连绵不绝的几匹山梁，渐渐地，树变少了，变小了，草也不再茂盛了。原来绿油油、绿葱葱的林海也光秃秃了，黄泥巴地也多了。真奇怪，田地多了，粮食产量虽然年年高喊增产，实际却是连年下降，一年不如一年，填不饱农民饥肠辘辘的肚子，只是确实找不到什么原因。那时还不知道什么水土流失，生态恶化，但却已实实在在感受到了。小溪干涸，河流断了，山洪暴发多了，粮食越来越少了，给生存带来了危机。山民们都认为是老天爷在作怪，于是求神仙保佑百姓的事情屡见不鲜，甚至出现了跑数百里外去提神水的怪现象，但就是不见效果。故乡有多少山岭、沟壑正在等待着新绿的播撒。

随着悠悠岁月的流逝，我知道森林对水土的涵养作用，对自然界神奇的调节作用。特别是在长江发生了百年未遇的洪水灾害，淹没了良田、工厂、城镇，给国家和人民造成了巨大的损失时，每看一次涨洪水的消息，就会唤起我良心的发现和觉醒，更是时时忏悔，时时自责，多次许下了想栽树、多栽树的心愿。

西部大开发、退耕还林还草政策深得民心，似春风荡漾在大巴山的山山水水、旮旮旯旯。每次回家探亲，都迫不及待到父母亲、大哥大姐退耕还林长成茫茫林海的森林里，感受清新的空气和幽幽的凉意，增添了愉快的心境，我多么想和树木一起成长，融入大片的森林。有一年正月初一下午，我和妻子带着女儿，怀着虔诚的、自责的心情种了几棵树，女儿又是浇水，又是培土，忙得不亦乐乎。几年的日子过去了，我们栽的几棵树也长到了丈把高了，为家乡增添了一抹新绿，也暂时了却了我的心愿，虽然说不上如释重负，但感觉比原来轻松一些，宽慰一些。

栽好一棵树，等于生产了生态产品，间接生产了清新的氧气和洁净的水。我虽然在家乡栽了几株树苗，但还是想在大都市栽几棵大柏树、大松树、黄桷树，撒下绿荫一片片……

两棵黄桷树

文豪鲁迅散文《秋夜》写了两棵意志坚定、操守高洁的枣树；作家符道禹和符道勤的作品《屋后的樱桃树》对两棵樱桃树十分感恩，饱含深情。而我，却与两棵黄桷树有着难以言表的特殊感情。

我父亲是中学语文教师，热爱自然。20世纪70年代，他不知从什么地方找来两棵1米左右高的黄桷树苗，一株栽在屋后井边上的一块方地里，另一株栽在离我家200米远的一处小块荒地上。我和弟弟妹妹当时十分兴奋，又是挖坑又是端水，一人用手撑着树苗，另外的人用锄头把土捶紧。在愉快的劳作中，我们种下了两棵绿油油的黄桷树。

从此，我们天天盼望树快点长高长大，每天上学前和放学后，都要去看树苗长高没有，需不需要浇水、施肥、剪枝，精心呵护着这两棵小树苗。

三度春秋交替，一千多个日子过去了，因为管理得好，两棵小黄桷树长势良好，枝繁叶茂，伸向天空，蓬蓬勃勃。正当长势十分顺利时，有一年暑假，我去看心爱的井边黄桷树，却不见树木，只见一个簸箕大的土坑凹在那里。我的泪水唰唰地落在坑里，不知是谁偷走了树。

一棵树被偷后，我们全家更加珍惜另一棵树苗，先将刺树种在它的四周远处，再用杨槐树刺暗埋在它的下面，我们每天远远地看见风吹动树叶时，有些树叶现绿，有些树叶呈白，白绿相间，簌簌地响，看着它一天天地长绿长高长大。

可惜又过了一年，在治山治水改造田土中，在以粮为纲的年代，这样长着野草的一块荒地，而且是适宜种树不宜种粮的地方被要求用来扩大种植面积，种植粮食，树的命运就发生了天大的转变。干部用弯刀三下五除二就把树砍掉了，树桩和树根被拿到火龙坑里烧了。砍了树种了粮，这块土地太不争气了，种了几季粮食收成都不好，后又放弃，又成了荒地。可我心爱的黄桷树就永远没有长大长成，现在每次回家路过此地时，都要叹息树的命运如此悲伤，被拦腰砍断。我为这两棵树哭泣过、悲伤过。

使我哭泣的两棵黄桷树，令我悲伤的两棵黄桷树，一直长在我的心灵里，绿在我的脑海中。

大学毕业后，单位建新房，有个约九亩左右的花园，当同事问栽什么树绿化时，我脱口而出，要是有两棵黄桷树就太好了。正巧下属单位院子里，有两棵三米左右的黄桷树要移栽，于是就移栽到园里了。

草长莺飞的四月里，适应能力特别强的两棵黄桷树像兄弟一样，同时扎根沁园，一个在左边，一个在右边，一样高的树，同样的环境，同样的季节，同样的人种下的。

六年过去了，现在两株树迥然不同，右边的一棵已长成参天大树，撑着一把巨大的绿伞，长到了三层楼以上，在汶川"5·12"大地震时，几十个人在树下娱乐、休息，平常树下是乘凉、聊天的理想之地。

左边那一株现在才长到一楼那么高。我不得其解，经询问才得知，原来，它经历两次迁徙，一次是因为要修停车场，而另一次是因为没有规划好，本来可以一次栽好的树却折腾了几次，本该和右边一起长大的树，却因改建园子而落伍了。

如今，两棵黄桷树虽然同在一片蓝天下，却一高一低，像父子树一样长在花园里。每当树换叶时，两寸长的黄烟管似的花蕾就蓬勃生长，既像饱满的黄花，又像活泼的箭头射向天空。再往上生长，更似一丛丛百合花镶嵌在枝丫间，阳光下衬着白光，闪动绿意，渐渐地不怕狂风暴雨，奋力地艰辛地一点一点地展示自己的特征，担负着染绿春天的岗位职责。虽然都是在吐绿，吸收二氧化碳，但功能和效果却有天壤之别。低的这棵易被人忽略，而高的一棵人们一眼望见。

父亲种的两棵黄桷树时运不济，是没有赶上好时代，今天这两棵黄桷树赶上了好时代，却有一棵树不能正常生长，落伍了，那是因为没有认真统筹安排，让它多折腾了两次，才没有快速长高长大。

我望着两株黄桷树心里这样想着：即使有了好的时代，做什么事情也不能折腾，这样才能又好又快发展呀！

三根古柏树

　　精准扶贫出差，翻山越岭来到国家贫困县宣汉县茶河镇圣水村，几位九旬山翁老人精神矍铄，骄傲地告诉我，圣水村几千年的水井不枯，冬暖夏凉，远近闻名。井旁原来有七棵大树，五个大人围不拢的千年古柏，经历了"文革"，现在只有三棵大柏树涵养水源了，供周围九个村的人来背水、提水、乘凉，遮风挡雨。

　　听着老前辈的叙述，突然浮现出故乡土墙坪三棵古柏树和一块大石坝上比饭碗还大一点的石窝里面，有一股清澈甘冽长流不息的山泉水回旋荡漾的温馨画面。真是高山有好水，山高绿水长流。

　　在故乡大巴山深处两座大山之间的半山腰，有一块半个篮球场大的平地，五百年前，先祖符运太根据六个村的乡民们出山进山必经之地的地理优势，栽了一片柏树林，供遮雨挡太阳。岁月的流逝，其中有三棵柏树长势良好，直指蓝天，似等边三角形状，长在山间小路的两旁，形成巨大的绿色大伞，庇护着地上的小草和过往的行人。不知是什么原因大柏树下边一段平路后有一股山泉，冬暖夏凉，清澈甘冽，供六个村的村民走人户、办事、赶场歇气解渴，多少年来多少代，滋润了多少山民甜了多少心。

　　20世纪30年代红四方面军三十军政委李先念带领的部队，从通江县的冷水丫行军来到了南江县的白院寺三棵大柏树这里，看到了树下石碑上两百年前的告示："为了三棵大柏树永世供过往民众乘凉躲雨，不得砍伐，特将钯齿三十颗钉入三棵柏树里。请乡民互相转告，共同保护柏树。"李先念站在树下石碑前阅读思考，决定用一个排的战士在树荫下驻扎三天，命令爱护大树，对大柏树不剔枝丫，尊重当地百姓意愿，对过往的山民笑脸相迎，不欺不压。他们赢得了百姓口口相传的好名声，对陌生的红军好印象是从红军也保护大树开始的，为扩大红军起到了一定作用。

　　2017年春节前几天我回故乡，来到了大柏树下，感受到一股清凉从肌肤进入血液充盈我的大脑。我静坐树根包围的大青石上听到柏树叶亲切的涛声，峡谷两边的野风拍打山崖的回声。这声音渐渐地把时空拉回到 20 世纪 50 年代的农村时代，那时赶场买卖东西、背公粮、背煤炭等回家，大柏树就是心中的歇气台，就是里程碑，也是获得力量的一种源泉。

三棵大柏树是在米仓古道的两条石梯子路的交叉处，给米仓古道古历史文化作见证的同时，也注入了现代历史文化的生动部分。历经风雨剩下了三棵大柏树，它们呈三角形稳定布局生长。一个共同的特征，就是长在大青石头上，或者跟大青石头并立挨傍生长，就像石头是他们的朋友，或者是他们吸取大地精华的吸管，树干粗壮柏皮浅黑泛出灰白色，跟石头颜色一个样，跟墨绿的柏树叶，衬托出一副冷清奇绝的唐宋古画风格的中国画。本地大学生、摄影者、绘画者专门到这里寻找创作灵感，即便现在绝大多数居民都坐汽车从另一条公路回老家，但是还是有喜欢自然、人文的旅游者徒步从这一条石头砌成的古道进入自然状态的森林峡谷，去体验观赏峡谷里的清溪龙潭瀑布，山岩绝壁的奇树古藤，听到林中数十种鸟儿的婉转啼鸣。

大柏树群，最大的柏树约高 20 米，树龄按照石头上的题刻记载推算约有 500 年，主要是它的主干粗，平均约三人联手方能合抱，枝干也够一人合抱，遒劲横斜，形成巨大的伞盖。夏日的晴天里，这里是浓荫遮蔽的乘凉歇气的最佳选择，是巴山背二哥天然的放哨饮水的驿站。这个柏树王者，全身就坐落在一个龙背巨石上，柏树的根越过石头生长并机智地扎入泥土里，实际上还是跻身入石头之间的缝隙里。根生长得倔强突兀，盘桓勾连，足够你仔细观赏，产生无限想象。悠悠岁月中，浩渺时空里，无尽的生命力在石头和泥土里创造着艺术与生命长青的历史。

有一棵柏树紧挨着 6 米多高的一块竖立的石头生长，似乎决意要活出自己的个性，它似乎给人瘦骨嶙峋的感觉，一个劲向上就长成像毛笔头的形状，它是把天空当作书写的纸。我当初中学生的时候，跟几个同学试图攀上这棵树感受它的独立峡谷气派，几次都失败了，它的树身下端 4 米多高一直端直，光滑，没有枝干，找不到抓手，徒手不能攀爬，除非你是猴子才能抓住树干。在这棵树的 5 米高处，每间隔 2 米处，生长着围脖样的浅绿的嫩枝叶，营造出一种密不透风的感觉。这棵树的年龄也是 300 多年了，但它在每年的冬天生出新叶，焕发出年轻的活力，让人在石头下仰望，愈发感觉到眼底青翠，内心活跃，苍山不老。

在古道石板路最近处的一棵古柏，它选择了艺术的表现形式。粗壮的根在地面上裸行时受到过斧子的劈斫，斧子斫过的痕迹像将军的金属铠甲一般在露天博物馆尽情展示。每一个斑点，仿佛人体身上结痂留有痛苦的呻吟，每一个斧痕都是与敌人搏杀的呐喊。这棵树约五米高处的树干产生两个分枝：大约是兵荒马乱的时候，盗贼趁机作案，砍掉了另一个枝干，现在可以看到残存的约两米多长的侧枝干，无论怎么观察，都好像看不出它是能再现生机的。正是它的伤残激发其对不幸的挑战意志。另一个枝干才显出勃勃的生气，昂扬向上，指向长天，成就了画家笔下的审美对象。

大巴山的柏树，生长缓慢，但是它们给百姓留下的是不朽的精神意志、生死相依的奉献。生前当地百姓选择好的柏木，制作棺材，反复地用油漆漆成乌木的光泽，利用它归入泥土，满足生的遗愿。在大巴山现存的传统村落里，仍然能看到两三百年的老房子的柱头、排扇、架廊、门窗等都还有完整的柏木，在那里坚守村庄的农耕文化的魂灵。可是，如果你到深山峡谷深处、坝子塬上居住的人家，会发现他们视古柏树为宝贝、神木、风水的吉祥物，人的根脉基因乡愁的见证。故乡绿色森林的峡谷深处，几棵古柏树，是守护古老农耕文化的意志的象征，是让人产生思想和智慧的不竭的源泉，它一定会被后人珍视，成为给代代人送来吉祥安康与幸福的树神。

三棵大古柏树鹤立树林，头顶一片生机盎然的绿色天空，应验了大巴山一带引领人们做好事的"前人栽树，后人乘凉"的口头禅。

温馨的绿

　　故乡老家在大巴山南麓深处小山村，我在那里度过了16个春秋，村小附设初中，毕业后才离开。从记事起，我就力所能及地干砍柴、割猪牛草等农活。特别是冬天，给羊找鸡骨头树叶、白蜡子树叶、冬青树叶等羊喜欢吃的绿色树叶；给牛割四季常绿的牛肋巴叶、扇子叶、马尔杆绿草芽。常常在水井湾、闫家坡、金榜岩、长梁上、寨湾里、倒角湾割牛草和羊草。

　　大雪天里，满地皆白，我四处寻找青垛子树，当踏雪寻青时，只要见到寒风凛冽中显眼地绿树迎风而立和摇曳时，好似满眼黄土高坡里土墙一角的绿，眼前一亮，心中一热，虽然高天滚滚寒流急，却如寒冷冰天雪地里透着热风，大地微微暖气吹，被温馨的绿色吸引。

　　我们住在高山上，霜雪把绿叶打蔫了，打黄了，冬季只要割完了附近的绿草后，就向矮处的温度偏高、水草丰美的河边进军。乡下人十分珍惜动物，过年也要给牛羊吃好的。每年腊月二十几，母亲就带我和二哥要么走五里路到康家河里，要么走七公里到大柏树河里，要么走十公里山路到白院寺与大河镇之间的山坡上割青草喂牛。我读小学三年级时，过年的前几天，母亲带着二哥和我，揣着干粮，天刚麻麻亮就出发了。一路跋涉走了十公里山路，来到白院寺斜对面的山坡割草。冬天里还有绿草的地方，让人充满希望，满眼兴奋。我们不知不觉就割了冒梢梢的几背草，但是如果再原路返回就要多走五公里路了，下午的时间也不允许，只好就近涉缓流的小河，水深至大人膝盖，而我就要齐腰。我挽起裤脚，背着绿草，头顶蓝天，母亲走前面，我走中间，二哥殿后，我们母子三人手牵着手，齐心蹚寒冷的水过河。水虽然刺骨，并打齐我的腰下，但我记忆犹新的是，水底的石头上，长满了绿油油天鹅绒似的青苔，绿水缓缓地流淌和石头荡出的声音，像是我唱出的绿色的音符和欢歌。虽然寒冷，但背着收获的绿草，倍感亲切，倍感温馨。这幅美好的画面时时荡起我浓浓的乡情。

　　我现在住家的窗外十米以上的黄桷树、小叶榕树、桂花树等绿树形成一座绿色起伏的长廊，树枝、树梢和树叶层层交错、高高低低、前前后后几层密不透风和光，形状像狮子、羊、骆驼、耕牛、兔子，像云朵，像雨伞、扇子，微风吹拂似万马奔腾。风吹过去时，既有交响乐，也有美声唱歌，又有民歌声音特色，真似互相重叠交替的天籁之音。

我常常于清新的早晨和美丽的傍晚，在阳台上静静观察这一大片惹人喜爱的绿，看它们一年四季在风雨中生长，在霜雪中傲立，倍感轻松愉快，同时认真做自己结合中医原理融入舞蹈元素编排的十个动作，预防肩周炎和颈椎炎，随时手之舞之，足之蹈之，活动筋骨，既温润了眼睛，又洗涤了内心。特别是晚上台灯和电视机灯光透过玻璃窗平行反射到绿树丛中，恰似天衣无缝地镶嵌在树枝之间，天然吻合。雨后初晴，清洁的树叶上缀满晶莹剔透的露珠，在蓝天下酷似一条银色的玉带。观赏这些真叫人喜上眉梢。望着像鸡蛋清那么嫩嫩的诱人的绿，我高兴喜爱得多想像愉快的鸟儿鸣在绿里，像细雨融进绿里。

工作地点的后面有一块平地和山梁组成的绿地名叫"清风苑"，高高低低，密密绿绿，上下班时，远远望去，边走边观，总是人走很远了，眼睛还随那些绿树绿叶摇曳。环境优雅，四季常绿，满眼常绿，信心和热情也是源源不断，满心朝气蓬勃。

现代作家朱自清写了著名散文《绿》，他将梅雨潭的绿称为女儿绿。我写的是青草绿，树叶绿，温馨的绿，天地之间永恒的绿，充满生机的绿。

常看绿色，心态平和。

神奇的古树

"门对青山一老榕，风霜雨雪犹葱茏；岁月如流沧桑变，顶天立地傲苍穹。"这是开国上将张爱萍将军赞颂故居神剑园将军树的诗歌。

这棵一百多年的古黄桷树具有传奇色彩，人们尊称为将军树。它是将军童年时代与奶奶一同种下，长成八个枝丫与将军八个姊妹天然吻合。更神奇的是，张将军蒙受不白之冤时，家乡的将军树树木枯萎，不长叶子，要死不活，将军复出时枝繁叶茂，绿傲苍穹。这是真实的传奇，这是真实的故事。

我是相信传奇的古树的。

富硒基地万源市曾家乡烟霞山覃家坝村挂牌保护的三十三棵古树，诉说着许多令人不得不信的故事。古香樟树、古桂花树、古柏树的传说，就会让你觉得既传奇，又神话，又现实。

香樟树一千八百多年，我们行走在乡间，像山村夜晚见到明亮火把一样，远远地看见大树十分显眼，翻了几匹山梁后见他凌空鹤立，树干临大石而长，直立约三十米，树干五人合围不住。我们慕名而观，沿着蜿蜒羊肠小路，到树下一看，树根之间有一个大缝隙，两边的根沿边可以坐五六个小朋友读书聊天。一位长者高兴而自豪地告诉我们，这是他们的风景树、神仙树、希望树。

大院子里，十年前有一位学生高三那一年，这棵树的树叶枯黄，他们以为这棵树要死了，但等学子考上大学后，仿佛获得什么仙气灵气，很快又枝繁叶茂。到了他孙子高三那一年，树枝和叶子又是蔫头耷脑，引起了他们的注意，内心暗暗觉得是个好兆头。孙子金榜题名后，香樟树神奇般地变绿变茂了。他一五一十有名有姓地在众多乡亲面前讲述着，微笑着，给人感觉是神奇的仙树。他还补充说，20世纪90年代初，有山外来客出五千元人民币叫他们卖，他们坚决不干，说这古树与他们有感情，与他们通人性，莫非是人与自然真是一体吗？难道真是树与人相通么？学生高考，大树也为学子着急？同样紧张忧虑么？我这样想着。

这棵古香樟树长在一个形似狮子的大山梁头部与背部之间，这是大自然鬼斧神工的杰作，但不知为何百姓如此看重它。我以为是土地山神老爷和"狮子"绿色生机的鬃毛，与人类共同护卫着这棵文化树、状元树。

　　微风吹过来，远远送来迷人的桂花香，抬头一望，耸入云霄的一千三百多年的桂花古树，主干向上，枝丫一律毫无旁斜，临空而上，一年四季绿意四射。桂花满树开着，弥漫在乡间的青草泥土气味中。扑入鼻子令人精神为之一振，沁入心肺，神清气爽。山野老翁向爷爷告诉我，这树一样传奇。一年开两次桂花，特别是在月光下，不仅香味浓郁，而且满树繁密的黄色桂花像长着金子般明亮，似金子把树包围着，祖先们认为这是预示着家乡发财的树，祖祖辈辈，虔诚地保卫到现在。其实这棵树也是有传说的，据传当地身体健壮、孝敬父母的长者在每年八月十五日晚上夜深人静时，能看见桂花树上跑着几只金兔，而且强调了只有健康和孝敬老人的八十岁以上的人才能看见。看见后会儿孙满堂，人丁兴旺。这是多么朴素的理想和追求，但艰难才能做到。这里的村民爱劳动，爱锻炼，孝敬父母成风，家庭和睦相处，以至于让我们的同行、朋友十分羡慕心动，探听这里有没有适合自己的女婿或媳妇了。

　　其实，这棵树是理念的古树，是山民们心中的理想活教材的古树。这里民风淳朴，或许与这棵古树有关。

　　千年古柏常青。我只知道山林中藤缠树的自然山林画，从不知道大山中树缠石的，这里的四棵大古柏确实是绕石缠石而长。远古时候，大石头缝里，不知是风吹的还是鸟衔的，或是先人们栽的，总之，像石岩里蹦出孙悟空一样，石头里长出四棵连根柏树并排而立，生于圆石之上，无土以培，无水以灌，苍翠挺拔，郁郁葱葱，直插蓝天。四棵同根古柏长在一起，神似中国大陆、宝岛台湾、香港、澳门都是在一个根的前提下前进、生长、生存、强大。四棵大柏树同根，柏树回报着、护荫着石头，又像各族儿女共同支撑着、保卫着中华民族的根。令人眼前一亮的是孪生古柏的正前方左边，整齐地似哨兵般长着十二棵三百年的古柏树，月月常青，年年长大，大树恒绿。像山里的汉子护卫着四棵参天大树，构成一个完整的、人性的自然画面，十分神奇。游客们惊叹同根的四棵大柏树，奇异美景令人大开眼界。

　　将军树、古香樟树、古桂花树、孪生四棵古柏的主杆上，高空枝丫上，缠着很多红绸条，不知是谁对古树祈祷什么，默念什么心中的秘密。但我肯定无论什么目的和愿望，人们都是敬重古树的，我每每见到古树，都要注目行礼作揖，默念心中的美好愿望，这更是尊重自然、敬畏自然的具体的、切实的行动。

　　如果把大森林比喻为绿色银行，其实古树是绿色银行的网点，存进的是废气和灰尘，取出的是含氧水源和清洁的空气以及人们的希望和理想。难怪有科学家计算一棵50年大树的价值约20万美元。千年古树真正价值连城。

　　神奇的通人性的古树，生长着山民们正确的理念，孕育着山民们淳朴的精神底蕴，承载着千万百姓的希望和梦想。

头顶树叶听风雨

　　女儿读大学后，每次到省城成都出差或办事，都居住在锦江区育才家园侄女家，早上 6 点半左右出门在沙河公园锻炼，呼吸新鲜空气，还可买上又鲜又嫩又可口的小菜等，真正做到了健康第一，一举多得。而这常常是内心萌动，自觉行为，风雨无阻。

　　沙河公园位于锦江区东光街道办事处，长约 3000 米，宽约 500 米，3 条林荫小道和两条小溪并排呈五龙摆尾状，横卧在树林中，拱卫着沙河公园的绿色和锻炼的市民，以中华民族龙的形象，喻意五福。这是党委、政府为民打造的一个生态湿地公园。里面树木参天，高大挺拔的白杨树、银杏树、枫叶树、香樟树互相比赛映绿，它们和种类繁多、葳蕤矮小匍匐的野草，一高一矮、一大一小构成多么完美自然的宁静和谐。花香弥漫，满眼绚烂，春有桃花、李花、樱花、杏花，秋有桂花，夏有荷花，冬有梅花，一年四季花朵浓艳美景变幻。公园里唱歌的鸟儿和潺潺溪水的灵动，繁茂的树叶和青青的绿草的宁静让人十分惬意。一丛丛、一排排、一片片麦冬花和鸢尾花精神饱满地向上生长；似大地的头发，微风吹过一齐向锻炼的人们点头，送上绿色微笑，敬上绿色军礼，它们和其他嫩绿的小草，默默无闻地盖贴在地上，真像铺的绿色地毯，让人们心中荡漾着温暖、温馨、凉爽的绿色波澜。

　　国庆期间，有天早上下着毛毛细雨，我和家属 6 点 50 分出门一看，天空飘洒着小雨，地板已湿，她坚持不去了，我根据小时候下雨天在大森林中放牛放羊，砍柴割草的经验，肯定地告诉她，放心好了，雨中漫步别有一番滋味，而且公园里面有高高低低，层层叠叠的常绿阔叶林，有大片大片树叶遮挡不会淋雨，她半信半疑地行走到公园里中间长着一棵大树，周围五棵大黄桷树生成的绿篷下，我们冒雨各自做起了各有特色的运动操。这时我虽然在大都市，眼前的绿色，眼前的飞鸟，眼前树叶上的雨滴声，却让我想起远在大山里森林中，儿时几个小伙伴在林中听风雨烧红苕洋芋，炭窑前用木柴取暖，听牛羊的叫声和清脆悠扬的响铃声，这些美丽愉快的镜头、温馨的画面在脑海中立刻似真实的电影一般放映。约莫十五分钟后，我们自由自在地做完了运动锻炼动作，沿着茂密的森林大步流星散步，各种树叶密集，绿绿幽幽，不透雨，耳边响着雨打树叶的滴答滴答声，神似信天游的音乐节拍，"头顶树叶听风雨，脚踏路草赏美景"脱口而出。虽然今早没有太阳，但晨练的人们冒雨锻炼后，个个红扑扑的脸蛋荡漾着阳光灿烂的笑容。

　　其实早晚锻炼，其乐无穷，我们早晨和黄昏在沙河公园，朝阳伴着、微风伴着，顶着星星、顶着月亮，闻着花香，散步做操更是幸福无边。如果是月光下的夜晚，几位朋友散步在朗朗夜色中，完全没有朱自清先生在北京清华园郁闷彷徨的心境。假如散文家朱自清先生在世，背着"好雨知时节，当春乃发生。随风潜入夜，润物细无声。野径云俱黑，江船火独明。晓看红湿处，花重锦官城"的杜甫《春夜喜雨》的诗句，心情一定会随月光下的竹子和树叶摇曳跳动，写出靓丽向上的锦江月色。

观树之乐

仁者乐山，智者乐水。山里出生的我，从小就享受观树之乐。

从记事起，米仓山南麓深处的小村庄、田坝边、房屋前后长满了松树、柏树、杉树、柿子树、青冈树、樱桃树、拐枣树，错落有致、高高低低，一年四季翠绿，春夏秋冬带给我们无穷无尽的欢乐。

树梢形状不一，色彩多姿，自然律动，奇奇怪怪，似伞形、蘑菇形、箭形、冰菱形、企鹅形、鸡冠形、鱼尾形、斗志昂扬形，整体观看似绿色的起伏群山，似绿色的天际线，似舞动的绿裙子，从层层叠叠，相拥相靠的枝丫，不同规则的缝隙间望见蓝天、白云、太阳、月亮、星星，深邃遥远，令人遐思奇想，忘情忘我。

春天一到，春风吹拂，各种树的花次第开放，百花争艳，百花迎春，好一幅乡村充满活力的图画。我们上学放学的路上，砍柴割草的时候，满眼是鲜花朵朵，春意盎然，心情似小鸟一样飞翔在山间、树林、田野之中。这些童年的幸福，现在想来常常倍感温馨、甜蜜。

渐渐地，花开花落，长成满树无数的野果子。其实，我们最想最盼樱桃、李子、杏子、桃子快快长大，我们好享受一年四季花香不停，一年四季水果不断的幸福。在那饥饿的年代，那才真的是水果也能填饱肚子。特别是樱桃率先垂范，率先红透，那才叫诱人，或者真叫美轮美奂。一大早，初升的太阳照射着红红的樱桃，仿佛红光聚集，满树的小红太阳四射，鲜艳夺目，促使我们怀着特别轻松愉快的心情爬上树，小心翼翼地，十分虔诚地先吃饱肚子，再放进小提篮，趁鲜背到镇上5分钱一碗，又红又大又鲜的樱桃很快卖完，然后怀揣着一角、二角、五角凑起的人民币，去买《新华字典》、作文选和学习用具，同时愉快完成父母亲交给的称盐、买煤油和针头麻线的任务。

年年都在盼樱桃长大，年年都在吃樱桃，卖樱桃，从没有感觉厌恶，反而更加愉快，更加热爱树，热爱自然。总是想树枝越长越高大，结的果实又大又好又多。这些朴素的想法时时处处都想着，对树的喜欢也一直珍藏在心里。夏天有梨子、苹果，秋天有柿子、核桃，冬天有松米子，总之，一年四季有鲜果，一年四季有干果，一年四季有盼望，一年四季有快乐。于是对树的亲近之情、热爱之情，自然而然就像大地万物一样自然生长着。

山里人见树有许多好处，认为树是百宝之王，能提供很多东西，觉得是宝贝树。于是自发地、自觉地、愉快地一有机会就栽树。大哥、二哥和我每年在雨水节气后，总要想法种树，在屋前屋后自留地自留山种下了梨子树、桃树、李子树、板栗树等数百株。我们栽的小树现在已长成参天大树，特别是两棵泡桐树，我们几弟兄已经合围不到了。当时为了嫁接好苹果树、梨子树，二哥还买了嫁接技术书自学自己实践，从此，我在大山深处知道了苏联米丘林这个植物专家。

通过实践栽树、嫁接，学到了许多真正的知识，见到栽的树长高长大，现在更体会到了"前人栽树，后人乘凉"的真正含义。树的花果给我们认识树的好处的阅历，于是就特别爱树，一有空闲就观察树，对树情有独钟。

我家阳台上，正对面有许多小叶榕、黄桷树、棕榈树，它们一年四季长青，我常在阳台上和它们用心对话，见它们无论狂风暴雨，都是忠诚执着，从不气馁，从不掉花，从容淡定，我自己好像也就自然而然在阳台上快乐无比，仿佛变得树一样的坚韧挺直，自在安然。最让人沉醉的是，春天风和日丽的时刻，见树枝在风的吹动下翩翩起舞，像舞台上披着绿装跳舞的姑娘婀娜多姿，树叶像鸟儿在空中自由翻飞，似鱼儿在水中任意游荡。林中的鸟儿飞来飞去，鸣叫不停，感觉是在伴舞和歌唱，常免费听树、鸟、风、雨、雾自然和谐的交响曲，真正融入自然，热爱自然，实现心灵的愉快和谐。

仙鹤路、滨河路是我上班步行的必经之地，栽有很多叶榕树，特别是那种像蘑菇形的树，更让我喜不自胜。常常数蓬勃的绿色馒头状树的绿色叶子，同时双手模拟山间采茶姑娘的轻盈动作，观数着片片树叶，久而久之，我的眼睛变得十分清亮，内心变得十分明净。原来常看绿色对大脑的清醒、对保护眼睛十分有好处。这是生活轻松的实践，也是观树之乐之妙！

现在一到春天，我一定要去西外金兰小区散步，里面各种树发芽了，长节了，添树叶了，要么嫩绿、要么鹅黄、要么绯红，总之是多色多颜，多姿多彩，仔细地看着看着，内心萌动，定会升腾起周身血液，热血沸腾，骨头都在跳舞的感觉，更会让人滋生不怕困难，蓬勃向上的情绪，这种观树的快乐通往幸福的秘密，让我独享。

小时候在山村爱树，是有鲜花供赏，野果填肚；人到中年了，栽树、爱树、观树是平和的心态、愉快的心情、欣赏状态、理性思考，是对眼睛对身心的潜移默化，有益健康，是生活更上一层次的体味，是热爱自然、欣赏自然本能的体现。欣赏树的过程，往往就是脱俗的过程，脱离无欲的过程，摆脱羁绊的过程，以至回归本心融入精神境界的过程。

龙潭河在我心底流

龙潭河是故乡的一条小河，它的源头在通江和南江交界的的地方。这里的小地名叫纸厂沟，又称作许家沟老林。从这片原始次生林林地经莲花石下养生潭、康家河、牛卧池河、卢家河等地，然后才到龙潭河。

我第一次到龙潭河是跟父亲去背羊粪。龙潭河在土墙坪这支山脉和观光山这条山脉之间的一条峡谷中蜿蜒蛇行，形成无数的小瀑布和碧绿的深潭。浅流从卵石里淌出，形成潺潺流水，水边两岸有芦苇、荻花、苍朴、水灯芯、鸢尾花等水草；有苦葛、癞瓜、瓜蒌、鸡屎藤、巴岩香、威灵仙等野藤攀爬在悬崖的石头和灌木丛，一年四季的绿色，给小河增添了优雅、妩媚和柔情。就连20世纪的六七十年代，乱砍滥伐，植被遭到破坏的时候，这条河也以其自身的险峻的地貌，以其自身的幽暗深晦的色彩，让樵夫在这里望而生畏。20世纪50年代中叶，北极牧场南江黄羊育种场的黄羊选择了龙潭河的天然岩洞作为冬暖夏凉的保种摇篮，使美丽的小羊羔能够顺利地出生，健康地成长。因为有了羊群终年在这里生存和繁衍，所以就有了很多羊粪。我和父亲一般都是鸡鸣即起，打着火把或手电筒，背着背篼从土墙坪金榜岩的老屋出发行20里山路，一直往河下走，大约一个多时辰到达。

来到龙潭河，先是听到流水，"呼呼、哗哗、轰轰"的声音，感觉起起伏伏，时远时近。河水流动的声音，其回音在岩岸回环，加上峡谷风的声音在崖际拍打轻唤，或遇到悬岩之上的柏树、白杨、杉树、枫树等混交林所发出的林涛声音，这时候，你如果正好在峡谷的半山腰、在山与河谷的转弯的绝壁奇险之处的话，你将听到世间最好的绝妙的交响曲，比悉尼歌剧院里听到的交响乐不知要感人多少倍。因为这是天籁之音，是天堂之音。

在龙潭河边，我第一次看到百余只的羊群，而且是世界山羊种群中的骄子——中国南江黄羊扩繁育种群的珍贵的山羊。当时，听父亲讲，南江黄羊的肉质，是山羊品系里最具营养的，它的膻味要低些，瘦肉比重大一些，生长期相对短一些。后来，在南江采访黄羊专家王维春的时候，得到了证实。

当年我和父亲在麻洞子河的天然的岩屋里背羊粪的时候观察到，这群南江黄羊聚集在一起吃草的声音，与龙潭河浅滩的潺潺的流水声多么相似。有专家认为，龙潭河峡谷的水草丰茂，才生长出、培育出这么美丽可爱的山羊，也才能给人间带来这么鲜嫩味美的食物。有人说，羊肉是男人生命中的火焰与阳光。这句话，让我至今回味无穷。我在黄羊的诞生地的良好的生态环境里终于得到了答案。南江黄羊饮的是山泉水，吃的是鲜嫩的草叶、树叶，住的是冬温夏凉的岩洞，在空气、土壤、河流和森林等都处于大自然的无污染的良好的生态圈里，那么，生长出的黄羊当然就是人类餐桌的尤物了。

龙潭河的龙潭，是我见过的潭水中色彩最富于变化的潭水了。在春天来临，树枝上绽出星星点点的绿的意象的时候，潭水的色彩像高山里平坝子田地里的小麦的色泽；初夏之时，潭边的石头岩岸在芦苇的飒飒的喧哗声里，在临潭水边缘的卵石缝隙处缠绵纠结生长的石苍朴的护卫下，像中山地区高岗的马尾松针的绿色；秋天的云淡风轻的时候，潭水就成了缅甸产地的翡翠玉的色彩了；在白露为霜、白雪皑皑的峡谷风光里，潭水的颜色，就像千年的古柏林呈现出的墨绿。让潭水生动的一个最重要的原因是龙潭的瀑布。瀑布高一百余米，瀑布高则潭水深。这龙潭的水到底有多深？很多路过这里观看潭水瀑布的，或者是慕名专门来欣赏潭水瀑布的，不禁都要问一问居住在这一带的老人，考证一下当地碑志石刻、书本上的记载，倾听历代口头流传下来的不同版本的故事。我听到刘兆龙老人生前讲述的故事。他说，早年龙潭周围全是绿蓊蓊的柏林，林涛吼和瀑布响，令过往行人赫然生畏。地方官绅就提出另辟蹊径，于是，道路慢慢地在峡谷里消失了。过去，从此径直北往汉中的栈道，就改移到了半山腰的悬岩边边上了。谁知这样一来，就得罪了居住在龙潭里的白龙，白龙给住在龙潭河较近的土墙坪仙龙村里的族长托了一个梦，说龙潭河两岸的百姓，不知道感恩，多年以来他白龙夜以继日为黎民趋灾辟邪，普降祥瑞，使物丰民富。结果到头来，一个个乡民都远远地躲避他，像躲避瘟疫一样的。白龙特别不满的是，当地的理政，不问苍生信鬼神，龙潭河峡谷的道路沿河直上平缓、安全，夜晚也不会迷路，一直是出入蜀汉的要冲，汉中王刘邦当年为了准备和西楚霸王项羽决战，在这里练兵储粮，水陆两畅，最终成功称帝。因此，这里的山被誉为米仓山，这里的道路便称作米仓古道。有现成的路不走，什么原因呢？巧立工程项目，搜刮平民百姓，实现一己私利。白龙请族长定要告知百姓，不要迷信，不要上当。说完，白龙一团白雾似地在祠堂的梁上消失了。于是，族长就叫专人敲锣在村里宣告龙潭居住的白龙所说的话语。随后，族长召集了族内威信较高的人集体商议决定，在土墙坪修一座寺庙纪念白龙对村民仁善护佑之大德至爱。此事被地方乡绅知道了，认为是老百姓借龙潭白龙之口，反对官府，抵制缴纳捐税，拒服徭役。于是以莫须有的罪名，毁了仙龙庙，拘役了族长，砍伐龙潭河龙潭周边的古柏，老百姓自发组织保护龙潭古树，禁止破坏龙潭美景。乡绅无奈，遂纠集地痞流氓在一个节日的晚上，放火烧了龙潭河的森林，总计约三千余亩，龙潭上下约五公里的狭长谷地一时变成焦土。可是让人感到吃惊的是，龙潭东南坳有三颗古柏死里逃生，但是，乡绅将此树卖给了木材商人，说是将此钱用于修缮桥梁，就是龙潭河西南端汇入白院河河段的驷马桥。可是，在砍树时出现了奇迹。三根古柏树在即将砍断的过程中尽管有人用结实的大索拴住柏树躯干，每根索有三四十人往岸边方向合力拉着，但无论怎么努力都无济于事，眼睁睁地看着大柏树倒向悬崖下的龙潭深渊之中去了，连树的影子都看不到一点了。龙潭河的原始林被毁之后，当年就发生过一次特大洪涝灾害，冲垮了驷马桥，冲走了大河口的中嘴老街，也就是这一次洪水袭击，大河古镇才迁移到后来的陈家坪下崖壁与大河岸边的悬崖之间的狭长岩塬。传说后来有个方士，为了该流域境内的安全，他建议，在龙潭河与三叉溪、芭蕉溪河相汇之地修建一座庙，名叫白院寺。祈愿白龙呵护该地的平民百姓，吉利祥和，富裕安康。该流域境内有文字记载的洪江大水有 13 起，驷马廊桥也重建过 13 次，最早的一次是唐代初期，最近的一次是 2005 年 7 月，将清末贡生闫某撰写重修驷马桥碑记的那座廊桥彻底冲毁掉了。白院寺在中华人民共和国成立之初，当作乡政府驻地，古庙被拆毁了，但"白院寺"名字至今仍在流传，土墙坪的仙龙庙，历代修复完好。共和国成立后，把仙龙庙作为村的小学校舍，一直使用到 1975 年的夏天。

　　龙潭河的路从古至今是老百姓自己走出的。虽然周边的村道公路打通，但许多人还十分流连这里大树成荫的风景，留恋着这里面蕴含的深厚的文化基础，铭记住流淌在这自然美丽峡谷里的优美故事传说。

父亲与树

　　你是一棵树，一棵永远直立劲拔的树，一棵永远直面沧桑岁月劲拔的大树。当父亲生日我被公务缠身不能前往的时刻，我坐在办公室里，突然看到玻璃窗外，葱郁碧绿的小叶榕树，枝条摇动，灵动婆娑。正午骄阳喷洒的片片阳光，在碎影飘浮、珍珠迸溅般地融会、接纳和理解的氛围中，找到了此刻我所要表达的意义，找到了让心灵震颤的词汇，也找到了沉睡太久的内心世界的感动。

　　于是，我写下了这样的句子：

　　你是一棵树，一棵让我终生仰望的树，视线掠过房顶，掠过山脊，射向远天。直到庞大的东西渺小，具体的物像模糊。

　　你是一棵树，一棵嘲笑风雨漠视虹霓的树，夏天撑开巨伞摇一树湖水般的浓荫，冬天点亮长夜的烛灯炽一盆炭火，让人们觉得幸福很具体，天堂很亲近。

　　你是一棵树，一棵浓云中抒写黑暗中高歌的树，藏起自己奇美的年轮，忘记别人剥皮砍伐的痕迹，春秋无风的日子里，沉静如湖水里的山峰，独自相处时，守护自身一颗心。

　　这些长短句，倒也参差错落，音韵铿锵，说它是诗以此寄给父亲，表达儿子情感，未尝不可。但我不敢，父亲一向讨厌花里胡哨的文字，再说，他对新旧诸体的诗是有所察觉的，他认为诗歌艺术的（乃至其他艺术）最大特点就是其独创性，就是丢掉一切概念后的那种真实而美妙的感受。父亲有一次看我写的诗文后说："记住，概念是艺术的死敌。"父亲写的关于故乡八景的诗和其他体裁的文章，确是实践了他的艺术观点。所以不敢贸然寄这些文字去。而父亲一生最忌讳别人恭维他。

　　记得有一回，我们弟兄中最小的弟弟符道勤考上大学时，有些亲朋好友劝父亲办升学酒，说父亲如何如何教子有方，如何如何给乡邻开了好风气，并说是家庭的骄傲，什么风水显圣、祖宗显灵等。父亲不发一言，摇摇头就走开了。兄弟上学那天他打早拿起镰刀割草放牛去了。谈起此事，父亲淡淡地说："何必给亲戚朋友添麻烦，高等教育今后要普及，已属寻常事了。"后来父亲对我说，你小时见过我们屋前屋后的古树么？我说见过。父亲说，都有些什么树？我回答，有梨树、枣树、柿子树、檀木树。父亲说，你忘了最重要的树了。我惊讶。他说，古柏树。我们院子周围有很多古柏，大约30余棵，老屋左侧十余亩土地上原本全是绿荫荫的柏林。最高的几株大柏树上常年栖息着喜鹊，低矮一点的树上栖居的是白鹭。20世纪50年代末和60年代初开始了炼钢铁，大树小树都遭砍伐，金榜岩下那百余亩柏树全部砍光还垦出了耕地。

父亲说，由于我家老屋因有三株古柏挨近瓦房，加之长得疙疙瘩瘩弯曲倒拐的，直径又大，不好劈柴，才幸免斧斫之难。这几株树原本都有喜鹊和白鹭的窝，可后来灾荒年，一些不知好歹的后生想打牙祭，偷偷爬上树巅去夺取鸟窝里的鸟甚至夺下鸟窝作柴，鸟类伤心之余后，又衔树枝作窝，如此反复之后，白鹭迁走了，众喜鹊也迁走了。只剩下其中树干特别高，人们爬不上去的那棵古柏上面的喜鹊窝得以幸免于难。那棵树是幺叔继承幺祖父的，幺叔在其父母谢世后，过着单身生活。喜鹊选在此树搭巢是很聪明的。此树高近10米，除树巅的圆锥状外，以下树干直到根部没有一根侧枝。一般人看去望而生畏。因此，喜鹊在我们村很是繁盛了一阵子。

父亲告诉我，我们院子那时候，有一片古柏，有许多喜鹊，生机勃勃。古柏像一个智慧老者，仿佛时时给我们后人讲述历史，讲述故事，聆听白昼和黑夜古柏的叨叨絮语，每每让人得到诸多启发。每每狂风暴雨大霜大雪降临之际，古柏先预告给我们气象情况，让我们有所防范，古柏护卫着我们的家园。古柏显现的是沉默的力，喧哗的威，摇动的力量，其身苍黑，其叶浓绿；苍黑里常透出微茫的白斑，浅绿的侧枝；浓绿里，春夏让绿风带走一些，呈现浅幽之绿，新颖之碧。非细致观察鲜能找到变化之状。

父亲说："'文化大革命'开始后，三株古柏被家族中兄弟们趁乱私砍瓜分了。梨树、枣树、柿树被乱伐了，连树根都刨光，作了棺材的回头料。喜鹊和白鹭的家园最终毁了，全飞走了。原来的老屋大院子，争柴草争水源争地界的渐渐多了，不存古树，不栽新树的年代，种的仇恨多了，敬畏之心、同情之心、互助之心渐渐少了。20世纪70年代中期开始造林，加之杂交水稻和玉米推广，产量高了，一部分地退耕还林，于是白鹭、喜鹊等鸟又回来了。白鹭在你升学那年就出现在屋后冬水田里，其声鸣让人感动。"

父亲给我讲的这些关于古树的断章，让我很受启发。没有人才成长的时代和环境，难以成就人才，正像没有大自然的天然屏障，哪有动植物生机活泼的家园？没有动植物的生存空间，人生活在那里又是多么寂寥，多么孤独和可怜。没有古柏的存在，就没了喜鹊和白鹭那么美丽的色彩（看见白鹭如同在西北草原高原上四季可以仰望的雪山风景；看了喜鹊，总让人产生春天来得太早太快，以至于喜鹊连身上沐浴的冬天积雪还未在羽毛上消失都未发现），那么悠婉的鸣叫（喜鹊平日的叫声是呼应、叮咛，是自慰、独尊，而在求偶恋爱季节，喜鹊的叫声是杨柳依依，是蛙声合鸣，是流星喘息、星斗漫天；白鹭鸣叫如同二胡奏鸣，即使是欢快的曲子，也往往产生美丽的哀愁，求偶季节，一次次的像大江大海的浪涛起伏，是深情的呼唤和向往，在松树或柏树枝上用爪子抓住对方的瞬间的鸣叫，听上去不像是求爱，倒像是古代征戍将士新婚之别时的绝唱），以及那飞翔和栖息的动态与静态的灵秀活泼与肃穆端庄，对其所居山水树木的环境的点缀、烘托、象征与渲染，令人遐想飞越，如临仙境。没有这些自然界的精灵，哪有人间诗意的感动，禅意的顿悟？正像人，只有高尚的精神，才能使真诚善良的心灵为之感动。

父亲是个知识分子，因时代变迁等诸因素，32岁开始种庄稼。他忘掉自己过去的辉煌时光，对土地上农作物种植、果树栽培、家禽饲养产生浓厚兴趣，通过实践，掌握了一套种植养殖技术。他在20世纪50年代至80年代为全村树立了榜样，烟叶、白蜡虫、海椒、大蒜、油菜籽种植是他创出高产，种植成大片示范园，在两县交界的地方得以推广，种植的特产饮品和药用的金银花至今还在申报双A级绿色产品。

他每一样科学实践，首先在人均0.12亩自留地里示范种植，成功后推广。当时没有人给他分配这项工作，他是业余的，推广成功后，全社大获经济效益时，也没有人传扬表彰过他。他实际上用他的行动证明了他的价值，尽管沉默寡言，他在村民心中受人尊敬的地位确定了。他和母亲生养了我们众多兄弟姊妹，尤其是在饥饿、动荡和恐怖的年代，在交通信息处于闭塞、经济发展缓慢的大巴山群山之中，始终用他智慧的头脑和勤劳的双手进行十分艰辛的劳作，给我们营造那么一种环境，提供尽可能的生存和受教育的条件，真是不容易。就像我家老屋房后那一棵棵古柏一样，庇护着喜鹊、白鹭等鸟之家族，使之生生不息、繁衍不止。

母亲与树

　　周末休闲读着四川省达川中学校长、中学语文高级教师张琪的新作《家教啐语》，突然想起母亲的口头禅：树大自然直，儿大自然乖；成材的树儿不用剔。她用这些朴素的谚语对似懂非懂的我们进行教导，春风化雨的环境，伴我们一路快乐成长。

　　在我的记忆里，母亲一直爱栽树，爱护树。我家的周围栽了许多果树，供我们一年四季看鲜花，吃水果，给我们的童年带来了无穷的欢乐与期盼。从我有记忆开始，就栽了樱桃树、李子树、杏子树、花红树、菱庆树、梨子树、苹果树、核桃树、柿子树等，让我们一年四季有鲜花欣赏，有水果饱肚子，邻居的孩子们有水果吃。我家一块自留地成了四季花香、四季果满的花果园，成了我们在困难的年代里的快乐园、幸福园，周围的孩子们都会无偿吃饱或者怀揣。年过半百了，我一直认为，真正的花果山永远在我的家乡。

　　电影《我们村里的年轻人》的插曲里有歌词：樱桃好吃树难栽，不下苦功花不开。母亲教我们如何种好樱桃树的情景永远在脑海闪现。在我启蒙读小学的寒假里，立春后雨水前，母亲拿着锄头，带着我和二哥步行了 2 公里，来到我们乡村里按辈分叫的刘兆龙祖祖的住处，我们远远地见到了一排排高高的樱桃树。母亲正在向主人呼喊时，突然冒出了三条大花狗，凶神恶煞地朝我们叫着，露出了狗牙，我们惊恐万分。祖祖大声问我们要干什么，我母亲说我家里娃娃多，水果出来的时候别人家有，我们家没有，看到人家有水果吃，自己想吃没有，容易哭和不高兴。她说我来这里找两三株樱桃树苗回去栽，要明后年就能开花结果那样大的。祖祖说："哎呀，这些孙娃儿想吃水果很简单，我马上给你挖三棵明年就结果的，你们不要过来了，我家狗子太凶了。"我们在冬水田边等着，约半小时后祖祖给我们挖了三棵酒杯那么粗、根部带了拳头那么大一块树疙瘩的樱桃树给我们送过来了。他夸奖我娘，你这个娘真不简单，为了儿女们想得这么周到细致，今年樱桃成熟了，我给你们送几碗过来，明年就吃这三棵树结的樱桃，并告知我们如何栽好。先将树苗放在冬水田里，搅几下让它沾满稀泥巴，再回去找个向阳土质肥沃的地方，先挖三个坑，然后再挑一挑猪粪倒在三个坑里，再把干谷草或者苞谷草宰短放进去，再栽上树，容易活，长得快。我们立即拿回屋，在我们屋后的二道院土深阳光充足的地方，按照祖祖的说法栽好了三株樱桃树。

我们天天看着樱桃树发芽、开花，当年每一棵树开了两三朵花，第二年的雨水节前我们将牛屎粪打成干面面，捂在了三棵樱桃树的根部。这年樱桃树开花繁白，果实满枝，我们盼望已久自己栽的樱桃树终于开花结果了。当我们吃上了自己栽的樱桃，全家人的心里高兴万分。后来母亲将我们吃不完的樱桃用摇篮背到乡场上去卖，5分钱一碗，因我家的樱桃又红又大，加之母亲装樱桃的时候将碗装得冒梢梢的，一大背樱桃约一小时就卖完了，而且给人们的印象特别深刻，问她什么时候再来卖樱桃。樱桃成熟的季节，我们常常陪着母亲在街上卖碗装的樱桃，给我们换来书学费和家里的油盐开支费用。

母亲除了栽好水果树外，还教了我们栽好茶叶树、青冈树、桤木树、松树、柏树。记忆深刻的是我读小学三年级时，从一百多公里远的通江县板桥乡的大山里捡来橡子，种在我家光秃秃的名叫长梁的自留山上。为了防止山鼠掏吃，我们一家人从远处搬来很多石板，在种有橡子的周围安了许多移动套老鼠的石板夹套老鼠，保护橡树种子发芽长大。几十年后，我们种的橡子树成了经济林，种有银耳、木耳、香菌，产生了良好的经济效益。

差半年小学毕业那一年的春节，村民们还在愉快地玩耍时，正月初二开始，母亲就带着我们几弟兄，用背篓将泥土背到我们自留地周围三块巨大的石头上面的平台和凹下去的地方堆厚，种植了金银花。如今金银花满石蓬着，四季绿叶，石头都穿上了绿衣。特别是春夏之交，满树洁白的金银花让三块大石头美丽无比，花景独特，成了家乡远近闻名"石头开花"神秘传说的地方，让周围的儿童们和外地的游客们真正见到了石头开花的地方。

母亲爱栽树爱护树的言传身教，以至于对每个孩子都像爱护树一样呵护着的做法，一直影响着我。我也一直爱教女儿认识树、种树、呵护树。我在日常生活中，也爱栽树、爱呵护树，写作出版了《你是一棵树》《门前一棵树》《心中一棵树》三本散文集，向人们传递着爱护树爱护绿色爱护自然的理念。从父母亲开始，我们全家人尝到了树的好处，所以一直爱栽树，爱呵护树。我如今无论住在哪个楼盘和花园，都呵护树、栽树，这与母亲言传身教密不可分。

母亲在困难的年代生产劳动，养育儿女，种养的果树和经济林树，现在仍然发挥着有形的、无形的、巨大的影响；而且树的作用越来越大，连绵不绝，影响我和我的女儿热爱自然，尊重自然，培育自然。母亲自己像母鸡一样呵护着我们这些儿女，也爱护着她栽的各种树木，更像一棵高大的绿色大树保护着我们，看着我们像树一样向上成长成才。树也自然向前向上，我们在慈祥的母亲面前坚决做到了"成材的树儿不用刳"。

风中的棕榈树

　　风吹动棕榈树，让我感动。小时候，我的房屋后面有十几棵棕榈树，生长在约有二亩五分面积的大田边，以它的碧绿的叶、修长的身姿吸引着我的目光，给我四季如春的感觉。棕榈树发出的声音也很美妙，一年四季，在每个晚上夜深人静的时候，都能听见窸窸窣窣的声音，或急促，或舒曼，或清新，或沉暗，这些声音让我分辨阴晴雨雪。时间的流逝，生命的律动，让我觉得思维的美妙，自然的神奇。棕榈树是不凋的松柏，不谢的花朵。在我的屋后，收了冬水的大田边上，棕榈成排的修长身影，在阳光下，像模特站在西湖边的草地上，接受摄影师定格永恒的瞬间，留下惊魂夺魄的倩影。只不过，这些"丽人"的形象是留在我屋后高大的乔木，奇异的巨石，千年的古寨，以及明丽深邃的川陕昊天见证的眼底。

　　棕榈树在家乡的秋天，寒波荡漾的冬水田映衬下，仿佛刚刚出浴的处子，蓝天的浩瀚溶入眼帘，叶片的赞叹飚飚入耳。棕榈树同火红的枫树、金黄的银杏构成了红、黄、绿为主题的绝美的风景。到过我家乡的艺术家特别赞美这秋色的壮丽，他们说，如果缺少了棕榈树的绿色，枫香树的红色就缺乏些绚烂，银杏叶的黄色也将少些辉煌。不仅枫树、银杏得到了棕榈树滋阴、陪衬，就连青冈树、水青冈的黄色主调也隐含一丝丝的柔情。枫叶陨落的时间要早些，随后就是银杏叶，之后就是青冈叶，青冈叶与棕榈树叶相伴的时间要长些，往往冬尽春回的时候，青冈叶大部分还挂在树上，风吹动的时候发出飒飒的响声，跟棕榈叶清冷唏嘘形成了区别，前者像是对冬的讥讽，后者却是对冬的感谢。可以说，没有冬的严寒凛冽，便没有棕榈树的直立端庄、敦厚轩昂。

　　风吹动棕榈树的时候，我的肌肤掠过甜蜜、温暖，我的心中充满感激，我的笔下涌动灵感。家里担水的扁担，就是老棕榈树的躯干制作出来的。在我们家乡，棕榈树不衰老的时候，一般是不会有人去砍伐它的。棕榈树的扁担是钢中优柔，在劳动者的肩上磨久了，显现出类似竹子断面的肌理，即使你赤裸着肩膀去挑水、担粪，也不会伤害你肩膀的皮肤。我家里使用的牵牛的鼻绳，是用棕丝交织而成；蓑衣是用棕绒扎出的，有的成扇形、有的成燕子形状，常常同雨伞一起使用，遮挡中雨和大雨，甚至暴风骤雨。农民在雨中犁田、播种、收获，棕蓑衣简直就是宝贝。棕蓑衣用过了挂在墙上滤水，积水从蓑衣边缘的棕丝尖滴滴坠下，形成无数晶亮的小珍珠，像田埂上的草叶尖的露珠，只不过，草叶上的露珠掉下后，短时间就没了，而棕蓑衣坠下的水珠，刚刚掉下去，又迅速地结成了珠子。棕，是造物主赏赐给人类的衣被。没有衣服，披上棕衣可以御寒；没有袜子，可以穿上棕袜；没有床垫，可以铺上棕垫；没有系东西、晾衣服的绳子，可以用棕丝绞成。据老人说，棕榈树一般要长到一米以上才能开始割棕，要想棕榈树直径稍大，开头以后，见到完整的棕面，就要收手。以后，每月在这棵棕榈树上只能割取一匹棕面，这样，不会伤棕榈树的元气，躯干就非常匀称地向上生长，形成的棕面就绵密厚慎，色泽肉红，品质上乘。棕面好，棕榈叶就好。棕榈叶长到半年以上就可以使用，它的用途可多了：搓绳子，扎扫帚，浸菜用的倒浮坛隔层；装鸡鸭的提篼，遮阳避暑的叶帽，编织纳凉的扇子。浅绿的嫩棕榈叶，可以编玩具，如小朋友踢的毽子，蝗虫、青蛙、鳄鱼等仿生玩具。老棕榈树上结出的棕娃娃是棕榈树的种子，色泽有浅绿、鹅黄、米黄，取决于生长的地方，阴山、阳坡、溪边、墙上，土壤、水分、阳光和空气，往往决定棕娃娃的色泽、形状和大小。

　　饥饿与寒冷的日子里，我与割草放羊的伙伴悄悄在山林荆棘丛生的地方，找到一棵棕榈树后连根挖出，在有阳光的安静处，用弯刀开头，先剐棕，棕剐到只剩下最后几匹叶子时，棕榈树的躯干和棕叶叶茎就呈现出又白又嫩的棕榈肉了，其味甘甜，咀嚼凉爽，回味中隐隐有一丝辛味。饥饿年代，美丽的棕榈树成了充饥和取暖的宝库。当然，在田埂上，人们还会发现，许多棕榈树已经被剐棕弄得躯干只有磨心那么粗了。改革开放以后，我的老家的乡村里，绝大部分劳动力到外地打工去了，许多棕榈树上的棕，该剐的未剐，该开头的未开头，该摘棕叶的未摘叶，看来感到挺可惜。原来会扎棕垫、蓑衣、沙发、棕椅的，会搓绳、编扇、织褡的手艺人有的过世了，有的老去了，有的进了城市养老，80后的年轻人不会做，现在的中老年人也没有工夫去做了，这些依靠纯天然的原料，运用几千年流传下来的手艺，精心制作的生产生活用品，在人与自然和谐相处的时刻，不经意地说消失就消失了，不能不说是一种遗憾、一种怅然。

　　在老屋后面的田埂上，我听到风吹动棕榈树发出的悦耳的声音，嗅到新鲜的泥土和草叶气息，怀念长眠在墨绿的棕榈树、洁白的芭茅花下沃土里的父亲母亲、祖父祖母、曾祖父曾祖母，以及延伸到我的祖先，我感到血脉就在我的足下延伸，生命在我的体内绽绿，尘俗得到荡漾，心灵得到慰藉。棕榈树在视觉上给我许多启迪，碧绿的叶擦净劳动流出的汗滴，拭去眼中飞来的浮尘，释放出大旱中的甘霖，吐翠严寒里的新枝，固守住滑坡段的信念。棕榈树的棕面的色彩，那是典型的黄种人的肌肤，棕须比作非洲狮子的鬃毛、北欧山羊的胡须，一点都不为过。一匹棕面在贴近棕树躯干的地方，非常光滑细腻，其色泽像栀子色染成的家具被涂上了一层清漆后的反光。棕面的色彩给人素朴、温煦、仁厚和大方的感觉。对于我来说，棕面贴在棕树躯干的光泽，不仅是冬夜寒彻时的火塘，黑暗里伴读的灯光，而且也是求助无门时的自强，孤独无依时的慰藉，更是支撑信念的砥柱，点燃希望的火焰。

一座山梁

大巴山的山梁无数更普通，川东丘陵小山梁更是随处可见且平常。我说的这座山梁十分有趣，于我特别不平常，而且时时记起它。

这座山梁原本就起起伏伏，郁郁葱葱，一年四季鲜花盛开，长势良好，不需投入，不需加饰，自然而然地吐露献绿。由于城市扩建，就到了单位办公楼后面三十米左右。因为满眼翠绿，扑入眼帘，绿色耀眼，各方争议不断。有人建议推成平坝，有领导建议招商引资建房，也有领导建议外商修宾馆，更多的职工建议不动它，略做规划，补栽树种，科学规划做到生物多样性，主要用于净化空气，美化办公人文环境。

令人匪夷所思的是当时的主要领导，一意孤行，将美好的、自然的、默默无闻的山梁用推土机把它推平了，变成了一片伤心的秃地，等候招商引资建宾馆。正当紧锣密鼓修宾馆时，又换了一位主要领导。他散步时发现了空了这么一片黄金地段，经过调查知道这里原来就是一座山梁，经过多方调研多方论证、反复比较、民意测验，一致同意恢复山梁，种树种绿还林。

立即行动，又将削平的山梁在推土机和挖车、园林工人的辛勤劳动下，一天天堆高，一天天长大。削去的泥土不知拉向了什么地方，现在堆成的泥土不知从何处拉来，反正又堆成了小山。刚刚堆成山后，按照规划，先植了一些草皮，领导岗位变换了，又来了一位领导。这位领导调研后，指导园林单位按照植物多样性种了大小不一的银杏树、黄桷树、松树、椿芽树、桂花树等，山顶上修了一个凉亭，从山梁底下修了三条上山的小路，一千五百多个日子过去了，如今山梁绿化，多种花草长势良好，成了职工和群众锻炼休闲学习的场所，确实是一块百姓的风水宝地、黄金宝地。

人们常常在这里散步，呼吸新鲜空气。听着鸟儿齐声纵情歌唱时，欣赏各种树叶绿色时，内心喜悦、和谐时，都叹息这座山梁本来好好的，泥土拉走了，多好的树木野草毁坏了，又拉来泥土堆成山梁，还要栽树种草，劳民伤财。原本不应这样折腾，好在碰上了两位领导顺民意、喜自然、多栽树，才会有今天绿意盎然的山梁。

昂然向上的皇柏林

有在外工作的同学暑假从山外的城市回南江大山里，特意邀请我一同前往避暑。

"故乡素有红色南江之称，不必说那世界地质公园人间仙境的光雾山；也不必说那水府天庭的小巫峡；更不必说那洞壑深邃的断曲岩；单就是那贵民山水的奇峰异洞已足令你叹为观止。"

我惊叹几年不见的同学那具有鼓动力的演讲口才。

然而，我的情思却早已穿过叠叠的关山，飞向了翠绿葱茏守卫着公路两旁的皇柏林，飞到了绿荫树林下长虹一样的天桥，栖息在桥头那带有淡淡野花野草香味的小院……

我顺着千年皇柏林护荫的阳光斑驳的青石板路，离开了青山绿水的山村，当时正是仲秋，而今已到了炎炎的夏日，自然而然想起了遮风挡雨生风吐凉的皇柏林，教我如何不想念你？

中学毕业那年，我跟着乡村夏季繁花似锦的脚步来到你身边，在村庄农家院坝里的一角，姑妈热情地接待了我。那翠竹掩映堆放麦秆的院坝里，有姑父的殷殷教诲；那瓜棚豆架幽幽的凉荫下，有姑妈指着笔直挺拔的黄柏树苦口婆心说："成材的树子不用剔，树大自然直。"我抬头虔诚地望着高高的像绿色火箭的皇柏林，你那静无声息的歌，无字的绿色的书给了我深深的启迪——

你袅袅的雾纱里是否还裹着我的幻梦？你青青的草地上是否收藏我流连的脚印？你蓁蓁的绿叶里是否还萦绕着我晨读的音符？

我忘不了，那个夏夜……

在神秘、朦胧、迷离的世界里，我和几位同学从天桥下碧波荡漾的河边，来到了你郁郁苍苍的柏林里乘凉，棵棵黄柏高耸入云，俊逸挺秀，有如人正当中年，我惊叹留传了千百年的皇柏林，经历了历朝历代无数个风风雨雨，却从不低头，仍蓬蓬勃勃，昂然向上。

我躺在散发着柏油清香的草地上，仰望着从树叶缝里渗漏出来的一块块椭圆形的、菱形的、长方形的天空，那天空深邃幽蓝，风吹树叶颤动，那天空也好像在和小星星颤动起来，那浓密的针叶儿似乎就拂着小星星的脸儿，一会儿露出来，一会儿又躲进去，像个害羞的小姑娘，我看一眼，她就躲，不看她，就又冒出来。夏夜的皇柏林真静谧，静得像个绿色天国，似乎能听得出月光在枝叶间流泻的潺潺声，能听到露珠从叶子上跌落在草地上的簌簌声……

夏去秋来，当皇柏林的晚风把我从美好的往事回忆中摇醒的时候，当晨曦刚从地面上升起，属于永恒的未来向我声声呼唤的时候，我怀揣着山村少年的梦想，从川北公路旁的皇柏林绿廊里走出来了。

在外工作的日子里，听家乡的人说，历史上县里干部交接工作时，对皇柏林的根数，要作为一项必需的现场核对工作，树木数字的变更，作为业绩考核，这样一批一批的领导，才能把三国时代张飞栽的古老的大柏树保护到现在这样美好。又听说几年前修高速公路时，法律规定谁破坏了皇柏林，谁就犯了法，宣传保护的力度更大。我感叹道，好的保护措施，加上大自然的本能，绿色的世界才会更加郁郁葱葱。

我常常梦见自己是一位护林人，兴高采烈地守候在生生不息昂然向上的皇柏林大树旁边。

中华金桂王

我的老家院坝边有一棵高大的柿子树和一棵挺拔的梨子树像兄弟般并排生长着，在大山里成长的我，每天一睁开眼睛，不是开门见山，而是开门见树，生活从来离不开树。砍柴割草、上学放学，树木伴着我们长大长高，以至于经常做梦也会梦见五颜六色绿意蓬蓬、硕果累累的各种树。

正巧，我家附近有一块长坝平地，不知何时开始称为桂花园，当然这个名字名副其实。从我有记忆的时候起，见到了三棵高大的四季常绿的桂花树，那是我们扯猪草、割牛草、跳远、跳高、爬树、闻桂花飘香的乐园。因此，从小就对桂花树情有独钟，记忆深刻。

特别是秋天，桂花香弥漫在乡间，令人心旷神怡，格外精神。穿行其间的我们听到了人们讲解月宫里吴刚砍桂花树的神话故事。传说月亮里面有一根生长繁茂，五百多丈高的桂花树，树下有一位叫吴刚的精壮小伙子每天用斧子用力砍，第二天早上起来桂花树又将伤口长满，小伙子反复砍，桂花树也反复长满，几千年来吴刚永远砍不断桂花树。原来，吴刚是凡间一位樵夫，他不喜欢当樵夫，就请白发神仙教他仙术，可是他不愿认真学习，学了很久都没有学好，后来，他又请白发神仙教他神游到月亮上，因此，白发神仙很生气，把他留在月宫，告诉他："如果你认真钻研，心平气和地砍倒桂树，就可以获得仙术。"因为吴刚没有专心学习，每次砍桂树后树自动愈合，日复一日，年复一年，吴刚伐桂的愿望没有实现。

大人们通过吴刚伐桂这个故事旁敲侧击地教导我们要认真学习。每每听这个神话故事时，我们都暗下决心一定要听大人的话，好好读书，认真钻研。同时充满好奇和无数遐想，常常望着天空中满月里的桂花树，脑海里浮现人举斧子砍树的图案，仔细寻找桂花树和吴刚，百思不得其解。

参加工作后，到过万源市中国仙山的烟霞山，见到了一千五百多年的桂花树，八个枝丫伸向空中，展示美丽的图像。在江苏南京市和广西阳朔县欣赏过树龄一百多年的当地称为"桂花王"的桂花树。

2018年春天的大周末里，和朋友翻山越岭，乐山乐水，沿着渠县賨人谷一个一个台阶往上爬，来到桂花岭山梁。桂花岭山梁景象令我们眼前一亮。远远地望见约三十米高的桂花树，满树裹绿直冲天空，在望树而去的小路上，土生土长賓人谷风景区的柏平同志告诉我们，这三棵桂花树几个人围不住，桂花儿开的时候，十里外的賓人谷入口都能闻到花香。我们站在三棵桂花树组成的等边三角形地面上，在三棵桂花树神似三把巨大的绿伞之下，柏平指着桂花树介绍，2002年著名世界遗产与风景名胜专家钱振越来实地考察后，认为这是中华"金桂王"。后经有关部门科学测定，树龄一千八百多年了。他继续虔诚地告诉我们，据先人们说，这里原来是一片桂花林，历经千年风霜，现在幸存下来三棵桂花树，价值连城，代代乡民们爱护着树，保护着树。即使在1958年的时候，到处乱砍古树炼钢炼铁成风，这三棵古桂花树因为长在祖先的坟前，大家认为这是三棵风水树，不能破了风水，有族人坚决反对，不准砍这三棵树，才幸存下来。我们赞叹，这些金桂花树千年成长不容易，令人钦佩仰视。十分崇敬祖先们，生前栽树爱护树，死后埋在土里用灵魂还在保护树健康成长。我们一行人都虔诚地低头向三个坟墓鞠躬。金桂王古树用年轮一圈一圈地记录着历史，与时代同长，与賓人谷山水同在，翠绿生发。五根枝干围成一个圆圈，欣欣向荣，向上生长，寓意着周围的百姓生活五谷丰登。

三棵金桂树周围的乡民们以三棵古桂花树自豪，在家乡建设好美丽的家园；賓人谷风景区以这三棵"金桂花王"而骄傲；游客因想观赏中华"金桂花王"翻越千山万水、舟车劳顿，因而当地乡村旅游既具有特色景点观赏，又热热闹闹，人群络绎不绝。当地的土特产和绿色小菜、飞禽走兽更加美味可口。我们一行十多个人前往当天的下午，看见了姓白的村民屋前有一个崭新的蜜蜂桶，主人家喜形于色地告诉我们，今天有一桶蜜蜂飞走了他又想法把它招回来了，蜜蜂采桂花酿的蜜特别爽口香甜。他指着三棵金桂王树说，桂花入药，有化痰、止咳、生津、止牙痛等作用。

晚饭后回家的旅途中，汽车音箱里响着《泉水叮咚响》和《好大一棵树》的经典乐曲。我灵机一动，粗填词《清平乐·賓人谷中华金桂王》，内容如下：

> 十里弥香，中华金桂王。
> 直伸月宫见吴刚，千年坚守梦想。
> 三棵树三具伞，日月星辰相伴。
> 世代乡民呵护，馈赠美丽家园。

二十五棵柏树

20 世纪 50 年代炼钢铁，作业组长杨森林屋后的几十棵千年黄桶粗的古柏树被砍了，锯成一米长的方形木料，送进了炼铁的土炉子，没有炼成钢铁，烧成的木炭子堆积如山。青年小伙子杨森林看见自己的大柏树一夜之间变成了黢黑的木炭子，哭了三天三夜，把眼皮哭成了农历八月中旬核桃树上饱满的核桃。

方圆一千多平方米的原始柏林，一个月时间只剩下了树格兜和挖了格兜的大树坑，像大地露出了愤怒的大眼睛，无能为力地望着太阳、月亮、星星。原来山民们生产生活需要安的大石磨、大碾子在柏树林里，祖祖辈辈推磨碾米不晒太阳，不被风吹，现在裸露在光天化日下。

伤心过后，老婆劝他说："砍了树像砍了你亲人一样伤心悲痛，俗话说，前人栽树，后人乘凉，我们又栽就是了。"身为作业组长的他又在山上挖了二十三棵手指母粗、一米左右的小柏树，种在了满目疮痍、满眼伤心的光秃秃的原来人们称为"柏林"的地方。培好土，浇好定根水，怕牛羊糟蹋，他在野坡里找来牛王芒刺、白刺围着树，呵护它们成长。

一年后，见二十三棵柏树全部活了，他挑了猪大粪灌在树周围，将牛屎粪打成面面偎着树根，一年四季看着柏树一起和他成长。

十年树木。岁月流逝到了"文革"期间，柏树长到了茶盅那么粗，可以用来做农村抬石头、抬东西的木杠子了。被大队长看上了，趁杨森林不在家里，大摇大摆地吆喝了人砍了一根，做成了溜端笔直的抬杠。他回家发现柏树被砍了一根，经询问说是大队长砍的。在大巴山一带，有自己年轻时栽好柏树，年老寿终时用来做寿木的风俗。认为自己栽的柏树长得越高大，自己的年龄越大，活得越长，人们期盼栽的树长得又高又大，人活得长久。现在自己栽的柏树被人砍了。这个组长气冲斗牛，拿着扁担跑到大队长家门前又跳又骂、又哭又闹，要找大队长说清楚为什么砍他的树，并扬言要打断砍树人的手。大队长见势不妙，从后门一路小跑到村支书家里，报告说要出人命了，"作业组长杨森林要砍我的手了。"上气不接下气地给村支书报告。

村支书听后，知道杨森林组长对待树木像对待自己的眼睛一样，像对待自己的子女一样，像对待自己的生命一样珍惜，觉得事态扩大了不好办。大声批评大队长："你明明知道森林同志爱树如命，哪个叫你去砍他的树？你不出面，我先去见他，平息下来再说。"村支书马上放下手头的农活，立即来到了大队长家，见作业组长仍然在大哭大闹，大骂大队长，凶神恶煞地像要杀人的样子。

作业组长见到了村支书，立即像小孩一样大哭起来："原来祖上保留的大柏树被砍了，我已经对不起祖先让我世世代代保护好柏树的遗言。在我二十三岁时栽了二十三棵柏树，现在长得这样齐整，又被那挨枪子儿、挨弯刀的大队长砍了一棵做杠子，我要把他的手砍掉，以后他就无法再乱砍树了。"组长边哭边伤心地诉说。村支书见他伤透了心，自己内心同样难过，眼泪在眼珠里滚动也掉了下来，并说："我有一建议。树已经被砍了，你现在要砍了他的手就是违了法，我不允许你那样愚笨。我建议在大队长屋前屋后的树中，你选一棵一样大小的树赔你。这树将来归你所有，再叫他保证给你栽活两棵柏树。你看行不行？"他流着眼泪回答："支书你说行就行哦。"

村支书马上叫人通知大队长回屋，将作业组长的家属请到场，找来几位村民见证，写下字据一式几份保存。

柏树林里增添了柏树的晚辈，两棵小柏树争气，和其他大柏树竞争着伸向天空长高。

时间年轮到了 2016 年 6 月中旬，几天大暴雨把居住在大巴山深处的杨森林老人屋后的山崖泡松泡垮了。凌晨三点钟左右，滚出了汽车那样大的一块石头，正好对着他和他老伴睡觉的屋里方向打来，他们还在梦中不知道。第二天早上起来一看，他们都惊呆了，把周围的人也惊呆了。如果没有三棵大柏树像稳定的三角形阻挡住大石头，他们的房子垮了，人恐怕也见阎王了。

杨森林栽的二十三棵大柏树，在他八十高寿时有三棵大柏树起了关键作用，共同无私地挡住了大石头，保护了他们老伴俩的生命。村民们喜笑颜开，异口同声地说："杨森林一辈子爱栽树，保护树，值得！"

树木一节一节长高

树木只要有土、有水、有阳光就会生长，从下面一节一节直立上冲，一年长一尺至三尺不等，新枝可以一年长三尺以上，树木越高大，长得越慢。

树尖低调，低头虚心，树干却在一节一节地向上向前，变成满树绿叶葱茏，覆盖大地，带来春天希望的绿色，它吸纳阳光，吞噬废气，给人们送来暖风，送来绿荫。

大自然就是这样。黄桷树、松树、小叶榕树等树木一节一节地长高，遇到了冬天，就孕育准备，积累力量，夏天就完善提高，秋天更新吐故纳新，春天展示多姿多彩，一年四季不空闲不懈怠地完成自己的岁月轮回职责，365个日子里，都是在奋力地做好岗位职责，向上长向高长，心无旁骛地贡献自己的绿色果实。树木年轮的增加，呈现在人们眼前的是向上的和蔼可亲的绿色天梯。

小叶榕树发芽时，先像胡豆般的嫩黄叶发出，渐渐地长大，满树的绿叶子里面镶嵌着大片大片的新黄叶子，蓬勃向上发展，似巴山姑娘披着多彩的春装，在春风中似满树的鸟儿会聚开会，又像鱼儿在自由地游荡摆动。

下雪时，平静地迎风傲雪；刮风时，顺从地摆来摆去摇上摇下，从不抱怨从不气馁，风吹过后依然向上；下雨时，尽力尽量吞吸雨水，涵养水源，减少水土流失，饱了自己的营养，还要向上长。

无论是什么树，无论是长在大山深处，无论是长在溪沟河边，无论是长在平原大坝，无论是长在高高的山冈，无论是土地肥沃或贫瘠，无论是横着还是倒挂着，无论是人工播种还是从大树上落下野生，或从飞鸟口中落下的种子，无论条件好坏，不管怎样它们都一律慢慢地向上向前，自然地愉快地长高长大。

1979年春天，大巴山深处的村庄，人工造林马尾松7000多亩。30多年来它们长在山庄，自然地一节一节地吸收阳光雨露，迎风傲雪，现在已成茫茫林海，长成木材了，默默地发挥它们的自然生态作用和实现其自身价值了。

1980年我在山间小路上拣了一棵两尺长的泡桐树苗子，栽在屋后的地里，真是头年一把伞，二年光杆杆，三年改板板，一节一节地快长，30多年长成参天大树，需要两个人合围那么大，已成可用之材了。

树木在大山里努力地一节一节冲高，默默地奉献自己的果食，各种树上的野山果在困难的日子里当粮充饥。井冈山山中的野山果，大巴山里的野山果、陕北黄土高坡的野山果，东北大兴安岭茫茫林海雪原里的野山果，曾经为生活困难的山民默默无闻地充粮当饭填饱肚皮，为红军争取胜利，为中华民族抵御外敌入侵，无私奉献，提供后勤保障。大山里的树真好，大山里的树木不计报酬，不求回报。大都市里的树木一排排一行行像举着绿色火炬奔跑着，尽全力地奉献绿荫。一棵树一年可以固化掉一辆汽车行驶约20公里所排放的污染物，有树木的城市街道比没有树木的街道大气中含病菌量少80%左右。

树木一节一节长高，为大地所厚爱，被雨露所滋润，在阳光下自由成长，不自觉地完成了蝶变的过程，升华的过程。人生的路程像树木长高一样，也需要静静的力量积累，一步一步踏实留印地向前向前。

玉兰花开暗香盈袖

　　伟大诗人屈原的《离骚》中"朝饮木兰之坠露兮，夕餐秋菊之落英"的佳句，表明喜欢用木兰花、秋菊花示其高洁的人格。我特别喜欢欣赏纯真自然洁白的玉兰花开，它的清香味，令人陶醉，给我带来了愉快的日子，美丽的生活。

　　玉兰花连接着迎春花开，艳在春天里。它外形像盛开的莲花，花瓣展向四方，满枝满树青白片片，洁白耀眼，风中盈盈着清香阵阵，沁人心脾。花开时异常惊艳，花叶舒展而饱满，开放之时朴素大方，一片向上的优雅氛围。散发花香的同时，浸润着朴素自然，颜值如玉，天然美丽，荡漾着清水芙蓉，天然的原汁原色的提神的美。远观像白色的果实挂满枝头，又像仙鹤缀满枝头，鲜艳活泼。微风中的玉兰花像星星在绿波中荡漾。

　　望着美丽的玉兰花，想起了它美丽名字的传说。相传很久以前，在秦岭巴山深处大山里住着三个姐妹，大姐叫红玉兰，二姐叫白玉兰，小妹叫黄玉兰。一天她们下山游玩，发现村子里一片死寂，三姐妹十分惊异，经过打听，原来秦始皇移山填海，杀死了龙虾公主，从此，龙王爷锁了盐库，不让村子里的人吃盐，导致瘟疫发生，死了无数村民。三姐妹十分同情他们，立即想法帮助村民找盐。在遭到龙王多次拒绝以后，三姐妹只有从看守盐仓的蟹将军入手，她们用自己特制的花香迷倒了蟹将军，迅速将盐仓凿穿，把盐倒入海水中。村子里的人得救了，龙王却惩罚了三姐妹，让她们变为花树。人们为了纪念她们，将那种花树称作"玉兰花"。精彩的传说反映了人们对善良美好的向往和追求。

　　我十多年来，一年四季每天走路上班经过的南外洲河湾、仙鹤路、老城区滨河路、朝阳路塔沱广场、西外金兰小区，一路长着一排排高低不等的玉兰花树，有白花有绿叶饱眼福，内心轻松惬意。办公室后面一块绿草地上，长了十八棵三米左右高的玉兰树，我们每天中午从办公室到伙食团吃饭，从树边经过，春夏秋冬见证欣赏享受玉兰树的花朵绿盈。特别是冬天孕育花蕾到春天渐渐开花，更引我们瞩目，我们赞叹。让我记忆犹新的是青年时代和我爱人初恋时，在一片弥漫玉兰花香的沁入心扉的环境里相见，她穿着洁白无尘的连衣裙，花裙同艳，洁白一片，如朵朵白云跳荡。后来我们结婚生子，当时的美景一直在我心底温馨中，她勤快能干，生活中有时遇到不顺心的事情，一想起在玉兰花里的场景，想起她亭亭玉立的身材和玉兰花一样洁白无瑕的连衣裙，一切怨言烟消云散。

在寒冬腊月里，我常常伫立玉兰树旁，仔细观察凌空向上的玉兰树的枝条，它们交错重叠，线条画意十足，显现着顽强的生命力，让人想起印度诗人泰戈尔的诗句："枝是空中的根，根是地下的枝。"

每年早春，玉兰花树上新生的花蕾把毛茸茸的外衣撑开，像数百只鸟儿错落有致井然有序地虔诚地翘望春天，精神饱满阳气十足，盎然活泼，盼望春天来临。满树洁白的玉兰花瓣，像密密麻麻的灯笼照亮周围，望着满树洁白清纯无尘质朴的玉兰花，心里十分温馨，内心荡漾着热爱生活的热情。开圆的玉兰花，碗口那么大的花盆，又像无数蓬蓬勃勃的灯盏吸收日月光辉雨露，和盘托起花的光泽的气息气场。我们越看越兴奋，越看越令人滋生生命力向上的萌动，踩着春意盎然的韵味向前，奋力融入充满希望的春天，匆匆追赶春天步伐的奔跑。

盛开的玉兰花，清洁无瑕，令人瞩目，赞不绝口。从花蕾到花朵要默默无闻经历漫长艰难的历程，人们冬天里的眼光被鲜红艳丽的梅花抢引。而我赞颂玉兰树酝酿春天开花的过程令人钦佩，凸显了玉兰树笑迎寒风不惧困难的坚韧性格。玉兰花蕾的酝酿期限要经历三四个月的时间，多么艰难。其间有寒风凛冽的鞭打，有严寒霜冻的折磨，还有冰天雪地的考验。大巴山格外寒冷，我更加注意、敬仰孕育春天的玉兰花蕾。发现玉兰的花蕾本身就蕴含一种美。那毛茸茸的外壳，像饱蘸墨水的大毛笔书写蓝天，像羽绒衣服或毛皮大衣，或饱满的胡豆角或豌豆角，精心呵护着娇嫩的花蕾宝宝。立春后气温渐渐升高，玉兰树上花苞日益膨胀鼓大，尖尖上那颗颗十分神似鸟雀的嘴壳子格外醒目，真有"幽香轻漾自何处，含羞遮面洁身露。碧翠片片笑靥欢，玉蝶点点枝头舞"的诗意。

我常常在上班的路上和办公室后面的草坪上，将高高的玉兰树上圆润的绿叶数了一片又一片，玉兰花瓣数了一瓣又一瓣。绿色的叶子养眼，洁白的花瓣净心。当洁白的玉兰花片，傲立枝头探望蓝天白云，瞭望神秘远方，在春风中飘零落地化成春泥的时候，孕育了一个严寒冬天的玉兰树嫩绿生机的叶子开始披满树了，生机勃勃，绿意盈盈。

李花盛开的村庄

三月初，暖日融融，暖风微吹的日子，从达州市小红旗桥坐公交车出发向北，穿过张爱萍将军故居罗江神剑园，爬一段盘旋羊肠小道，拾级而上，来到山顶平地，豁然开朗，离天近了，田野间落英缤纷，眼前呈现金凤村的七彩景色。

层层叠叠的李树盖满山头，洁白素雅的李花缀满枝间，金黄的油菜花为满山遍野的李花绣上金边。山泉在李花林园里流淌，咕噜咕噜、窃窃私语。欢快的蜜蜂绕飞在花海雪原，满耳都是嗡嗡嗡的声音，一会儿停在花蕊上，倏尔又飞走了。一朵朵、一串串花团锦簇，一丛丛、一团团、一排排、一片片李花从山下一直向山上层层递上开放，似大地升高的花台，一眼望见的白茫茫的连绵不断的李花像白云，像白雪，像羊群，如诗如画。

在花香弥漫浸透的世界里，婆孙三代人在天然的石坝上切好大头蔬菜，顺便晒在石板上，老人家清脆地说："只要不下雨，就让它夜里在石坝上或者搭在树枝上晾起收露气，白天晒太阳，这样做成的菜味道格外不一样，吃起喷喷香。如果露久了就会成菜泥，晒久了，就有太阳味。"媳妇补充说："这是绿色无污染的菜哦。"婆婆的孙子在旁边扯野花野草，自由自在地玩耍。我们问老人家，你们村子里有哪些花，她边切菜边高兴地说："除了李子花，还有樱桃花、桃花、梨花、油菜花，好看得很。"我脱口而出："五朵鲜花真美哦。"

该村因李子花远近闻名，每年春暖花开时节，李花遍开，村庄变成了欢乐的海洋，远远近近的人们如约而至，踏绿赏花，尤其吸引了一批又一批的摄影爱好者。从樱桃花盛开到梨花鲜嫩，花期约五十天，在这段花开花落的日子里，村庄里的田野上人流如织，处处欢声笑语，好像一幅山水自然画，也像山乡花缀木刻。元素是樱桃花、李花、桃花、梨花、油菜花、蜜蜂、游人、农舍、鸡鸭、猪狗、蓝天、白云、山泉……

掩映在鲜花盛开的红砖青瓦房屋冒出一缕炊烟，像村姑的辫子映衬着花朵，田坎是由石头和泥土垒成的，像跑道，似琴弦横卧在山间，十分新奇，令人心情舒畅。田里栽种的是不断嫁接提升的青脆李，花瓣是白色的，她们顺着枝条紧密地开着，满树枝都是白花，花树琼枝，圣洁活泼。村庄让漫山遍野的白花美丽装扮，农舍与几种鲜花相依相伴，相得益彰。每年立春过后，山村都是几种鲜花次第交叉或同时开放。我被这春风里荡漾着的浓浓的花香美景震撼，赞颂到："树枝摇曳，清纯李花白。十里山坡一片雪，暖阳底下停歇。金凤村袁家坪，空气清新怡人，田边地角果树，白云飘过传情。"

该村光照特别好，土质厚，全是大土粒，土里含硒，村民历来就以种植果树为生，微风吹落的花瓣撒满地面，大地披上金色的彩衣，最终化作腐殖土滋养着花草。五种鲜花次第依山而开，生机勃勃。让人冲口而出大巴山一带乡间的俗语：最香的是腊肉的骨头干鸡的腿，最甜的是早晨的瞌睡表妹的嘴，最美的是鲜花带露水。

金凤巴山脆李不仅含硒，而且含糖量可达 14%，远远高于普通品种的李子，吃起来特别清甜可口。村支书袁小平大学毕业后，在外闯荡一番后，看到家乡种植的优势，决定在家乡实现自己的价值，带领乡亲们发家致富。有文化，见识广的他当选村支书后，立即成立了金凤村巴山脆李专业合作社，村民们都是合作社的社员。袁小平负责团购肥料，请技术人员到村里精心指导嫁接、除虫、修枝等。

盛夏的金凤村，俨然变成了一个露天的大型脆李销售市场，村民们天一亮就三三两两挎着竹篮摘脆李了，看着一辆辆货车满载着翠绿溜圆的李子驶出村子，再数数摸摸手中厚厚的人民币，心里十分畅快高兴。去年夏天，我和好友郭傲数次买了金凤巴山脆李分送亲朋好友，还带了两箱坐动车飞奔到成都招待客人。金凤村的巴山脆李总产量 80 多万斤，总收入 400 多万元，村民年收入 10 多万元。

如今的金凤乡村旅游采摘农事体验园，人们悠闲欣赏鲜花和田园风光，愉快品尝水果和农家特色菜，真是让人流连忘返。大部分农舍四周和几棵大树下挂满了蜜蜂桶，成千上万勤劳的蜜蜂飞进飞出，采花酿蜜。我们中午还品尝到了土制蜂蜜酒，真是香甜醇厚。

位于村子半山腰四组的袁家坪，有几家袁姓农家乐，挂着红红的灯笼，其中一家还在门前长横杆上挂着两条风干鱼，寓意村民们的生活红红火火，年年有余。我们二十多个游客正美美地吃着弥漫泥土清香味特色农家菜饭时，有蜜蜂在身边亲热地飞上飞下，还有花瓣飘过来，落在头发里，停在衣服上、饭碗里、菜盘里。此时，触景生情，我感慨道："一年美景君须记，金凤青脆李花开。"我们不约而同地哼起了优美的抒情歌曲《我爱你，塞北的雪》的歌词：

> 飘飘洒洒漫天遍野
> 你的舞姿是那样的轻盈
> 你的心地是那样的纯洁

挨家挨户送水果

年过半百了，时时魂牵梦绕坐落在大巴山深处，离巴河河床有三个台阶的遥远小山村——我的故乡。那里山峦重叠，层层梯田，三十多户人家约400人，东边几户、南边几户、西边几户、北边几户，毫无规则地散住在大山深处的小平坝里。那里杨家院子几排高高的梨子树、殷家院子蓬勃的李子园、郑家院子两排200米长、溜直的空中葡萄架、刘家院子的满树的苹果，以及树上藤上长满了挂满了丰收的果实，摇曳闪光。这些画面在记忆的田野上像钢笔画般清晰地印刻在脑海里。

村民们几百年来慢慢形成一个习惯并约定俗成：从春天到夏天到秋天到冬天，一年四季互送水果。各家各户的水果树虽然打完了鲜果，树枝歇气了，但又有邻居家的新鲜水果成熟了，延续了新鲜水果饱村民口福的接力棒，村民们家里大人小孩尝鲜像乡间汩汩的小溪从不间断。

我们家婆婆从娘家带来了几百株柿子树栽在屋周围。到了秋末冬初时节，秋风荡落了树上的红叶，高高的树枝上挂满了红红圆圆的像灯笼似的大柿子，十分诱人。我们全家大小加上远亲近邻，用竹梯子、篾笆篓、小摇篮、大背篼，在欢乐中收获。然后在煤油灯下，月光下边唱儿歌边刮柿子皮，用麻线穿起一串串，晾在屋前挑梁上，屋后的大树上。经过大山里打霜下雪的日子，色彩殷红，味道特别，是真正的佳肴。过了腊月二十三，我们家就挨家挨户送十二个柿饼，寓意月月红火。紧接着就是我们队上住得最高的挨着森林边的杨家院子三三两两的人，背着一大背篼农历八月间连针尖刺皮打回家的栗板子，放在楼上晾干，四个月后从栗板嗖嗖打抖出的殷红殷红的精巴儿栗板子，挨家挨户用木撮瓢送一撮瓢。家家户户的孩童们会高声吼道，我们有红柿饼和红栗板子过年了。

郑家院子的人夏秋时节送来葡萄，串串葡萄在阳光下映射出无数明晃晃的光，拿着吃的时候，手在阳光里边吃边摇晃，仿佛金灿灿的光芒四射，内心暖洋洋无边。杨家院子的乡民送来梨子，我们还要在空中抛上抛下，一阵游戏。殷家院子送来苹果，我们拿着，首先想到的是辛苦的父母亲，削好后欢天喜地送到大人嘴边，让父母最先尝鲜。张家院子中秋节后收获的核桃，大人小孩喜气洋洋像走人户一样，挨家挨户送来三五斤人们称为薄壳的米核桃，我们夸奖他们家是核桃人，朴素无华，待人热情爽快。

特别是文家大院屋后六棵高大挺拔的银杏树，其中一棵被称为银杏树王，秋天收成时，产量1200斤左右，加上其他树上的果实年年大丰收，全社的人们一年四季看着它们十分高兴，到了收获时，树的主人，挨家挨户送10斤尝鲜。几十年来，我无论在什么地方见到银杏树时，脑海中都会闪现家乡秋天文家院子的人挨家挨户送银杏的喜洋洋的场面，喜悦的心情怦然而生。

村民们自豪地说，每当有人送来新鲜水果时，全家老小感到无比高兴，家中如有不愉快的事情互相黑脸赌气时，也会马上笑脸相迎，一起高兴，不愉快的气氛烟消云散。如果送水果这家和被送水果两家之间平时因你家的鸡鸭把我家的小菜践踏了，或因对方家的小牛吃了麦苗引起的矛盾，双方此时早已把它们抛向了大巴山的最高峰到云层外了，双方都喜笑颜开，其乐融融。而送水果这家同时暗暗下定决心一定要栽好其他不同的好水果，以便将来水果成熟了体体面面又送给其他邻居尝鲜。因此，在我们老家，一次一次地栽果树，一家一家地栽果树，一年一年地栽果树，几十年来，比赛栽果树，果树成林，村子里一年四季不同的鲜花飘香，不同的果树果满枝头。真是鲜花怀抱村庄，名副其实的花果山。

我们生长在这里的孩童们，从小欣赏鲜花不断，吃的水果品种繁多。见多识广，见了什么果树开花就有大人教我们唱什么花歌，吃什么样的水果就有不同的歌谣在山间回荡。我们既增长了知识，又饱了眼福，饱了口福，更有无比的幸福和乐趣。

我们闻着阳春三月鲜艳粉嫩沁入心扉的桃花，大人们互相讲解桃花的知识，孩童们互相学习童谣：

> 桃花要做孝顺娃，心里有个大计划。
> 桃树妈妈养育我，结个蜜桃报答她。

上学的路上，看见田野里蓬蓬洁白的梨花，蹦蹦跳跳吼着：

> 梨花开，梨花白，片片如雪落下来。
> 等到秋天你再来，拳大的梨子用箩抬。

最早吃的大红大红的一冒梢梢一碗的樱桃，就会互相传诵着樱桃的歌谣：

> 红樱桃，樱桃红，红红的樱桃水灵灵。
> 淘气的哥哥爬上树，嘴馋的妹妹树下等。
> 哗啦啦，下红雨，地上樱桃一层层。
> 奶奶看见大声喊，吓得哥哥跑没了影。
> 妹妹挎筐到处找，房前屋后没人应。
> 聪明的妹妹高声唱："樱桃好吃树难栽。"
> 歌声随风飘村外，哥哥墙头露笑容。
> 红樱桃，樱桃红，红红的樱桃水灵灵。
> 我们坐在阶沿上，吃到天边夕阳红。

吃着红红圆圆的灯笼柿子时，孩童们又会背诵柿子的儿歌：

> 一盏小灯笼，两盏小灯笼。
> 我家后院有棵树，上挂许多小灯笼。
> 西风紧啊，露水浓。
> 树叶片片落，灯笼盏盏红。
> 爷爷前来收柿子，笑脸照得红通通。

村子里一年四季有花香闻，有水果吃，人人都有心中的盼望，人人都在希望中生活劳动，从不寂寞，从不忧伤，欢欢喜喜，其乐无穷。我们生产队四季尝鲜水果，在通江、南江、巴中三县交界处传为美谈。人们谈起这里约定俗成送水果的好民风时，无不伸出大拇指称赞，用现在时髦的说法是"点赞"。

20世纪80年代中期生活条件好一些的日子里，这种好风气自然而然延伸到了挨家挨户送糖果或送羊肉。梁家院子里有一位有志青年参军到了北京，探亲回家带回的可可糖，用一版四分之一的《四川农村报》废报纸封成三角形状，穿着军装挨家挨户送，红五星和红领章在阳光下熠熠闪光，简直是一道亮丽的风景线。我们高兴地剥开糖果，细细欣赏好一会儿，才津津有味地开始品尝，在大山里知道了首都北京糖果的味道，心情无比惬意。

现在条件变好了，在大都市一年四季都能吃上新鲜水果。每当其乐融融品尝新鲜水果时，脑海里都会突然冒出几十年前在那偏僻家乡的时候，即使物质不丰富的年代也能一年四季吃上饱含浓浓情意的新鲜水果的温馨画面。大山里那勤劳善良，淳朴厚道的民风，奠基走出大山的我的生活本色。

瘦地梁 肥地梁

我们居住在大巴山褶褶皱皱的乡村里，那里有许多名不见经传、拿不上桌面的高家梁、张家梁、李家梁、王家梁、肥地梁、瘦地梁等小地名。因为逢年过节到外婆舅舅那里拜年拜节，要路过瘦地梁，几十年过去了，瘦地梁的场景，一直没有忘记。

我们读小学的时候，见到这里有比水桶还粗、比人还高的黑褐色青冈树桩，树皮呈现像菠萝一样的规则网状流线，十分美丽。据当地村民讲，在 20 世纪 50 年代以前，这里的青冈树林深茂密，历经一段时期的乱砍滥伐，树木砍光了，只剩下了根根树桩对天长叹。

在毁林开荒的时代，村民们集体生产，早出晚归，在这个长两公里、宽半公里的瘦地梁上，点起堆堆大火烧荒、刀耕火种，广种薄收，把原本绿意盎然的森林破坏了，向土地刨粮食饱肚皮。然而这里是红石谷地，土壤成分少，不积水，经不起干旱，收效甚微。村民们见收成不好，将原来本叫瘦地梁的山梁叫得更响了，这里成了人们心中名副其实的瘦地梁。

20 世纪 60 年代，集体还在瘦地梁上面的尽头处修了一口大堰塘蓄水，灌溉土地禾苗，但都无济于事。

1980 年春天，农村土地改革下户，庄稼各种各的时候，谁也不要瘦地梁的土地。按照土地的肥沃程度分成等级，这里的面积一亩只折合三分都无人要，谁都不愿意耕种这块土地。倒是离这里约一公里的对面肥地梁大家争得口干舌燥。土地对饱受饥饿的农民是多么的重要。为了将肥地梁的土地分配好，多方想尽办法，还是无法达成分配方案，最后只好一家一户一等份，用乡村里流行管用的抓阄的方式确定哪一家耕种肥地梁的那一块土地。三十多年过去了，当地的人们早已把瘦地梁忘得一干二净。我也在外地工作了，谁也没有注意到这个瘦地梁了。

各家分到肥地梁的那块土地后，村民们披星戴月，苦干加巧干，人们的活力和土地的肥力一下子井喷出来，种的庄稼禾苗绿油油，特别壮实。收获时金灿灿的稻谷笑弯了腰，麦子和菜籽高昂着饱满的头，红苕、洋芋粗壮得挤开了土地的口子，无比喜悦的气息，弥漫在山梁、田坝、树林和家家户户人们的脸上，村民们还暗暗地互相比赛哪家的土地收获最多。

十多年过去了，肥地梁上耕种的土地板结了，冬水田也装不住水了，稻谷瘪壳占五成，其他庄稼苗又黄又瘦，投入的种子、劳力、肥料、农药早已得不偿失了。开始出现一户、两户的村民不愿种这块地了，一年减少几户，最后有几户不信邪的还在继续种下去，越种越差，一季不如一季，直到实在无法种了，才放弃肥地梁所谓的肥土地了。大家都在叹息这是怎么了，历来的肥地梁反而长不出庄稼了，原来集体生产时就撒点农家肥，年年庄稼长势良好。

瘦地梁的名字像乡间不起眼的猪娃子、狗娃子一样普通平凡，没有引起人们的注意。因为嫌它土质差，土地瘦，种粮食不行，也就没人去管它。三十多年过去了，青冈树长成小盆子那样粗了。我表哥十分高兴地告诉我，去年种了五十多瓶银耳菌丝，产了五十多斤，由于颜色白、片厚，卖起了好价钱，均价260元，收入了13000多元。电话里他骄傲地邀请我："你回来看吧，原来没人要的瘦地梁现在成了我富裕的主要来源，我一年要收入一万到两万元。"我哈哈大笑："你又在扯谎了，肥地梁不长庄稼了，瘦地梁出产银耳变成钱了。"我国庆大假回家休闲，见到了瘦地梁青冈树参天成荫，他指着山梁告诉我，现在种银耳是间隔砍伐大青冈树，一定留着小树由它长大，每年才会都有银耳经济收入。绝对不能像父辈他们那样大小树木一律乱砍，用来炼钢铁、做柴禾烧、破坏资源、破坏树。我问他以前地上人多高的青冈树桩哪里去了，他告诉我有的朽烂了，变成了烂木面肥了新生的青冈树了，有的老树桩发了新芽，长得又快又好，现在这里满山梁的树林真是他的金山银山。

2017年7月下旬，炎热的夏季，我们几个朋友开着车去原产地买新鲜的银耳，当我们一行翻山越岭，来到树林中他家的耳棚子见到他时，他致富的笑声飘荡在山间，笑脸上的皱纹荡漾到了耳朵边沿，告诉我们又发了青冈树财了，发了瘦地梁的财了。原来没人要这里，一亩折三分算给我，我们全家都反对，我个人认为反正没有算多少土地，离我家又近，其他人也不要这块烂地，我就要下了这匹山梁作为自留山的山场，平常没有管它，没想到几十年后，它自己长好了适合生长的青冈树和其他杂木，现在林木满梁，这回轮到了该叫它肥地梁了！

在返回的路上，我遇见蓝天白云下，青山绿水间，七十多岁的老村支书也在清清的溪水里淘洗着雪白的银耳，他告诉我："这是在瘦地梁买的耳棒种的耳子，青冈树又大又直，耳子又白又嫩又厚，山泉水洗干净后，马上用柴火烤成天然银耳。"

一路上我思考瘦地梁、肥地梁在我家乡的轮转，欣慰的是村民们知道瘦地梁为什么变肥了，肥地梁为什么变瘦了。

生生不息的枣树

我家的老屋屋后的石墙上，生长着一棵枣树。站在后屋门口，抬头就能看见木水桶那么粗的枣树苍劲、冷凝的树身。给我留有深刻印象的是一年四季，从树底下仰望蓝天时那种飒爽、清新和纯粹的感觉。枣树的身躯倾斜着，呈弧状向前伸到屋檐口，然后挺直向上。

"树大自直"，母亲惯（宽容孩子美丽的错误）孩子时，经常使用这个谚语。但让我真正理解这个谚语的，是这棵枣树。它以优美的立体感、生动性和生命的节奏向我展示自然的灵性，它仿佛在告诉人们："等着瞧吧，好戏还在后头，我挺直身子接受阳光雨露的时候，总会到来。"后来我读成语"韬光养晦"的刹那间，仿佛看见屋后石墙边，电闪雷鸣中的枣树那倔强的身躯、劲峻的枝干，同大山和天空一起震颤，坦然迎接大暴雨的来临，一下子就理解了这个词的深刻含义。

我们家的枣树是棵古树，见证了几代先祖的音容，护佑了几代人的安宁，给予了几代人的甘甜，堪称功臣。当年，达县地区林业局的一个东北大学林学专业的人士讲，这棵枣树至少有200年的树龄。它生长在海拔千米的米仓山南麓符家大院的正房屋后，本身就是奇迹。

我家老屋后这么粗壮的枣树，在大巴山系的米仓山南麓的光雾山是很少见的。居住在莲花石村的百岁老人——邓德贤，1976年农历九月十三到土墙坪符家湾来寻亲，第一家就是我们家。他是我父亲的堂外爷，当年红军来的时候，父亲符世群才16岁多，在省达师读书休寒假的时候，被地主阎某唆使人"丢地榜子"，污蔑父亲是反革命，被红军秘密抓到莲花石村的赵家沟杜家院子，准备当夜拉到村后面黄桶沟原始林子里砍脑壳。该乡苏维埃主席邓德贤向红军将领汇报完工作后，说去看一看刚抓到的反革命。这一看，他惊呆了。说："这还是个学生，读省达师的，回家度寒假，哪儿是反革命！有什么事实嘛？"红军将领说，只要有三个人担保，就可释放。邓主席一说我父亲的名字，莲花石、土墙坪、牟家沟、赵公寨村等苏维埃主席联名担保，我父亲获救。大难不死的父亲，为报红军不杀之恩，当即提出加入红军队伍。在经过血雨腥风的半年考验之后，父亲如愿以偿，加入了红军，分到特务连，改名傅亿民，经常出入四川与陕西交界的地方，开辟红色交通线，为红军购买武器、药品、盐巴等根据地奇缺物资。红军转移后，父亲到了重庆，后就在重庆、南京等地任职，从事地下斗争。

邓德贤在父亲离开根据地后，经常到我们家看望他的侄女，也就是我的祖母。每年秋季闲暇的时候来，给我们家摘枣子、梨子、柿子。他说，这棵枣树当年还救过红军伤员的命。1933年初，红军在解放南江县时，在猫儿梁同国民党军队打了一仗，取得一个连伏击歼灭敌人一个团的胜利。红军伤员送到我们家里来养，可是家里的粮食只剩下二斗苞谷，一缸红枣。是这缸红枣养活了红军伤员。所以，枣树在邓德贤的记忆中特别深。邓德贤说，还有一次，深夜，他带领苏维埃的20多个武装同志和红军的一个班准备到乌龙垭的七星苞剿匪，在我家准备干粮，当时家里没有柴禾了，有个战士拿起斧子就要到屋后砍枣树当柴烧。那位湖北籍的红军班长说，枣树不能砍，这是棵救命树。原来，那年正月二月间，他就在我们院子里养过伤。班长带着几个人走到屋外100余米远的磨子田边，砍了棵大青冈树，劈了作烧柴，煮了饭吃，炒了干粮食装袋。正因为有红军情愫、亲人情结在里面，这棵枣树在大炼钢铁的时候都没有人砍，到了"文化大革命"中期，有人硬说树是祖先留给他们的，趁我父母不在家时，把古枣树砍倒作了棺材的底料。从此，大地上和我们全家人的心中，深深地留下了伤心的欲哭无泪的大树坑。

我们家的这棵枣树，由于主要的枝干都伸向住房的青瓦屋顶，所以，给老屋增添了古色古香的意蕴和岁月的沧桑感，给土墙坪的文化文明增添了厚实感。枣树在春初时现出星星点点的新绿，在青瓦的衬托下，仿佛绿色的音符，让人想起星星满天，青蛙的鸣叫，春草上的晶莹露珠。到了初夏，枣树碧绿的叶子下就悄悄结出青青的小果实，不仔细看还发现不了；仲夏以后，风吹树叶儿发出小溪流淌般的声音，向树一望，就可以看见许多开始由青变白的枣子；到了秋季，枣子由白而浅黄，进而变红。这时，一看到枣树，便感到心中流淌着汩汩的蜜汁，感到生活在阳光里，就有一种新的向往在无比的温馨里弥漫。

在外工作35年后的春天，我回老家十分惊喜地见到了原来大树坑的地方，不知是人栽的还是原来没有挖尽斩绝的树根起死回生，或是风吹的鸟衔的种子偶然巧合落在这里生根发芽生长两棵枣树。一棵长到了饭碗那样粗，一棵长到了酒杯那样大，在春风中一大一小一高一矮，像兄弟又像姊妹婆娑摇曳，填平了伤心的树坑，抚慰了我几十年伤心牵挂的心灵。

生活中的美

端午时节的乡村早晨，凉风习习，空气清新，花香正稠，浸入心肺，人更神清气爽。

我们在四川省犀牛山森林公园天池青青农家乐休闲，亲近自然。院坝左边树高约两米的栀子花开得又白又艳，朵朵白花，像一盘盘小灯盏，密密麻麻、层层叠叠的镶嵌入翁翁郁郁的栀子树叶中，弥漫着初夏的气息。

许多年没有见到这么清纯、这么洁白、这么迷人的栀子花了。眼前的景色把我带入了故乡大巴山深处的村庄有关栀子花的画面。

故乡老屋有青石板院坝，前面一片斑竹林，应验了"门对千竿竹，家藏万卷书"的对联。出门向左上两步石梯子台阶，一个小土院长六米，宽两米，里面种有两株栀子花树，年年四月至七月，栀子花次第盛开，给我们童年带来了许多的乐趣和记忆。栀子花发花苞在三月份，随着春季气温升高，花蕾逐渐长大，颜色由绿变白，尾部绿色，中间绿白相连，尖部白色即将开放的花苞躲在树枝里，像百鸟朝树般热闹，到五月份端午节前渐渐开花了。我们将发白的欲开未开的花蕾，摘了五六颗放在家里储存生活用水的石水缸里，让它在里面渐渐展开，等待花开圆满时，我们煮饭、烧开水用木瓜瓢舀水时，荡起的水波让花朵在水缸里起伏，漂过来漂过去，感觉真是一清二白哦，传统经验说这样煮的饭格外清香可口。

花开圆满近三个月时间里，我们上学读书砍柴割草，大人们和我们干农活时，姑娘们、媳妇们采来洁白的栀子花，扎在头发里，点缀在梳理好的秀发里，黑白分明。她们的头发从侧面看似一个大黑的问号，从后面看像黢黑的饱满的蝌蚪飘逸流动，朴素天然美，经白色的栀子花增色，更清纯，更靓丽。小伙子们将洁白的栀子花，想办法固定在上衣左上角包包里面，和朝气蓬勃红扑扑的脸蛋相映成红白黄趣案图。

山里人说，劳动要出汗，戴一朵栀子花在身上祛汗味。从此我一直特别喜欢栀子花，更喜欢栀子花开的纯白清辉。

那时物资匮乏，连很小的玻璃瓶都十分稀罕。母亲觉得栀子花香味浓郁，可以祛怪味，想摘几朵放在里屋，四处寻找没有找到玻璃瓶。母亲就天才地创新，摘来几朵发白的栀子花蕾放在泡菜缸的坛沿水里，等待慢慢盛开。几天后阳光透过窗户照射在屋里，栀子花开别样美丽，别样浓郁。

山里人确实灵性智慧，就地取材，用一朵小花美化了日常生活，奇趣无比，其乐无穷。

读小学时，语文老师知道，放牛割草是山里孩子童年时代的必然劳动课，为了鼓励我们刻苦学习，抓紧时间勤奋学习，就用"牛角挂书"的成语鞭策我们。我们一群儿童放牛割草时，确实有的背着小人书，有的背着诗词书，有的背着小说。记忆最深的是《十万个为什么》和《我们爱科学》的小册子。我们在大山里深处，在田间地角，在荒山野岭，劳动闲暇之余，打开书本学习，互相提问，互相探讨，互相抽背内容，增长知识，巩固知识。有时背书时额头上滚着晶莹的汗珠，因为沉浸在知识的海洋里了，全然不知，与蓝天白云、青山绿水构成了一幅美丽的画卷，无比宁静和谐。

北京市西城区西四北二条小绒线胡同，达州市政府驻北京联络处的长方形四合院的对角线上长着两棵约 10 米高的树，一棵是香椿树，一棵是枣树，春夏秋三季花开花落树叶满枝，香椿树叶和枣树叶在风中摇曳，层层叠叠的绿叶像群鸟展翅起伏，轻盈活泼。特别是雨后树叶上滚动着晶莹剔透像小太阳的露珠，极致美好。冬天光着枝丫顶风冒雪伸向蓝天，素描苍穹。枣树下有一块半圆形花台，里面有于师傅的上小学二年级的女儿种的植物。学校里要求学生认识植物，仔细观察植物的生长过程，就发了四季豆、胡豆、玉米等种子回家种植。花台里植物生长绿意蓬蓬，胡豆和四季豆杆茎上挂了许多活泼的豆角儿，玉米叶子层层舒展向上，像绿色的燕子展翅飞翔。信访值班的同志每天欣赏美景，其乐无穷。他们担心冬天树枝无叶无花儿无绿色，万源市的周同志，想办法在她侄女处找来了一年四季呈绿色不枯萎的绿萝，细心栽培了三苗在花盆里，浇了定根水，放在花台里边。炎热的六月份栽上，绿萝十分争气，一点都没有蔫，接着长势良好，人们等待冬天冰天雪地里在北方值班见到绿色养眼润心。真是美在劳动里，美在盼望中。

其实，我们无论在什么地方，身处何地，生活中处处蕴藏着美，时时期待我们发现美，创造美，享受美。

第三部分

行走的美丽

XINGZOU DE MEILI

八台山的欢乐时光

边坐汽车边步行，边指点评说这山那梁的雄奇秀丽，一路高高兴兴地越过红军血战万源保卫战指挥所，望着远去的山波荡漾的棋盘山，我们登上四川省迎接第一缕阳光、有"川东峨眉"之称的八台山国家自然风景区。

八台山是云雾的世界，云雾若即若离，仿佛永远是早晨。刚才飘逸在独秀峰处的云雾突然飘过来，遮住了我的双眼，遮住了眼前的世界。太阳才照在独秀峰处，一眨眼，太阳又照着我了，原来是太阳随着雾的飘逸而出现，雾的飞动而飞动。雾没有方向，雾海奔腾，呈放射状，向四面八方奔涌、腾飞、旋绕，大雾奔流，灵动昂扬，变幻莫测，真正感受了"羽化而登仙"的幻景。

沿着公路往上走，云雾在我脚下飞起向上涌来，白云在我脚上飞奔缠绕，在我胸前或远去，或扑胸，在我肩上或停留或飞升，在我手指间湿漉漉地滑来滑去，我手捧着云雾，嘴里吞着云雾，还吹着云雾，总想吞云吐雾，拨开云雾见晴天，见阳光，一时忙个不停。云雾见阳光就会消散，云遮不住太阳，雾也挡不了阳光。

爬了很长一段时间隐蔽在蓼叶竹里的石梯子路，上到八台山海拔 2380 米处，头顶蓝天，手摸白云，脚踏绿地，口呼新鲜清香温甜空气，真是吐旧纳新的洗肺天堂。最让人赏心悦目的是铺山盖地的接天的云雾如山峰如波浪，似万马奔腾、大河奔流般气吞山河。看远方连绵不绝的群山时，云雾是大山的锦衣，山脊是云雾的灵魂。突然一大片分不清是云还是雾把我裹得严严实实，雾里看人、雾里看花、雾里看树、雾里看山，扑朔迷离，真真假假，有着腾云驾雾的感觉。我站着不动，云雾也不动，我一起步，云雾跟着我飞飘，我大声呼喊，云雾就散开一点儿。心随云雾、云海升腾亢奋，我与山与雾与云海，在梦幻中，在美丽里。雾深似海，云雾的世界，不知所云呀。

八台山的云雾颜色善变，笼罩着眼前的风景，似蒙娜丽莎的微笑，含蓄神秘。春天因万物生长是七彩的；夏天因雨水多，植物绿是湿绿绿的；秋天因高阳照，植物红是红白红白的；冬天因白雪皑皑反衬，是亮晶晶的。这就是我亲身感受的八台山云雾。

　　云雾飘散的八台山，连绵起伏，山峦重叠，坦荡大方、厚重朴实，真实自然地与我们交流沟通，和我们一样虔诚地迎接黎明的晨光。遥远的地平线与天际线相逢的地方，没有云层的渲染，没有飞鸟的盘旋，有的只是透明的天宇，清凉的空气。那轮满月在青灰色的天空中淡定安然，用沉默来演绎日月同辉前的孤寂。我们在八台山巅，屏住呼吸，欣喜地期待，安静地倾听，生怕一不留神，就把最贵重的东西弄丢了。就在手脚都冷得不听使唤的时候，我仿佛听见苍山如海的八台山发出一个激昂的号子，一眨眼，太阳突然跳出地平线，喊醒了山那边的天边，喊活了连绵起伏的大山。

　　刚露脸的太阳是粉嫩粉嫩的，像初生婴儿的脸那样可爱。生命的轮回让她在天地之间激烈地颤抖，她仿佛奋力一跳，跃出山巅，似樱桃般的红润，奔跑着，呼喊着，将一束束金色的生命之光洒向大地。刚刚出门的太阳，精神抖擞，红光四溢，像熔化的铁水一样艳红，带着喷薄四射的光芒，穿透云霄，贴在东方的岭脊上，把整个山野照得红亮如火。手红了，脸红了，整个身子都红了。朝阳普照的八台山，红得像燃烧的火焰，那奇峰突兀的山尖分明是动感跳跃的火苗。火星四溅，点燃了八台山诗意般的激情。远处逶迤旖旎的棋盘山，在阳光映照下，披上一层金黄色的外衣，显得格外美丽。田野金灿灿，大地金灿灿，巍峨的八台山金灿灿红彤彤。

　　很快，只见与日出方向相反的山涧里，一缕缕紫烟袅袅升起，时浓时淡，时快时慢，似霓裳仙子在轻歌曼舞，又似山的精灵在追逐嬉闹。目光所到之处，从烟波浩渺的紫云里突然散开一道奇异的光芒，折射出七彩的光辉把我们笼罩。此时，天、山、人融为一体，是那么的自然，在奇异的光影圆圈里，整个人都轻盈飘逸了……

　　八台山的佛光罕见，能拜见佛光就更是神奇少有。当地人传说，若被佛光照过就有好运来临。我虽半信半疑，但仍双手合十，面向佛光真诚许愿。人人心中或许都有金色的大山，唯内心深处对世事的顿悟才是那束最辉煌、最灿烂的佛光。

　　顺着高山有好水的一碗水上面向左步行，来到半山腰的悬崖玻璃栈道上，惊险从四面八方涌来。我们头顶蓝天，脚踩空中，手扶陡崖，站在从深谷直插空中气势昂扬的铸剑峰对面，看到一片片的野黄花和无名花在风中摇曳，交谈花的语言，露水滋润青叶，与刀砍斧切的铸剑锋刚柔相融为一体，鲜活新奇。

　　亿万年地壳运动形成的独秀峰巧夺天工，上面一棵万年长成的独松突兀，独高新绿，独吐绿色，像仙鹤在空中永远展翅飞翔，令人眼前一亮。无论从东西南北哪个方向看，景致绿丽无比，我们都会欢呼雀跃，手舞足蹈。在山腰栈道可以近看，仔细端详，都会喜上眉梢地赞叹：风景这里独好。

仁者乐山。中国南北气候分界线上的八台山，美丽的风光步步新景，等待我们的眼睛去发现，等待我们体味大山的沉稳坚毅，感受大山的绿意葱葱和永恒的活力。

巴山大峡谷漂流记

青冥浩荡不见底，明月清风巴山峡。
宁静和谐寻去处，放歌漂流消盛夏。

——题记

盛夏季节，坐着汽车，在大巴山深处沿着高山峡谷行走，仿佛在绿色的山船里前行，感觉湿润凉爽，芬芳弥漫，一山未了一山迎，我们来到了宣汉县国家级地质公园、国家 AAA 级风景区——巴山大峡谷，感受"川东第一漂"的乐趣，领略集漂流、探险、民俗及饮食文化于一体的夏日欢乐风情。

在羊鼓寨宾馆安顿后，打开窗子，满眼翠绿葱葱，满耳流水淙淙，倒在床上，起来坐下，坐下又起来，消除疲劳，享受天然绿色氧吧和空调。炎热困倦一扫远去，融入愉快、舒适、自然之中。我赶快打开相机，横照、竖照，照蓝天，照白云，照青山，照绿水，照土家错落有致的吊脚楼，照土家俊俏活泼的山妹子。照下了这山间景色，定格在照片中，永远保存在记忆里。

晚饭后，数十人不约而同地下河到浅滩处玩耍。无论是四川省的作家和记者，还是陕西省、重庆市的作家和记者，都挡不住绿的诱惑，向往着河滩的绿水，三三两两的，从未相见，素不相识，却是因为河水凉、河水绿把大家邀在一起了。电视台的邓记者、电台的周记者，两记当先，奋勇向前。远看土家山寨伫立在峡谷中，青山绿水，伴与吊脚楼，似一幅空灵素雅的水墨画，供游人欣赏。头顶清风明月，脚戏溪水潺潺，让凉水从脚趾间流走，让柔水从手指间滑过。你一言，我一语，捧把水来，咽下肚里，嘴皮还在体味山泉的甘甜清洌。有的照相，有的唱山歌，有的跳舞，有的洗脚，有的洗衣服，有的声嘶力竭地喊山。唱的、喊的投入，脚手戏水聊天的自然，洗衣服的认真，各享愉悦。各种声音交织在一起，突然想起朱自清先生笔下对秦淮河美景的赞誉也不过如此吧。直到深夜一点，大家才披着山风，带着惬意，依依不舍地回到山寨，进入梦乡。

第二天早晨，简朴的漂流仪式后，土家人放下了漂流瓶，橡皮艇载着游客，也载着大家的希望，唱着歌儿，打着旋儿，漂向远方。时而缓缓而动，时而惊险刺激，时而浪花飞溅全身。所有的人相逢不相识，但都齐心协力，摇着木桨，向着同一个目标奋进。缓缓穿行中，有的唱山歌，有的打水仗，搅得鸟欢鱼跳，山和水流。

船工和游客互相摆谈，讲当地民俗民风，并给游客吼唱大山里的有情有义的民俗山歌："河里涨水沙浪沙，妹过跳蹬眼发花，你是哪家大小姐，要不要哥来把你拉……"平缓的时候，人在水中游，船在画中行，蓝天白云，两岸青山，随我漂流。仰望两边人们互对山歌，互打招呼，友好地再见远去。急流险滩时，飞溅着朵朵浪花，人们满身湿透。你给我打水，我还你一瓢，互相戏水，与水共舞，在水花激溅中体验惊险刺激。有"两岸猿声啼不住，轻舟已过万重山"的快感。随波缓行的宁静，看着清澈见石的河水，不知不觉来到了山泉"爱情井"前，大家虔诚地喝下甘洌的山泉水后，继续前行。高山有好水，瀑飞壮豪情，甘泉酿痴情。船工告诉我们，这里是土家姑娘和小伙子谈情说爱的地方，这就是土家人的山盟水誓，象征年轻人的爱情像山水般永恒，逗得大家乐呵呵的。

一路欢欣一路漂流，一路漂流一路向前。有着自然、平和、惊险、欢笑、友爱，忘记了忧伤，远离了烦恼。这里有人与人的和谐，有人与自然的和谐，更有人自己内心的和谐。

犀牛山村笔记

春的召唤

祖传玉砚上的雕刻最早让我知道成语"犀牛望月"：犀牛的角长在鼻子上，长时间望月后感其影于角，比喻长久盼望。

"怪石巍巍恰似牛，独卧山间几千秋。风吹遍体无毛动，雨打浑身有汗流。青草齐眉难下口，牧童敲角不回头。从来鼻上无绳索，天地为栏夜不收。"这是我读的最早的犀牛望月七律诗。我对犀牛望月有了独自的理解。

青春年少时，团支部组织野外春游，我们坐船过州河，再翻山越岭到北外镇犀牛山野炊，吸风饮露。工作后，达县地区五金公司团委举行爬山活动，我们穿过通川大桥，轮流抬着用箩筐装好的自备午餐，迎着朝阳，吮着春风，又有机会踏青到犀牛山，感觉犀牛山的美景原汁原味，犹如深闺的美媛丽姝，含苞待放，正在打磨历练之中，留下了朴素自然的记忆。

编辑《达州政报》后，原通川区委书记洪继诚（现任达州市委常委、宣传部长）、原区长陈文胜（现任达州市政府副市长），原通川区委常委、宣传部长王成军（后任达川区人大常委会主任），他们多次告诉我犀牛山景色优美，值得一赏。我抽时间去，走在半路上，因为修路堵车，只好怅然若失地返回，这次没有欣赏犀牛山美景的遗憾一直萦绕心头。作家龙懋勤先生邀请我抽空同游犀牛山，我不假思索地承诺一定去看看如今的犀牛山是什么样子。

一路欢歌，琵琶树、银杏树、李子树、梨子树列队在公路两旁，似七彩的村姑，迎风点头欢迎游人到了绿树丛中的犀牛石。犀牛真有福气，一年四季青草不断，花香不歇，静静地享受天地之灵气，尾巴旁还有两棵松树直立伸向空间，向空中采集阳光雨露，滋养着犀牛永不枯竭的生命。侧边一块向上常望着犀牛的石头，状似活泼的青蛙，随时都有跳向犀牛背上的可能，与大犀牛一块感受自然清新的空气。小青蛙石与犀牛石之间还生长着三棵松树，它们和牛尾的两棵松树组成近似五棵松的篱笆，拦住了犀牛，给人感觉只许它勇往向前耕耘，不能后退半步。牛也不管春夏秋冬、风吹雨淋，默默无闻地固守寂静、清贫，以自己的高大勤劳给小青蛙做出身体力行的榜样。这里有卧牛、青蛙、松树三种自然元素构成的和谐、自然、雅趣，让人远离尘嚣浮躁。宁静致远，俯首甘为孺子牛的感觉愈来愈强烈。

从犀牛石往犀牛寨爬的过程中，只见松林古树密密的笔直的杆，像一支支毛笔竖立，亢奋的感觉立马涌遍全身，绿伞似的树梢在风中掀起层层波浪，望着绿浪向前向前向前，心灵感应是向上向上向上。自然界神奇怪疑，松林中多是两棵相互依存，长在一起，团结似一人，我们戏称兄弟松、姐妹松，总之，是互相鼓励，在一个根的前提下，奋力向上生长着。仔细观察，松树稀疏的地方，树枝较矮小，笔直的程度也不便言表恭维，是不是周围没有竞争力了，自己就懈怠了？这样长势，笔直成材就大打折扣了。抬头望去，密集的松枝反而朝气蓬勃，齐齐整整，笔直如杆，是不是正因为密集，生长的空间狭窄，阳光透射度小，它们就更加珍惜机会，不折不挠地向上奋进，争取阳光、雨露、空气等养分，这样一路长来，更加成材？思索一阵：是不是它们从小就处于竞争的生存环境，一心向上，心无旁骛，竞争产生活力，适者生存的缘故？！看着那笔直、奋力向上的松林，爬着几百年前凿成的自然石梯，心灵的跫音仿佛是向上向上，竞争竞争，自然与人类真是灵犀相通。

到犀牛寨有三条路可走，一条是二百七十多步青石梯顺坡而上；一条是林间小土路盘旋而至；一条是直面崖壁，陡似西岳华山的老虎嘴，往上爬时，手脚并用，专注石梯，小心翼翼，别无杂念，一路爬上，在这里，细心和专一铸就了勇气。爬上犀牛寨，脚踏宣汉县君塘镇与通川区磐石乡、北外镇交界的绿色地毯，四周远景尽收眼底，居高临下，连绵起伏的群山像万马奔腾向远方冲去，血管里响起马蹄的声音，人居于无数个起跑的中心点，怦然心动，惬意十分。微风吹来，松涛阵阵，来到寨子门口，岁月沧桑的石寨，只有斑驳的石条显明这里曾是四乡八邻百姓躲避战乱和土匪的暂时清净地，石阶苔藓绿，当年的风采荡然无存。

几百年来，犀牛寨墙上的青石条见证着"仁里无缘逢浩劫，天公有意保遗民"，也见证着百姓安居乐业、田园牧歌、幸福愉快和谐的生活。

走出犀牛山，蓦然回首，夕阳在山，七彩万状，变幻顷刻，恍可人目。美在原始生态园。

秋的乐章

热气还没有散尽，凉气还没有完全来临的国庆节前夕，通川区北外镇犀牛山村的茫茫松树林里，无穷多的"居高声自远，非是藉秋风"的蝉齐鸣，像有总指挥般整齐匀称，像山间溪水连绵不断的天籁之音，而且越叫越亢奋，越叫越声嘶力竭，音律越来越长。它和阵阵松涛声相融，真像一曲林间天然小曲，十分自然优美。

一大片刚刚收割的层层水稻田里，呈现着参差不齐的谷桩，秋阳高照下，一群各种色彩的鸭子在梯田里行走觅食，一会儿嘴壳在泥土里撮一撮；一会儿又向蓝天望一望；一会儿翅膀又在扑腾扑腾飞，或者略微扇一扇翅膀。堰塘里，一大群鹅"白毛浮绿水，红掌拨清波"悠然自得。它们像朵朵小花或片片彩云飘荡在梯田或堰塘，像贝多芬《欢乐颂》跳动的喜悦音符。稻田里的鸭子和田边堰塘里的鹅自由自在，可能是吃饱了肚子，突然其中的一只高叫一声"哈"，其他的鸭子和鹅马上应声"哈、哈、哈"，此起彼伏的声音回荡在山间田野，正如下雨天在屋里听屋外的锯子声，既像"沙、沙、沙"，又像"呲、呲、呲"，我听着一群鸭子和鹅争先恐后吼叫的声音，互相交流相融，就是响亮的"好、好、好"的音韵节律。

我们甩手甩脚①来到邵家梁一农家大院，首先映入眼帘的是屋前高高矮矮、层层叠叠的梨子树、李子树、枣子树、枇杷树等农家院子里的果树。再细看，有石磨风车碓窝，门口还挂着蓑衣、斗篷等原始农耕农具，刚才鸭子和鹅欢叫了，这边相呼应的是鸡鸣狗吠了，几只拴着的白狗在屋侧径自"汪、汪、汪"地叫开了，山谷里回音是"旺、旺、旺"，余音回荡在屋前屋后果树林里、桂花树林里和山梁上。

午餐后，我们来到映月湖堤坝上，突然从湖边映月亭传来清远悠扬透着快乐的清脆笛声，循声而去，原来是艺术剧院70多岁的蒋老师骑摩托车到这里悠闲吹奏的《套马杆》和《喜送公粮》经典乐曲。沿着映月湖后的溪沟往山顶犀牛寨爬，绿树浓荫里的小溪汩汩地流淌着，泉水叮咚叮咚流向沟外，绿叶深处突然传来悦耳的青石拐鸟语，仿佛说的是"村民快——乐，村民快——乐"。真是神奇呀！我们静心屏气生怕打扰鸟儿，认真一听，果真从树叶深处传来"村民快——乐，村民快——乐"的兴高采烈的鸣叫声。真是人鸟相通，村民幸福快乐了，鸟儿都快乐幸福了。

我们一行人，今天真愉快吉祥，刚才鸭子和鹅唱"好、好、好"，这里的狗子又吼出"汪、汪、汪"的声音，鸟儿从树林里传出"村民快乐"的诗情画意，在林间你一言我一语，清爽自然，哈哈大笑。

　　5年前我们采风来到未开发的犀牛山，春天朝气蓬勃的景色令我心潮澎湃，写了一篇散文《犀牛山的召唤》在《散文选刊》发表。几年来，党委和政府打造新农村综合体建设，新农村据点高高低低、错落有致坐落在山下，水泥路像致富的血脉连通了山村里的家家户户，村民种的无公害绿色水果蔬菜，带着泥土清香味跑到城里摆在城里人的餐桌上了，综合体居住的农户开起了各具特色的农家乐，节假日城里人到犀牛山的村民家里开办的农家乐，休闲度假放松心情，呼吸新鲜空气。一位在沿海打工回来在家里办起了农家乐的村民，他自豪地告诉我们："现在是足不出户，就地致富，真是幸福。"散住农户因地制宜种蔬菜种庄稼经营各种果园，每户年收入都在15万元左右。为了保证蔬菜水果产量质量和无公害，该村建起了支部加协会加农户的各种专业合作社，村支书高汝敬、村主任张多福他们统一购买优良品种，统一技术标准，使全村的产业蓬勃发展，有的农产品还注册了商标，有了名扬山外的名字。

　　犀牛山的山欢了，水笑了，村民富裕了。

　　一进入犀牛山村文化广场，一座牛的田间耕耘雕塑栩栩如生，喻示着这里的村民像牛一样吃苦勤劳，用自己的汗水浇出幸福甜蜜生活的花朵，灿烂地开在犀牛山间，丰收的喜悦，酿就在村民们的心里。

注释：

①甩手甩脚：四川方言，形容不携带东西，手脚放得开。

片片茶叶片片香

我的父母亲在屋后的石墙二台台上和自留地边，栽种了九株茶叶树，春夏秋冬绿茵茵，高的约有2米，那时不需洒农药化肥，只是每年寒冬腊月里，我们将茶树周围松土后，垒一些牛粪、羊粪、猪粪和草木灰这样的农家肥在根部，人间三月桃花天来临，茶树长得又嫩又绿又茂盛，十分诱人。

刚启蒙读书的我，提着竹篮和簸箕，听着高高低低连绵不绝的山梁上回荡着的"三月里来三月三，手提竹篮上茶山。十指尖尖采茶忙，顾不上给郎补衣裳"悠悠采茶民歌，在春耕的农人们吆喝着牛的声音里，在布谷鸟"播谷、播谷"的催种声里，在四处弥漫着野花灿烂的芳香里，在蓝天白云下，我高高兴兴地采着嫩绿嫩绿的约一寸长的鸦雀口形状的青茶。回家土制炒好后装在笆篓里，挂在房间柱头上，一年四季招待客人，现在想来那才是真正的好茶。九株绿茶树冬天开出的茶花洁白无瑕，我和母亲又会采回在铁锅里蒸好后晒干，再泡来喝，鲜香可口。家乡一带的人们若感冒了，那时缺少医药和钱，土方子的五味感冒药中老茶树的鲜叶子是其中之一，还真灵验，喝后驱寒，让人轻松愉快提神。

这就是我人生最早与茶叶接触，那时的采茶制茶亲切愉快的画面几十年来随着喝茶的历史永远定格在脑海中，时时让我唤起与茶叶有关的记忆。

岁月悠悠，我知道了南江县的金银花茶、大叶茶，万源市的巴山雀舌茶，大竹县的白茶，宣汉县的九顶雪眉，有天堂之称的杭州市西湖的龙井茶，福建省的铁观音茶，云南省的普洱茶等名茶，唯有万源市的巴山雀舌绿茶与我生活息息相关。

从小家乡采山茶，工作时到过万源市草坝茶场，见识了"层层绿色绕山腰，苗苗青茶树枝俏"油光碧绿的美景。近几年来，因为工作关系与巴山雀舌密不可分了。每次编写《四川年鉴》达州卷、《四川农村年鉴》达州卷、《和谐达州》画册，特色产品栏目都推出了万源市含有丰富均匀的硒元素的绿茶——巴山雀舌，用了山村少女采茶和茶叶包装后的几幅精美照片，刊印在书内，四面八方宣传，美名远扬。

我曾阅读过一本有关营养学的书，专章提到了硒元素对人体的重要性，谈到了茶叶的养生之道，其中有几例讲解了具体做法。我就在日常生活中实验了两例。一是将喝剩的巴山雀舌茶水用来煮鸡蛋或蒸馒头，确实清香爽口。二是把少许巴山雀舌用纱布包好煮干饭，果然美味全然不同。

于是我对巴山雀舌情有独钟，佩服专家独具慧眼。今年清明节前，我邀约三朋四友到万源市固军乡大桥村炉厂坪，在青山树林之间，见到了蓬蓬刺果子白花在绿波荡漾里招蜂引蝶，微风吹过像群群绵羊跳动欢舞，在这自然天籁的环境里，种有一千多亩茶园，有的像绿色五指饼横卧在山岭；有的像绿色的蘑菇长在平地；有的像绿色的花菜长在山梁上。生机勃勃，养眼润心，让人怦然心动。村民们从十几岁的青少年到80多岁的老年人的采茶队伍，精神抖擞来到茶树旁，寻寻觅觅，双手像鸡啄米一前一后、一上一下欢快地将鸦雀口一样的新茶苗一捏一担，装进提篮或者身上背的帆布口袋里。远远望去，戴着金色的草帽和白色的太阳帽的人们，成群结队在绿带黄的茶园里，双手不停地采茶，嘴里自由自在地哼着山歌，像白鹤亮翅，荡漾着劳动起舞灵动的美。

我们唱着《在希望的田野上》轻快的歌曲，马上到村民家中用铁锅杀青治好，片片活鲜鲜的绿色茶叶在铁锅里魔术般变成了瓦灰色，光彩诱人。新鲜嫩嫩的茶叶用山泉水泡开后，在茶杯里像春燕翻飞归巢，像鱼苗蹦跳相聚，观着、品着、赏着"琼浆玉液"，愉快喜悦。

小时候，懵懵懂懂的少年在山间听着"家家（那个）采茶忙哟喂，阳光照得茶叶亮，茶叶尖尖嫩又亮，你来亲口尝一尝"的采茶山歌，是无意识地采摘巴山雀舌茶，现在有意识地品尝巴山雀舌，几十年来，片片茶叶飘香在唇齿间，心旷神怡的清香荡漾在心中。

闲庭信步王家山

雨后初晴，山岚如烟，我登山越过红军亭，来到王家山体味崇山峻岭的雄浑，在山上松林里听涛亭看高山天空的云霞总有一种诗意的梦境，早晨的王家山云蒸霞蔚，缥缈而柔软的雾弥漫在山巅，缠绕着起伏的山峰，笼罩着会真湖四周，让人仿佛进入仙境，深呼吸后，吐出腹中在喧嚣的城市中吸入的尘埃，顿时心旷神怡，舒心轻快油然而生，我伸出双臂在空中向相反的方向画着圆圈，乳白色的晨雾从手指间滑过，有凝脂流淌清幽的感觉。再看湖的四周，真是扑朔迷离，群山和近岭的农舍，远处和脚下的梯田，蜿蜒的山梁和公路，星罗棋布的农家乐飘出的炊烟在轻悠悠的白雾里时隐时现，说不清，道不明那是烟，还是雾？只好叹道：不知所"云"。朝日升起，放出五彩的霞光，王家山苍翠如海，连绵起伏的森林，在晨辉中奔涌着绿色的波浪，阵阵春风吹来，一波一折，一起一伏，荡向远方。品尝着、回味着眼前的美景，想起朱自清先生《荷塘月色》的景致："微风过处，送来缕缕清香，仿佛远处高楼上渺茫的歌声似的。""细雨鱼儿出，微风燕子斜""绿树村边合，青山郭外斜"等诗句脱口而出，聚精会神地赏绿、吸绿、吐绿，天地之间仿佛只有自己存在了，不知今夕是何年，忘记了山外闹喧喧的世界。

漫步在元稹文化广场，6米多高的元稹塑像雄伟凝重，塑像下面有著名书法家马骏华先生草写的元稹诗《通州》："平生欲得山中住，天与通州绕郡山。睡到日西无一事，月储三万买教闲。"边品古诗，边赏书法，两全其美，其趣无穷。塑像背后26米长、4米高的墙面上再现了通州父老依依送别元稹司马的历史场景。特别是"生为醉乡客，死作达士魂"的对联最为引人注目，也是让人灵魂升华的吟哦，那是元稹"为官一任，造福一方"的真实写照。在元稹文化广场俯视达城，雄山秀城风貌尽收眼底。凤凰亭、红军亭，在凤凰山交相辉映，衬托出达州历史文化和红色文化的厚重和悠长。踏着整齐清洁的青石地板，站在元稹塑像前深深地沉思，告慰元稹司马：达州"元九登高"已被评为四川省十大名节。为了保护凤凰山风景区的美丽清秀，市委、市政府雷厉风行，将一幢幢违法建筑物坚决撤掉，重新露出绵绵青山，百姓无不拍手称快。斗转星移，大浪淘沙，谁为百姓办事，群众心中自有一杆秤，就会铭记在心。凤凰山上有一副对联赠元稹：理国如理家，华夏子孙代代思；爱民如爱子，通州庶民年年记。这是对勤政为民的通州司马元稹最恰当的赞扬。

新式农家乐的生活正在城市和郊区结合部盛行，那是再现大唐人的生活。孟浩然的"开轩面场圃，把酒话桑麻"，杜甫的"肯与邻翁相对饮，隔篱呼取尽余杯"就是古人休闲生活的描写。苍松翠柏间的一座座川东古民居特色的农家乐是王家山风景区的亮点，有富帮山庄、晒月楼，有李家小院，有松林坡度假村等，可以开会、住宿、休闲、垂钓，这些农民兄弟们因地制宜，就地取材，从实际出发，种植绿色蔬菜，吸引城里的人们来体验古朴的田园生活，过一过与世无争、放松休闲的一天，连天绿色涌入眼，天然氧吧净心灵。新修的盘山公路把王家山和城市的距离拉近了，农家乐把城市和乡村的差距缩小了。农家乐家家忙忙碌碌，人人喜气洋洋。"足不出户，就地致富"，是通川区王家山风景区农家乐户主们自豪的口头禅，也是新农村建设一道亮丽的风景线。

绿色起伏的山梁上、挺直高洁的松林里一群一群游客结伴而行，声嘶力竭地喊山、练嗓，把林中笔直的树木当作听众，练习口才，他们此起彼伏的声音，在林间回荡，演奏了人与自然和谐相融的田园交响乐，唤醒了沉睡的大山，震响了松涛的呼喊，游人更加神清气爽。

闲庭信步王家山，功名利禄全抛下。环境清幽，心情愉悦，身体自然健康。这是人生的乐趣，也是人与自然心灵神韵的和谐。

感恩敬畏自然

伟大作家歌德曾经告诫他的助手奥克曼，一个真正的人应该读透两本书：一本是人，一本是自然。歌德同时也指出，人是自然的一部分，说明人更应该向自然深入学习。宇宙浩瀚，地球作为宇宙的孩子，在经历若干年磨难之后，在自然的伟力导引变化过程中，造就了自然生态文明。自然的奥秘驱策人类无限的想象、探索和创造的能力。自然的资源为人类提供了赖以生存的物质基础，由此产生了人类的精神文化，让人类享受到丰富的生活。因此，面对自然，人类本身除了感恩，便是敬畏，敬畏过程就是要不断地向她学习。

我在大约 6 岁的时候，在稻子快要收割的秋天，我坐在祖先留下的古老木屋前的一个巨大的石头 —— 尖荷包石上，看到过一次壮观的落日。我所面对的西方是观光山、孙家山、太平山、大燕山等无数的青山，层层叠叠地披着落日的余晖，群山的流岚、峡谷的雾霭已被落日漂染成一派灿烂缤纷的色彩，当时我感受到一种深秋橘林的金红和广柑的浅黄色在燃烧。偶尔向天空一望，便看到了碧蓝悠悠的天空，像巨大的穹庐罩在东北方向的大青山、天平山、赵公山。村庄里层层梯田里的稻谷黄澄澄的，简直就是金色的波浪，那种感觉，好像全身心一派轻盈，有一种飘飘欲仙的状态，一种阿里巴巴喊芝麻开门以后的惊异和兴奋，好一个辉煌壮丽的景色。至今一回忆起来，那景象就浮现在眼前，让人在回味中产生无比愉悦的心情，度过十分美妙的一天。受到黄昏落日的启迪，我好像大脑忽然开了窍似的，父亲教我口头背诵的短诗，不经意就背下来了。自此以后，我也非常留意风霜雨雪、云霞雾霭、闪电雷鸣、流星虹霓、萤火露珠这些自然变化的形象，留意这些变换的景象里的树木、花草、房屋的色彩模样，留意这些自然变幻时空里的鸡鸭、牛羊、猪狗的情态动作。于是，在不知不觉中，我学会了作文。后来我放学后，常常在山上放羊，我就利用找羊、赶羊的机会，经常在古树、奇石、藤蔓、野花、木菌、灵芝的周围静观默察，感受他们带来的新、奇、怪、异、妙的神韵特征。在雨后的林子里，一朵蘑菇、几朵蘑菇，一个品种、几个品种，只要你去发现了它，把它捡起来，回到家里，再来拣择、比较、展示一番，你就会得到意想不到的收获，形态的、状貌的、色彩的、气味的、触觉的许多知识就会自觉不自觉地进入到你的大脑。你就不会那么拙劣地把一朵蘑菇比喻成"一枚图钉"，不会简单地拾人牙慧似地去说"多好看的雨伞"。你可以想象那数朵蘑菇，是"一群小朋友在森林里捉迷藏"。对那一朵蘑菇，你甚至可以说，"那个小朋友戴着遮阳帽走进林中，下雨啦，她在雨中寻觅，仿佛忘记了回家的路"。

向自然学习，让我在许多困难的时候，感到有一种力量，像寒冷衣单之时赏给我棉袄，黑暗难挨之际，带给我蜡烛。有一次，我生了病，在县城里医院去检查过后，没有发现什么明显的疾病，只是感到沉闷、乏力。这时候，父亲给我请了一位老中医，拣了几服中草药吃了，明显好转。后来我每天早起，登山、入林、临溪流、听松涛。轻松一些之后，我就依着中医图谱去识别草药，一边扯草药一边漫步观赏风景。在山水自然怀抱里，我每天早起晚归。中午或吃个火烧馍，或吃几根生红薯，或吃两个煮熟的土鸡蛋，带上一壶凉开水、一个生蒜，在密林、山冈、峡谷、溪沟、石岩等处，哪里合适就在哪里休息午餐。久而久之，我熟记了故乡的自然山水中许多不为人知的好景致、好树种、好石头，识记了故乡的许多常用来治病的绿色本草。特别是中草药，奇妙的组合，内行的话叫做"配伍"之后，便会产生神奇的疗效，从治本的角度，使病人得到根本好转，逐渐实现"精气神"的复元。每一种草本或木本的药材，在山林里自然生长，只有在开花的时候，你才知道它生长的地方，才知道它的花色、形态和气味的个性特征，以后才知道它成熟和采摘的日期。发现和等待都是美好的过程，都是牵挂、都是充实、都是抚慰。在半年的时光，我每天阅读自然，倾听、感悟和记录自然赐给我的心神宁静的音乐和诗歌，交给我的关于相依相生、对立统一、阴阳调和的生命哲学，教给我崇高、悲壮、平和、冲淡等等审美意识，教给我善待动物植物，善待一切生命，尊重一切生物的生存、生命的权利的一种宽阔胸怀。

在经历了与自然山水亲密接触的半年时间之后，我的身体就逐渐恢复了元气，迅速投入愉快的学习生活。由于在徜徉山水的日子里大自然培养出的对事物静观默察、分析思考的习惯，我开始对农作物栽培、对果树栽培产生了兴趣。父亲对栽培经济作物很有研究，他对白蜡虫树的栽培、对白蜡及白蜡种虫的生产达到了专家级的水平。学校放假期间我从父亲那里学到了绿色经济、生态经济的一些耕作模式，学到了一些人利用自然规律为自身服务，利用科学技术复制生物，促进生物界多样化的繁衍，复兴自然界物种的生存活力等基础知识。人在科学的生产活动中，与自然是很能建立起审美关系、伦理关系与和谐关系的，这就是马克思所描述的"人化的自然"和"自然的人化"的实践常新的结果。我后来受到自然现象的启发，在求学的过程中，每一步都走得顺利，直到成功。人可以变得聪明，关键是看你在做事的过程中，是否听到了自然对你的教诲、叮咛，自然对你的昭启的鞭策；是否听到了自然对你的警醒，是否利用好自然适时创设给你的环境、条件，把握住自然赐予你的风云际会的良机。

　　自然的吸附过滤、修复完备，是很精细神奇、奇诡怪异的。听父母亲讲，在我出生到现在 50 多年的时间，当年砍伐殆尽的山岭，自然的造化，现今已恢复成绿荫森森的树林，即使是当年用炸药开山取石放炮毁了生态的几乎石漠化的山体岩石，也都已经长满爬山虎、爬岩香、牛耕藤等盘缠植物，一年四季展示出奇特美丽的景象。我所居住的土墙坪大青山，当年农田缺肥料，在春天就去扯起青绿色的树叶草叶，沤青肥；夏天就在田地里刮草皮，兑土肥；秋天就在山上，扫捞落叶；冬天，就在向阳的草坡，刮草皮沃土，烧出含磷钾的草木灰。而今春我在山上看见的是 7000 余亩墨绿的森林，随连绵不断的山梁蜿蜒起伏，生气勃勃地伸向远方。

走班札记

人们习惯把走路上学叫走读，走路上班为走班。我就是走班族的一员，不论春夏秋冬，风霜雨雪，像林中的鸟、水里的鱼、放学的孩子，无拘无束，自由自在，从不间断，坚持从南外三岔路口步行约一小时路程，到西外市政中心上班，走出了健康，走出了欢乐，走出了幸福。

低 碳

每天坚持走路上班，是低碳生活开始，不坐车，不耗油，不花钱。早上启程从仙鹤路、南门口、滨河路、塔沱广场、鹿鼎寨爬坡上坎，天空有鸟雀飞过，脚边蜂蝶翩跹，州河里鱼苗般的涟漪，仰俯皆情趣。一路走，一路看，一路思，不知不觉中，来到了上班地点，稍作整理，开始一天紧张地忙碌，精神抖擞地工作，激情满怀地生活。

低碳就在脚下。每天走路，践行低碳；人人走路，共同低碳。

向 上

早晨七点半左右出发，一路看见仙鹤路、龙郡坝、南门口以及塔沱广场，有轻音乐踏步队伍，有快节奏跳舞人群，有红色扇子集中舞动，还有一行行、一路路人，集中喊："嗨、嗨、嗨，世人健康我健康，世人快乐我快乐，世人幸福我幸福。"同时发出拍打各自身体的整齐响声。这些大都是退了休锻炼身体的人，都是在音乐里锻炼，音乐里保重，积极向上的人群。我时时踩着音乐节拍，大步流星行进，自然而然地融入向上的氛围。向上的心态一直保持着，仿佛是踏着向前向前、向上向上的音律前行，滋生了维持健康快乐的元素，让我从不烦恼，从不忧伤地进入工作状态。

看 花

河边一直长着默默无闻的小草，樱花树、桃花树、李花树、杏花树、栀子花树、桂花树、玉兰树、黄桷树、菊花、腊梅等，一年四季花团锦簇，花开不断，花香不断，奉绿不断，行走在这些五颜六色的花草树木中，犹如走进一条花的小径，花的长廊，赏花悦目，心情愉快。看路边花草繁荣枯萎，花开花落，人的心情异常平静，自然生长着心平气和、宠辱不惊的豁达，应对人世间红尘滚滚的生活，渐渐地，心也能静如湖水，历练成熟。

追 赶

每天早晨神怿气愉行进中偶尔碰上老领导、老同事、老同学、老朋友，若要寻问几句政策，打听什么消息，就会落后同伴百米左右。说完后一看同伴已在前方行走，我就会做好准备，鼓起勇气，一鼓作气，快步追赶，这时体会出追赶跨越是多么的艰难。人生和国家何不如此，一旦落后就必须千方百计追赶，追赶就必须比别人多付出，速度更要快，千万不能再折腾，一定要科学追赶。

中华民族的古言："不怕慢就怕站，一站就慢了一大半。"我的体会如此实际和深刻。

山那边的镇巴

在中国的地图上，与秦岭平行的东西走向的大巴山脉似一幢高大瓦房的脊梁，滋润着和恩泽着川陕两省这个大家庭的山民。我家住四川省大巴山南麓，镇巴县在陕西省大巴山北麓，我们言谈间称山那边的镇巴县。

2018年炎夏的八月，应《散文选刊》杂志社，镇巴县委、县政府邀请，作为南麓人的我，去北麓参加中国散文笔会。在红军之乡、苗民之乡、民歌之乡的镇巴县城，一河两岸有序构筑，良心桥、泾洋桥等似长虹卧波，横架在绿柳绿墙中，桂花一条街，樱桃花一条街，文化长廊等小巧别致，似明珠镶嵌在巴山北麓。

山是镇巴的根。有山就会有山民，有山民就像山有云雾一样会有山歌。我从小就知山民"出门一首山歌子，进屋一背柴块子"。"住在老林边，吃的兰花烟，烤的是疙蔸火，吃的洋芋果，背的是苞谷馍，唱的是山歌。"这是我小时候和玩伴的口头禅。在镇巴县吼山歌就像星子山林场，山上长有松树、柏树、杉树、木竹、漆树一样普通，就像山泉汩汩流淌般优美平常。镇巴民歌飞出大巴山曾在中南海、上海世博会飘荡。镇巴县文化馆编撰的两卷本《镇巴民歌总汇》，洋洋洒洒四千余首，似清风，似山泉，似野果，滋养着山民的心田。

我从小就采金银花茶、巴山雀舌茶，这回在镇巴县兴隆乡，真让我见识了茶园绿油油的画面。

汽车在大山深处白云下面盘旋而上，一山未了一山迎，到了大巴山二台台的楮河茶场，满山缠着绿色的飘带，满山弥漫着云雾，排排青松林立，绿叶阔叶林混杂在茶园四周，大片大片的葛麻藤缠着树，附着树，牵着树，山风拂拂，片片叶子颤抖旋飞，和茶园里的茶叶树相互点头，相互比赛着绿，这眼前的茶园美景，绿的净，绿的美，绿的生生不息，一片绿茶树的世界。看着一年四季诱人的绿茶树，我们情不自禁地采摘一片茶叶于口中咀嚼，尽量体味山茶的原汁原味，体会大山里静静的茶叶世界。

　　这里山高、林密、雾多，昼夜温差大，有机质元素增多，是在地球同一纬度最适宜茶叶生长的地方。镇巴的山民们从实际出发，因地制宜，种植了数万亩茶叶，滋养着山外的人民，富裕着自己的腰包。镇巴县楮河茶厂的名茶巴山君子与巴山南麓万源市的巴山雀舌是孪生兄妹，一种在山这边生长，一种在山那边生长，共同吸收天地之灵气，共同走出大山，走向茶叶世界，供人品尝，回味悠长。

　　我们四川达州在大巴山南麓，山民们称互相往来叫走人户，镇巴还有许多美景等人去欣赏，达州这边美丽的山水也期待着镇巴人民来观赏。水不搅不浑，人不走不亲。穿山越河，玉带似的达陕高速公路，让秦塞通人烟，十分方便川陕两省交界的山民，踏着时代的高速公路互相走人户，互相学习共同提高。正如原镇巴县委赵勇健书记说："到没有去过的地方会发现美丽的风景，会撞出智慧闪亮的灵光。"本人填了《清平乐·川陕交界》词一首，与山那边的镇巴兄弟姐妹们共勉：

　　鸡鸣两省，美好正清晨。松涛阵阵空气新，青山炊烟温馨。
　　巴山腹地小峰，四面劲吹东风。官渡盐场村民，生活其乐融融。

遇上洋县是我的缘

炎热的夏天里，中国散文年会组委会蒋建伟、黄艳秋老师邀请我到陕西省参加"全国知名作家看洋县"创作笔会。洋县位于秦岭南麓，南屏巴山，离达州市不远，我愉快地告诉两位老师一定前往。

九月的第一个周末，我和散文作家丁长兴翻越巴山，趟过汉水，与公路两边的青山绿水相伴一路赶到洋县。洋县地处陕西南部，汉中盆地东缘，古有"汉上明珠"美誉，今享"朱鹮之乡"佳称。这里有秦岭四宝朱鹮、大熊猫、金丝猴、羚牛同栖一县，全国罕见；这里被誉为地球上同一纬度生态最好的地区，是全国唯一有朱鹮和长青两个国家级自然保护区的县；这里有谢村黄酒、古秦洋白酒、汉中黑酒，黑、白、红、绿、紫，五彩有机大米；这里是成语"成竹在胸"的发源地……

不必过多书写，只介绍朱鹮梨园景区、古秦洋白酒和谢村黄酒、华阳古镇风景区。

朱鹮又名红嘴鸟，背部羽毛随季节变化而变成不同颜色，飞翔时两翅呈橘红色，我们戏称"变色鸟"，是国家一级保护动物。1981年，动物专家遍寻祖国大好河山，终于在洋县姚家沟发现了当时世界上仅存7只的国宝朱鹮。经该县人工繁殖，野生喂养，现在发展到1800多只。同时在离县城1.5公里的牛头山建有朱鹮梨园景区。园区里成熟的梨子显眼地、挤匝密匝①地似金色的秤砣悬挂在蓝天下的青枝绿叶中，诱人可餐。这里每年有梨花节，让人联想起四川广元苍溪县的雪梨和梨花节。福牛和朱鹮文化两个广场，把历史和现实结合，打造浮雕文化墙把传说与产业化紧密相连；把天上飞的国宝朱鹮与地上长的经济果木融合，既欣赏了历史文化，又增长了知识。我也感受到了根据土壤气候因地制宜发展特色经济的显著成果，足见洋县人民的勤劳睿智。

我们一行人在县委常委、宣传部长路建侠的陪同下，仔细地参观了陕西秦洋长生酒业有限公司、中华老字号白酒古秦洋和谢村黄酒的发酵生产过程，坐下来品酒论文。公司董事长兼总经理肖玉祥"生态好，酒才能好"的理念最让消费者放心。他在植被、气候、环境好的山村找了一块万亩生产基地，专供酒厂原料，保证了白酒源头纯正、清洁、无污染。让农民生产者放心的是，产销直接见面，减少中间环节，这确实是带动农村经济发展，促进农业产业化发展的前景宽广路子。

古代从长安翻越秦岭入蜀有四个陡险的古道，真可谓是李白叹的"蜀道之难，难于上青天"。洋县有北起周至县，南到洋县的傥骆古道240公里，是朝廷运粮、运兵的战备道路，是天险，但距离最短。华阳古镇是古道重要驿站，华阳景区是陕西省继"兵马俑"之后的又一张国际旅游名片，它位于秦岭南麓深处。那连绵起伏的大山梁，那青青的山，那绿绿的水，那淡淡的雾，那山中无穷宝藏的山珍土特产与大巴山南麓四川省万源市的八台山龙潭河和南江县、通江县的光雾山、诺水河两个国家级自然风景区，仿佛是中国父亲山秦岭山脉的三个孪生儿子，似三颗明珠镶嵌在秦岭巴山深处，成三角形拱卫着秦岭大巴山的沉稳和繁荣，共同为人类奉献奇山异水美景，滋润百姓心田。离开华阳古镇时，四句古诗印在我脑海："城在山岭市在舟，万家灯火一船收。上有宝塔系古渡，下有魁楼锁咽喉。"华阳古镇像一条充满希望的帆船，载着这里的村民和游客驶向幸福的彼岸。

亲近山水自然的我，中国有几千个县，遇上洋县是我的缘，不虚此行，记忆深刻。

注释：
①挤匝密匝：四川方言，形容紧密的样子。

撬折耳根的喜悦

今年春天以来，我们上班族几家人组成了一个骑行小队，大周末里，做好了家里卫生后，自备好热稀饭、凉面、锅盔，时而徒步时而骑行到火峰山、凤凰山、犀牛山、铁山、宣汉县君塘镇的乡村里撬折耳根，感受乡村山里春的脚步、春的旋律、春的舞蹈、春的希望。

每到一处都欣赏了桃花红、李花白等春天里的美丽使者点缀在山间的景色，红花、白花参差不齐、疏密相间，一大片一大片地开在山间，花香浸润着河流、房屋、村民、庄稼，空气里弥漫着色彩和清香。

在撬折耳根时，遇见了迎春花开在了路边、沟边、田边，见到了十分鲜艳醒目，扑入眼帘的野樱桃花。如果碰到地上红殷殷、胖乎乎的折耳根，此时眼前一亮，心中更爽，周身血液加快，精神抖擞。轻松愉快的劲头，让人神清气爽许多，年轻了许多。

迎着熏得游人醉的暖风，顶着躲藏一个冬天的暖阳，大地暖暖的，心中暖暖的。我们有的拿着小镰刀，有的拿着小锄头，有的拿着小刀子，有的拿着种花用的小铲子，还有的就地取材拿着自备的五寸左右长的杂木硬棍，一头稍微削扁点，在这些工具的帮助下，我们一行人在火峰山、王家山、铁山、犀牛山、君塘镇的乡村荒野处，哼着童谣："折耳根遍坡生，我是外婆好外孙。外婆从我门前过，折耳根就是我亲人。"各自寻找一片小天地撬折耳根。

无论是谁发现了一片都自由自在高呼："这里很多乖折耳根。"高兴劲儿不提了。在清新的空气里，在牛和羊响铃的叮当声中，在牛和羊自由的叫唤声中，在鸡鸣犬吠中，在鸟儿的欢歌笑语中，在小溪潺潺流水中，在阵阵林涛声中，在我们愉快的心情中，大家积极主动地行动，井然有序地在田边、地角、沟边、荒草里用美丽的眼睛发现折耳根，用勤快的双手撬折耳根。大家既认真单独挖，又互相友好地协作，往背篼里，往小桶里，往小口袋里装着红色的折耳根，绿色的劳动成果。真是人类和自然高度融合的天然画面。大家常常自言自语地说，这比在茶楼喝茶打牌舒服得多。这种感觉其乐融融，十分轻松美好。

每一次撬的折耳根要吃几天，那种野生折耳根的清香味弥香很久，拌好后是一道唇齿留香的天然凉菜。每每吃着自己撬的可口拌折耳根，感觉既节约了钱，又劳动锻炼了，还呼吸了新鲜空气，愉悦了心情，一种幸福感、自豪感、亲切感在周身荡漾，确实是生活在劳动中变样，在劳动中变美、变愉快。

步行之乐

几十年的生活和工作经历，确实让我尝到了步行的快乐和甜头。

步行中愉快。每天早晨，从南外过仙鹤路，经南门口沿滨河路到塔坨广场，爬鹿鼎寨步行上班，大步流星行进时，抬头见银杏树、玉兰树、桂花树、腊梅树、黄果树、小叶榕树、棕榈树、杜鹃花、千年矮、丛丛竹子四季泛绿，次第开花。加上两边的落叶阔叶林和落叶针叶林，树叶更新，春夏秋冬，绿意连连，眼睛看见绿，心情融入绿，全身绿意蓬蓬，犹如进入一个多花、多叶，多姿多彩的世界，十分惬意。侧看仰卧的母亲河州河似一块碧色的玉，河面上青幽幽鱼苗似的涟漪，渔船悠闲地往来穿梭，一幅倒映蓝天白云的水墨画呈现在眼前。河边清新空气弥漫，路旁青枝绿叶摇曳，绿色小草起舞，树上和天空的鸟雀扑腾扑腾飞过。一路传来忽远忽近悠扬悦耳的音乐相伴，的确是愉快地步行，轻松地前行。

步行生健康。进入新世纪时，我在重庆出差买了一本《步行，最佳锻炼方式》，阅读后知道每天步行一小时对身体有很多好处。于是自 2005 年市政府机关西迁以来，一年四季春夏秋冬步行上班，从内心自觉步行，是我要步行，不是要我步行。走了三个月后，感觉每天精神抖擞，胃口好吃饭香，睡眠好，精力充沛，这是初尝甜头。又坚持了三个月后，抵抗力明显提高，如果有点小感冒，喝几杯热开水就自然而然地好了。这样就尽量坚持走路上班，身体越来越好，夏天不怕热，冬天不怕冷，医生说只要坚持下去会有利于健康。

2009 年夏天，因工作需要去华东出差，正赶上梅雨季节，烟雨蒙蒙气温低。我们白天忙于工作，晚上连夜赶路，没有时间步行，才一周多时间，人就精神不佳，昏闷沉沉，腰围也增加一寸五，到医院去咨询，中医告诉我有沉寒，不用吃药，你每天坚持走一小时路，微微出汗，提高自身抵抗力就会好。我认真按照医生吩咐，走了七天时间，明显好转，而后继续坚持走路，自然而然就好了。腰围也同样恢复原状了。我把这生活体会告诉了同事，同事同样坚持走了半年多路，他愉快地告诉我，他的甘油三酯在走路的锻炼下降低了，内心高兴的样子溢于言表。俗话说，饭后百步走，能活九十九。事实证明每天坚持步行一小时左右，对身体十分有益。

在生活和工作中尽量坚持步行，就不会加入堵车队伍，实践低碳环保。从简单原始的步行出发，一举多得，身心愉悦，快乐健康幸福。

登 山

　　毛泽东的诗词《十六字令三首》写道："山，快马加鞭未下鞍。惊回首，离天三尺三。"

　　作家符道禹写了故乡的山，符道勤写了大巴山的山，我受启发写了这山的文字。

　　我生长在秦岭以南，大巴山深处，在娘肚子里就和娘一起爬山、上山、砍柴、割草。因此，我比其他人更早与山相识、相知、相感。

　　几岁开始，就认识家乡碑碑梁、长山梁、青丫寨，这是我放牛、放羊、砍柴、割草、抓子、下棋、读书、写字、闲聊的地方。

　　先说碑碑梁吧，我家出门向右两里左右就到了碑碑梁的山脚下的第一个"之"字拐石梯，然后约有80步斜坡青石板石梯，经过一个转折后就是高石梯。所谓高，一是岩坎高，笔直；二是石梯子间距离高了，难以上爬。过了高石梯。又爬一面陡坡石梯路，就登到了碑碑梁的石碑了。这里远眺的视线非常宽阔，在屋里田坝里视线被周围山遮住了，成为井底之蛙。这里才能放松心情，四面俯视。六村、七村、八村三个村七千多亩梯田，山林，房屋，阡陌交通，尽收眼底。虽然经过了艰难的转折，艰难的爬坡，但只要到了碑碑梁这个小坪坝，疲劳早已被美景消除了。三三两两的玩伴瞧着这田野上的美景指指点点，评判自如。特别是看到大凤山和观观山的炊烟和云雾，若有若无，若隐若现，仿佛故乡就在仙境中荡漾。我们时常总要约几个人上山砍柴割草，不怕困难地登上碑碑梁，欣赏着美景，观看着故乡美丽如画。后来渐渐长大，寒暑假里我们都要不约而同地爬上这里观看，它作为故乡一个景点留在了我们异乡游子的心中。

　　碑碑梁这里还有一个大石坝子，可以写字、下棋、抓子，也是我们儿时的乐园。

　　登上了碑碑梁，就感觉自己没有马上长高，可眼界开阔了，眼界高了，真是"登高而招，臂非加长也，而见者远。"故乡一代一代的少年儿童都是先从这里登山开始，干活开始。

长山梁的梭草又长又茂盛又粗壮，常让我们越扯越兴奋，忘记了不高兴的事情。青丫寨的青松果子挂在树枝间像一个个诱人的果球，我们常常爬树将果球打下，装在笆篓里，放在背篼里，背回家中，让大家饱口福，增加营养。这三座山梁给我的记忆是，山中有丰富的物产，而且是平稳深重，无私奉献，以至于我们用锄头镰刀和吆喝牛羊在他腹部肆意活动时，都是默默无闻，无怨无悔。

这是我儿时对山的印象。

青少年时代，在青丫寨山上看到了南江县和通江县交界的海拔 1800 米的高山冷水丫，常常感觉那里才美丽，才有诱惑力。当我有机会踏上两县交界的分水岭山脊梁上时，这里有绿色的水库，一年四季绿波盈盈，供应两个乡的农田灌溉。我不得其解，这么高的山上还有水库，还有满山的翠竹和青松，每每此时都惊叹山里无穷的宝藏，大山真好啊。

但比这里还高的一坎是百岩洞，再高一坎的是偏岩子。我向往着那里。初中毕业时，我和几个同学冒着酷暑，背上干粮，翻山越岭，手攀葛藤，小心翼翼地爬上笔直的陡岩，终于来到了百岩洞，吃饱肚子，歇好气后，鼓足勇气，披荆斩棘，来到了我们目及的偏岩子。脚踏偏岩子山脊，凉风阵阵，松涛阵阵，心中随着连绵起伏的群山，荡起幸福的涟漪。但又见到比这山更高的大巴山了。

哎呀，群山无比啊！这山又无那山高。登山远望，方知天外有天。

我工作后，到陕西爬过华山，到新疆登过天山，到东北欣赏过长白山和大兴安岭，又常坐汽车和火车翻越秦岭，车子在山里盘旋回转，真感山里的世界不知有多大，多高，多深。

山里的世界真神奇，一山有四季更替，一山有七色彩锦，各自呈现给人类留下了不同的山色，不同的风景，但相同的都是情真意切，惠泽人类。

对山的感觉真实具体了，我也更加热爱大山了，一有空余时间，就少打麻将多爬山，约上好友愉快地攀登八台山、花萼山、王家山、凤凰山、犀牛山、火烽山。因为山是那么沉稳，那么无私，那么翠绿，那么慈祥，感染着我们如何像大山一样做敦厚、质朴、无私奉献的人。

有志登山顶，无志站山脚。山里出生的我，从小一直喜爱爬山，一直不停地爬到人到中年，永远没有爬到山的顶点，一直处于信步行进中，处于奋力攀登中，处于好奇探索中，处于尽善尽美中，处于愉快和幸福中。

渠江在我脚下流淌

　　我常常坐达州到成都的火车，每当过渠县三汇镇渠江上空大桥时，感觉渠江就在我脚下哗哗流淌，让我回忆起在它源头的几幅优美自然的画面，是有脚踏实地的源头，有奔腾勇往直前的小溪，有深深扎根大好河山的爱。

　　因为时代的原因，我刚读小学时，就过继到了通江县的乡村，在离我第一家乡120公里的大山里读小学。我从家里启程一直往大山上走，经过大石坎、唐家堡、大包梁、莲花石、高石梯、纸厂沟、偏岩子、红四岭、小斗坪。路途遥远不怕，一路上坡多，陡梯子多，有人烟的地方猎狗多，但最惊险的是有20公里荒山野岭，荒无人烟的地方。先是一片木竹林把山路蓬荒，我只好埋着头，半闭着眼睛，双手扒开竹子走路，头不见天，前不见路，凭感觉探险似的深一脚浅一脚往前走；再是一个大湾岭爬山坡，到偏岩子小溪的分水岭。每到这个四周荒山、四周荒无人烟的大湾的时候，有一片阴森森的碑林让人加剧惊慌。传说新中国成立前棒老二①常常住在岩壳，出没在这个地方。每每经过此地时都心跳加速、毛骨悚然、惊心动魄、一身大汗，不顾一切地一阵猛跑。在小学三年级的时候，鸡刚刚叫时母亲就在家里给我煮了一个荷包蛋，再带上其他干粮，举着点燃的柏皮火把，背上手电筒，做到双保险，顶着月光和星星，翻山越岭越过这荒无人烟的荒山野岭。湾里溪沟里有大山里屋前院坝那么大一个水潭，"咕咕"的水流到潭里旋转，又潺潺地流向远方。我常常在这里停留歇气，看着青幽幽的水泛起的波纹像人眨眼睛那么美丽，红嫩嫩的螃蟹在水底轻轻自由移动，听着鸟儿和风吹树林的天籁之音，吃着母亲煮的鸡蛋，喝好山泉水。休息好后，一阵快跑，跑过了这个步步惊心的湾里，踏过小溪里堆着的不规则和大大小小、高高低低的石头，翻过高高的山岭，到大山深处的小学读书。

　　20世纪80年代中期，我在达州市工作，回老家时要翻越通江县、南江县交界的一千七百米的冷水丫，也是分水岭，也是交界处，一水流二县山坡田野。顺着一条在半山腰10公里近似红旗渠的堰坎前进，在半山腰步行一小时左右，到了似天池似绿宝石的冷水丫水库，再走 1 公里水草丰美的草地。这里经过长年累月人的行走，就形成了一条两边高中间低的弯曲山路。这条路一年四季都有水，湿漉漉的，天然的雨水集合成一条小溪，人们自觉地拓展两边走，很像交通规则，过去的走右边，过来的走左边。两边的青草、树枝已将原来形成的小路蓬松地遮着，同样也只听见藏着的似有似无的咕噜咕噜的水流声，或者猛踩一脚时，地表上有水珠汩汩冒出，软绵绵的感觉真正愉快开心。

现在时常在大巴山深处富硒基地万源市出差，常常到大竹河风景区、龙潭河风景区采风，在去大竹河景区的路边，有用红油漆写的耀眼的嘉陵江和汉江分水岭的石碑。山梁上青松和常绿阔叶混杂林密密紧紧地似绿衣穿在山梁上，护荫着山梁的水源。我站在分水岭的山脊梁上，左顾右盼，眺望大好河山，一匹匹山川相连，让人爽心悦目。龙潭河的水静静地流，呈现绿水常围着青山转的灵动画面。在这称为大巴山第一漂的地方，赤脚戏水，站立在浅水的中央，感觉哗哗流水流向远方，听山鸣，听鸟鸣。儿童时代用薄片石玩耍打水漂的比赛游戏，荡出一线线涟漪，串起欢悦的时光，忘情忘我，忘情的青山，忘情的绿绿甜甜的龙潭河水。

其实，偏岩子、冷水丫、大竹河、龙潭河等源头小溪，都流向了巴河、州河、渠江、嘉陵江，最终流入长江。这些涓涓细流汇成大江大海，要靠源头的绿蓬蓬的大森林。这些有根的源头，无限的博爱，让无数小溪团结成一条大溪，意志坚定，目标明确，勇往直前，无私无畏，义无反顾，心无旁骛，汇成数条河流。

/149

注释：
①棒老二：方言，土匪。也叫老二。

走在乡间的小路上

大山里的羊肠小道，宛如大地的经脉绵延。我从会走路开始，一直用双脚测量路的高度，路的长短。童年时，上学、砍柴、割草、种玉米、拣菌子，都是孤独的，或有伙伴顶风冒雪，赤脚淋雨，艰难地、沉重地负重行走在山间凹凸不平的乡间小路上，虽有痛苦、寂寞、惆怅，但也有欢乐歌声相伴，度过快乐的童年。

几十年后，不惑之年的日子里，大周末、节假日，我常常在火峰山、凤凰山、王家山、犀牛山的林间小道悠闲地散步、听鸟鸣，欣赏林中翡翠小花，吞的是新鲜空气，喝的是崖隙泉水，看的是蓝天和白云自由奔跑飞翔。

从南外启程，有时走石家湾，有时过白麓山庄，有时绕桂园山庄后面，带上书、背上水果茶杯，登高望远，安步当车，一路轻快地爬上火峰山丫口，时而顺着山脊，像骑着巨大的绿色骏马奔驰在大地之上、蓝天之下，心潮澎湃，心情异常愉悦。时而沿着半山腰的蜿蜒绿草和树叶高低两层蓬密的羊肠小道，望着绿枝和绿叶，听着枝头的鸟儿鸣叫，常有"两个黄鹂鸣翠柳，一行白鹭上青天"的天然美丽画面。看着两边一年四季的季节花，美艳纯净，蜜蜂嗡嗡和百鸟互相鸣唱打破山的宁静。偶尔在树林中、田野上传来牛羊鸡狗此起彼伏叫唤的声音，同时还有山间儿童砍柴割草的身影，既亲切又兴奋。

在火峰山半山腰密林丛中，遇到了地税局和司法局的同志一行人背着行囊，自由自在地行进在绿草和花海中，愉快地引吭高歌前行。

2009年，我写了散文《犀牛山的召唤》，在《散文选刊》发表后，获得当年百篇优秀散文奖。我一直对犀牛山情有独钟，山间林中纵横阡陌小道，是我们或快走，或慢行，或寻找绿色的快乐的小道。

犀牛山松树林和青冈林杂树丛生中，似曾相识的驴友，一路谈笑风生，精神抖擞地喊山、爬山，享受着户外有氧运动健康的生活方式。

山腰和山脚下，田地里那诱人的绿色是餐桌上的美味佳肴。淳朴的村民从不和我们讨价还价，我们也从不计较，只图新鲜环保，互相和平、热情地在田间地头，松林中交换着、买卖着白菜、红苕、土豆以及新鲜水果，其乐融融地享受宁静和幸福。特别是秋天，红叶迎风诉说着许多春夏冬迷人的故事。

走在火峰山、犀牛山间的小路上，虽没有暮归的老牛和夕阳做伴，却有多彩多姿的鲜花和绿色的空气、新鲜的蔬菜养口。特别是看见小路两边长着绿油油、青嫩嫩、翠生生诱人的绿草和蔬菜时，我多么想变成一只小白兔或小羊羔静静地、自由自在地吃个够，吃个开心。眼前确实常常是："炊烟在新建的住房上飘荡，小河在美丽的村庄旁流淌。一片冬麦、一片高粱，十里荷塘，十里果香。""路旁的花儿正在开，树上果儿等人摘。""丰润的谷穗迎风摆，期待人们割下来。"《在希望的田野上》《远方的客人请你留下来》这些歌词仿佛就是根据这些真情实景复制克隆、无缝对接，这些美景从歌声里蹦出来唱到了现实生活中。确实生活如歌、生活如画。

有时在山间听山、喊山，听山的回音绕山梁而扩散，时不时见景诵诗或自己写几句心理感受，捕捉大自然最细腻、最美妙的风景。

在山间，在林中，我们要么自己煮好香肠，背上开水，带上面包和水果，自备午餐。要么就在附近老乡家中，扯回地里泥土清香的蔬菜，立即煮好，在清香味四溢中，和老乡如亲戚般谈天说地一起吃完了可口的饭菜。遇上甘冽的井水，会背回几公斤泡茶品味享受。

春天的樱桃树迫不及待地开出第一朵美丽鲜艳的花，夏天各种果树上挂满温馨诱人的果实，秋天连片满田金灿灿的稻谷，冬天的暖阳照在我们刚刚经历寒风凛冽的脸上。这一年四季美景不断变化，美果随时更新，享受着大自然的恩赐，满心荡漾，清新愉悦，轻松自然。

走在乡间小路上，没有灰尘，没有噪音；有新鲜的空气和宁静，有低碳环保；哼着"我爱田野，烟雨村庄，我爱大地之上万物的生长，硕果青黄，笑语欢唱，我爱家家户户谷满粮仓……"这首《美丽中国》，想走就走，想坐就坐，想停就停，健康开心、轻松愉快地生活，真正有无穷的乐趣和充满永恒的吸引力。

/151

诗情画意龙潭河

在秦岭以南的巴山深处，有着让人长久不能忘怀、又陡又险的通天梯，随风漂流的幽幽小河，十里荷塘绿叶，青青的斑竹林，蝴蝶翩翩飞舞的美景，更让人一直不能忘怀的是青山绿水，河流汩汩，醉人的绿，幸福的心情。这就是诗情画意，国家 AAA 级自然风景区——龙潭河。

陡峭的通天梯

早晨起来，进入通天梯，两边杂草葳蕤，树木像一个个哨兵一样关心呵护着我们。我们踏着木板走着撇折形陡路，一路爬上通天峰。山峰雄浑，远山近雾，满眼翠绿。周身通体般翠绿，通体般明亮，通体般热烈，无限风光在险峰的真实景照的画面，从东到西，从南到北，一一涌来。这时的天，这时的地，都绿了；这时的人也就染绿吸绿，感觉生命律动，永远充满了希望和生机。

心随溪水流淌

沿着河流步行三公里来到大巴山第一漂流码头，先将清澈凉爽甘甜的溪水用手捧到嘴里咂咂，然后再将清水捧到脸上和额头，清洗脸庞，清亮眼睛，清醒额头；然后再将脚丫轻轻碰碰倒映的蓝天白云，山峰树林的溪水，荡起一圈一圈的涟漪，放大、放大、扩远、扩远。戏水后，穿上救生衣，蹦上橡皮船，真正进入漂流了。有的划船，有的舀水，有的照相，有的喊河，有的唱歌，一组青山倒映和谐画面，相融在恬静的龙潭河画面上。顺水自然流动漂流一会后，来到一拐角处，划船的人大吼一声："注意浪花！"我们就要集中精力了，团结一致。这时集中精力摇桨，用人们的团结合力，冲破水波浪花对船的阻力，齐心协力奋搏几分钟后，橡皮船从浪峰里跌落到平缓的溪流，闯过了一个激流险滩，人们欢呼雀跃，开始水上戏战，用力互相打水，互相泼水，漂流船四周水柱如雨，在阳光透射下映照出无数金灿灿的白水光，此景独特，其感受更是龙潭河幸福的、独有的、愉快的特色，有荡涤心灵的冲动。

青山绿水在后，我们欢声笑语，奔流向前，奔向了心灵的目标，宁静生活的胜地。想起民歌："咪咪一小舟，青青水上游，乒乓几桡片，嗨呵在漂流。"

翩翩起舞的荷塘

荷塘里是弥望的田田的叶子，早晨的阳光下，荷叶里藏着无数闪光的露水珠，是滚动着玻璃透明的小太阳在绿叶上，珍珠般美丽璀璨。望着此景，描写荷叶的诗句印入脑海，脱口而出，"青荷盖绿水，芙蓉披红鲜""藕丝牵作缕，莲叶捧成杯""中池所以绿，待我泛红光"。

荷花亭亭玉立般冲破接天莲叶皆绿的画面在微风中起舞，像无数个少女顶着绿伞，翩翩起舞，歌颂自由的生活；又像在绿绿的地毯上拖着七彩裙的美丽迷人的少妇跳起的轻盈舞步，感受完全翠绿的生活，天生丽质，圆润饱满，身材苗条，内涵内敛，刚出浴的美人般纯朴，纯洁，纯净。片片荷叶飘荡，荡起一层层绿波，仿佛人工锻造的毯子般柔和。一阵凉风送来，荷花香扑迷人，看着看着完全被融入美景了，融入绿色了，融入彩景了，身心融融。

幽幽斑竹林

"宁可食无肉，不可居无竹。无肉令人瘦，无竹令人俗。人瘦尚可肥，士俗不可医。"这是苏轼喜欢竹子的诗。大巴山一带的人们特别喜爱竹子，在河边栽了一大片竹子，高高的斑竹林枝枝摇曳，成了天然的绿竹屏风，春衔晚风，夏挡热风，秋纳凉风，冬遮寒风。

在竹林里的小石桌上，几个人落座，搅着杯子里的蜂桶岩贡蜜，品着巴山雀舌绿茶，啃着以龙潭河为中心方圆百十里范围内的中国仅有、四川特有、万源独有的旧院黑鸡，喝着飘香的巴山苞谷酒，听着竹林露水轻响，把酒问明月，举杯临清风，颂着陶渊明的《桃花源记》，自觉不自觉地进入了现代桃花源。

看着草里奋勇向上的竹笋蓬勃生长着，不顾一切地向上向上，冲向云天，达到自己固有的生长目标，最终向人民吐出更多绿，令人顿生悟性，感叹不已。

蝴蝶飘飞

蝴蝶对生存条件要求很高，很苛刻，需要植被十分优良的地方才能生存。龙潭河上游的蜂桶乡和白羊乡有无数花草杂木，空气清新，花粉充足，蝴蝶繁殖特别快，特别多。

国庆休闲期间，我和友人来到这里，住在宾馆，房间里密密麻麻，重重叠叠，四面飘飞，有的在爬，有的在飞，互相交错融合，形成了一个天然的彩色楼顶与墙壁。粗一看，我惊讶十分，这是什么新式彩色墙纸？细一瞄，原来是各种颜色的蝴蝶，细密地相接，没有留一点空当。我原地不动地从天花板顶慢慢地看到四面墙壁，又从墙壁移入床上，又移到地板上，犹如融入彩色的天地，彩色的海洋，睡意全没有了。神清气爽融入它们纯净的世界，听它们爬起来的丝丝细响，空中互相碰撞的噗噗声，用手轻轻抚摸蝴蝶的翅膀、彩背，像老顽童一样地融入了蝴蝶的世界，荡漾着惬意的气息，进入了禅的境界，迎接自然的充满希望的文明环境到来，进入新生活的起点。

来到龙潭河感受了两岸多姿多彩的天然美景，体味了大自然的宁静，心中永驻纯净的山间和清澈见底的溪流。我们在诗情画意、自然惬意的龙潭河休闲放松，山梁传来清脆的歌声："十五的月亮十六圆，要想收获先种田……"轻松愉快的歌声和龙潭河哗哗的溪流声形成天籁般的交响曲荡漾在心中。

山自青青水自流

绵绵青山像五匹绿色的骏马奔向一个地方，民间称五马奔槽的宝地。流自马家沟、松林坪、小斗坪、马锣嘴、任家岭，蜿蜒曲折，清澈见底的五条山间小溪汇合到白果树坝，这是我们小学、初中读书的地方。民间称五马奔槽是五水归塘的山清水秀、鸾翔凤集的宝地。特别有趣的是学校操场对面河边的石坝中，几亿年天然形成的一个有一张凉席那么大的、约1米深的、神似砚台的溜圆水塘，一年四季"碧水东流至此回"。河中的水流到此自然旋转，荡起绿幽幽、长流不息的句号或问号。溪水和石头碰撞产生的微微绿波神似打开知识奥妙的钥匙，当地一直流传着它是这里源远流长的文脉的说法。修操场在侧面50米意味着砚台的盘座。青山不老啊！碧水长流，是因为五匹山似五匹马的头，长期饮用河里的溪水的缘故。山有水润，水有山养，互相帮衬，共同孕育着这里的河流、山川、森林、土特产和勤劳的百姓。

那时兴勤工俭学，六位老师带领五百多个学生，在山梁上，在河的两岸，养猪、养羊、养蚕，种玉米、种水稻、种小麦、种药材、捡桐子，恰似延安时期的三五九旅，又战斗来又生产，我们是又学习来又劳动，一周六天有两天在轮流劳动。小学招本村学生约60人，初中分片招附近五个村的小学毕业生，因为教学质量高，临近南江县的瓦池乡、兴马乡，本县诺水河镇、青峪镇、砥坝乡、新场乡、陈河乡等慕名而来的学生共500人左右。

同学们读书艰难困苦，闻鸡起舞。没有教材，老师将内容写在黑板上，同学们各自抄好做作业，没有课桌，就用楼板横放在石头或砖头上，一排排地搭着，像袖珍桥梁，伴着我们通向知识的彼岸。没有乐器，老师学生家长群策群力，自己做竹笛和弦子（二胡）等。将长得又圆润又匀称的水竹锯成笛子的长度放在大铁锅里和野草一起煮两三个小时，叫作定型，这样竹子又硬又不变形，便于钻笛眼，声音才纯正。大人们将蛇打死，蛇皮晒干，再找木竹和木板做材料，棕丝、钓鱼的化学丝认真加工后做成二胡。自制的虽然粗糙，但有了心爱的二胡，就可以"杀鸡杀鸭"的练习了。刻苦训练一段时间，有了基础，我们在假期挖药材、捡桐子卖给供销社买了正式乐器厂制造的乐器，组成了吹笛子小组、拉二胡小组和文艺宣传队。晚上上自习，毕业班用煤气灯，其他班用墨水瓶制作的煤油灯。总之，条件即使简陋，也不放弃刻苦学习和朴素生活。同学们从早到晚的好学现象蔚然成风，你追我赶，背诗词、读散文、练书法。练书法是在河边的大石坝上分成几个小组，一笔一画，一撇一捺，石坝和石块又粗又硬，必须用力书写。实践证明，同学们在石坝上用石块当笔用力练一个学期的字，然后用笔在纸上写，效果良好，那字娟娟秀秀。我们几届的同学们的钢笔字都写得行云流水，后来无论是回农村或上学都获益匪浅。我们班上就有六位同学做过秘书这一行工作，当年在石坝上练字的童子功也起了一定的作用。

耳熟能详的唐诗宋词就是那时打下的良好基础，像《将进酒》《蜀道难》等名篇至今不忘，优美的古典诗词和谚语不时从口中蹦出来。

读书认真，劳动风雨无阻，披星戴月，十分认真，十分快乐，我们的同学都来自农村，学校种了十亩水稻，开荒种了玉米三大坡，还要养猪、养牛、养蚕。

耕田耙地，栽秧打谷，春种秋收，喂牛喂羊，都是同学们按班级，按性别，按年龄大小，各尽其责地分工，同龄的同伴们个个不甘落后，没有人偷懒耍滑，女同学分年龄大小割猪草，扯牛草，采桑叶。年龄大的男同学，就干砍柴等重劳力活。真像古代社会的男耕女织，配合默契。

在给水稻和玉米除草时，老师带头，分成几个小组，在劳动的同时，同学们互相比赛着背诵"锄禾日当午，汗滴禾下土。谁知盘中餐，粒粒皆辛苦""春种一粒粟，秋收万颗子。四海无闲田，农夫犹饿死"，讲着成语故事，互相交流着谚语、名言、歇后语，在劳动中愉快而轻松地记住了。在愉快的劳动中除杂草，留庄稼。劳动结束后有组织地在河里洗澡，那时10多岁不知疲倦，听说劳动后下河集体洗澡，那真是天下无敌般的热情干活，玉米叶子和水稻叶子常常弄得我们腿上、手臂上、脸上、额头上道道伤痕，老师趁势讲鲁班根据这些原理发明了锯子的故事。不怕困难，其劳动之乐无穷。

初中两年的时光，我们一边读书一边劳动，没有教材，就在黑板上抄，没有课桌，就用木板和石板代替，利用勤工俭学减免特困生的学费，学校买了大量课外书籍供我们阅读。粮食丰收了，肥猪杀了，同学们常常从家里带上碗筷在大操场吃肉加餐，按班级分片，那场面十分热闹，万分快乐。这所在大山深处的附设的中学，老师教学努力，同学认真学习，教学质量在全区名列前茅，毕业的学生，有的考上县城重点中学，有的考上中专中师，大多数考上了普高。正因为这样，几位年富力强、教学能力高的老师，直接抽调到区中学教高中或初中，或县城中学教初中。

童年、少年时代，在乡村学校，因地制宜在石坝上比赛练书法形成一种风气，小河里比赛游泳，锻炼身体，学习之余，砍柴、割草、种庄稼，无忧无虑啊，在快乐中学习，在快乐中劳动，在快乐中成长。对我们走出大山的世界影响深远，对我们的人生影响深远。这批同学人到中年了，有厅级公务员、大学教授、主任医师、书法家、作家等。这段时光，我们正如泥土里的红苕、土豆和花生，暗中默默无闻，修炼成长，正像飞机起飞前的预飞，在这里打牢人生起飞前的扎实基础，强壮了体魄，储备了知识，掌握了劳动的技能，飞得更高更远。

我们走出大山，蓦然回首：山自青青水自流。

业余时间的秘密

没有目标的生活，就像汪洋中没有舵的船，无畏无知，不知飘向何方。现在休息大周末，科技又十分发达，人的自由时间增加，人们支配的业余时间增加，休闲时间多了，可是如何安排好就会有大学问了。如何提升休闲质量，这对人的考验也多了，也高了。

我用以下几个事例说明人的休闲时间多了。

原来我从工作地达州市回老家探亲，单程要三天时间，前一天中途在平昌县吃午饭，第二天南江县城到老家乡镇只有一班车，如果运气不好就买不到票，如果运气好，或托熟人先买好票，三天时间就能赶回乡下家里。现在达巴高速公路似玉带穿越莽莽苍苍的大山，一天就能往返可爱的、魂牵梦绕的家乡了。

在达成铁路未开通的 1998 年以前，达州市到省城成都市出差，要绕"弓"字过重庆市，历时 18 个小时左右，且一票难求；达成铁路通车后，达州市到成都市直走南充市这根"弦"，途中 8 小时；2009 年 9 月，达成铁路动车组开通，时间两个半小时，途中时间从 18 小时到 8 小时再到约 2.5 小时，实现了三级跳的飞跃，实现了"千里成都一日还"。

当初办公条件十分落后时，写材料一律手写、手抄、手印，校对费时费神，还不一定达到工作要求标准。现在鸟枪换大炮了，人人有电脑，材料从写到修改都不需要在纸质文稿上进行，只是在电脑里就能修改好定稿，还能既节约纸张，又节省时间，还能提高工作效率，真是今非昔比。

以上所举平常生活中的事例，足以说明我们现在的工作效率高了，休闲时间多了，安排学习的时间也多了，是件爽心的事情，我们可以认真思考，着眼自己的美好人生、未来，利用好多么美好的业余时间。

伟大的思想家和文学家鲁迅说"把别人喝咖啡的时间都用于学习"，业余时间最能成就个人成长。科学家爱因斯坦说过："人与人之间的差异最终在于业余时间如何利用。"他自己就是用在专利局工作八小时之外的业余时间发现了伟大的相对论。

我个人认为，有闲的人是幸福的，闲的时间可以少打麻将多散步，多登山，阅读名家、名师作品，丰富自己的内心世界，提高自己的修养；也可以根据自己的个人爱好查资料学习，做自己喜欢做的事。日积月累，持之以恒，会滴水穿石，由量的积累产生质的变化，跃上新的台阶。

早上九点上班，七点半从家里启程，经过仙鹤路、滨河路、塔坨鹿鼎寨、西外金兰小区一路散步，甩手做操，吐废纳新，其乐无穷；既锻炼运动了，又不坐车，低碳了，一举多得，何乐而不为？

大周末，可以自由自在放松心情，步行到王家山、犀牛山、火烽山，看春夏秋冬，山间四季景色更替。感受大自然的美丽和淳朴，既美了眼睛，又呼吸了新鲜空气，还愉悦了心情，收获了健康和快乐。

读书使人明智进步，无论是工作还是生活，都需要填补知识和提高眼界，常和大师对话，在寂静中陶冶，增长知识，增长才干，取法其上，得乎其中，人生其乐融融。

我的业余生活主要是阅读、写作，从 20 世纪 80 年代中期开始，中专文化的我，利用业余时间自学自考函授，学历从大专到本科，扩大了知识面，提升了文化水平，同时一直坚持有感而发地作文。《达州日报》《达州晚报》《成都日报》《四川工人日报》《四川日报》、中央电视台、《中国纪检监察报》《人民日报》有了我的新闻通讯，每当我看到自己的作品变成铅字，总有说不出的高兴。《巴山文学》《青年作家》《四川文学》《散文选刊》《文艺报》《人民日报》偶尔会有我的散文作品发表，那会令我手舞足蹈，开怀大笑。

为了写好作品，常常是学习某项知识，查找某项资料，钻研某项业务，像海绵吸水一样畅游在知识的海洋里汲取知识，汲取养料。渐渐地，知识面宽了，确实有触类旁通的喜悦。

其实，自己喜欢什么，业余时间进行认真学习，认真思考，认真实践，朝着那梦中的地方去，这个过程无比甜美，无比愉快，无比幸福。这是我的体会和感受。

科学合理安排好业余时间，少打麻将，少看电视，多学习，多锻炼，将会成为一个情趣盎然的人，一个身心愉悦的人。古希腊哲学家亚里士多德曾经说过："科学与哲学来自休闲。"我认为自己能够支配的业余时间多了，业余生活的点滴里蕴藏着、滋生着幸福的元素和甜滋滋的味道。

山里人家

从"州河南流至此徊"的达城启程，行车 1 个多小时约 60 公里路程，到了万源市烟霞山半山腰，停车踏步青石板路两百米，一栋川东民居三合院穿斗式青瓦房掩映在青山绿树中。长方形青石板院坝左右两头，长了两棵水桶那样粗的香樟树，直立蓝天，院坝挡土石墙上等距离放了九盆青幽幽的兰草花，院坝边一片斑竹林，静静地摇曳在阳光下、轻风中。左边一条溪沟泉水潺潺流向远方，右边灶屋后面一个半月形或山乡姑娘的木梳形大石水缸，随时装满了用胶水管从上面水井自流下来的山泉水，倒映着蓝天白云。猪圈、牛圈在吊脚楼下，上面整齐的堆满了十字架块子柴，细树枝柴捆一排排树立。大巴山一带称这为"柴方水便，生活美满"。

特别具有时代特色的是，屋后第三个台阶上，6 年前安装了太阳能热水器，烧水洗脸、洗澡、洗脚、刷牙。水温寒冬腊月 18℃，夏秋两季达到 99℃，可以烫鸡。既清洁又节约能源还十分方便。有一回，20 多个驴友登山，十分饥渴，正在张望在什么地方吃饭时，他们眼前突然一亮，认为这家安有太阳能，应该可以吧。于是就大声问，家里有人吗？可以煮饭吃吗？主妇正在田里劳动，回声说可以。20 多个人吃了午饭后，异口同声骄傲地说："选择装有太阳能的家里吃饭果然正确。"真是"客问吃饭何处去，人们指向太阳能"。

瓦房挑房顶上安装了一个高音喇叭，既播广播电台新闻，让山民们知晓山外的世界，又放流行音乐和民歌，旋律在山间跳跃回荡，远远地就能听见歌声。主人家男男女女说："边听音乐边劳动，轻松愉快。"

走近屋前一看，扑入眼帘的是山香铁罐饭农家乐，白底红字，质朴耀眼。与农家乐牌子对称的是，女主人亲手熬更守夜绣的十字绣《守望幸福》。十字绣里熠熠发光的"守望幸福"四个大字旁边，有一个闹钟永远指在早上六点钟的图案，全家解释说一年四季春夏秋冬，无论是狂风暴雨还是打霜下雪，他们全家都会依据十字绣里的闹钟时针指针，六点准时起床，该干什么就干什么，互相鼓励提醒，从不睡懒觉，十分勤劳。他们告诉我们，靠早起吃饭，靠勤快吃饭。十字绣里还有一大朵开得十分鲜艳的牡丹花，主人家告诉我们寓意"花开富贵"。门楣上一副红底黑字对联："四周山色临窗秀，一夜泉水入梦清。"自然贴切真实。

这时五十多岁的夫妇，一个儿子大学毕业考上了公务员，一个儿子初中毕业奔赴关外打工，周围的乡邻大都出远门挣钱了，他们却守望着大山，守望着田园，守望着家乡的太阳和月亮，守望着温暖春光和秋风明月。

家的周围卫生打扫得十分干净，有客来时，就热情地将自家地里的环保绿色新鲜季节蔬菜炒好，再伴有铁罐儿煮的清香米饭，人们称赞不已，还有乡土乡味的红豆腐、豆豉、盐菜、洋芋等美味佳肴，十分可口。土鸡的香味更是锦上添花。他们家土鸡随时有 30 只左右在林间游荡寻吃，如果要吃土鸡，需要提前预约，头天晚上将土鸡用背篼罩好，第二天早上才捉得住。否则，只要早上放出去，一捉满地飞，满树跳，就会捉不住，吃不成。今年第一批孵化了三窝，约有 60 只小鸡在大母鸡带领窝护下寻觅吃的，蓬勃生长。这里春天有樱桃花、桃花、李花等花欣赏。夏天有枇杷、李子等山果子饱口福，同时，院坝边两排 12 棵亭亭玉立的百合花开得正香、正艳、正纯白，山风阵阵，荡来缕缕清香，客人十分清爽。秋天、冬天有核桃、板栗、大枣、柿子、梨子等可口可餐。民居有简易住宿，房间两张床，每晚 60 元。城里人喧嚣嘈杂烦了，想过田园清净的日子，时常有几家人来这里小住，享受山间泥土芬芳和青草清香的气息。

屋后山梁上，云雾飘逸，他们种有五亩野茶园。每年清明前后采一批，谷雨前后采一批，要么给儿子送去，要么给女儿保管好等她回来取，茶叶飞向山外，格外争气，格外清香，保持大山扑鼻的气息。客人们在自带的大玻璃杯里，泡好泉水绿茶，载浮载沉，茶色浓绿，喝后，感觉爽口绵长，温润直抵脏腑。就会提出买一点，价格 30 元钱一斤，乡民觉得可以，客人认为值得，在愉快的乡情、浓浓的友好氛围中实现了各取所需，没有"商人重利轻别离，前月浮梁卖茶去"的气味。

他们家里客人多，吃的大鲤鱼也多。有趣的是，男主人家每次煮大鲤鱼时都要将鱼的尾巴宰掉洗净，用麻绳或红线穿起，挂在阶沿上柱头上风干，十多个挂成一串，既像扇子又像蝴蝶，在风中活灵活现，他说象征年年有余。他们闲暇时，两口子坐在长条木板凳上，像画家欣赏自己的艺术作品一样欣赏鱼尾巴。山外来的客人也总觉得十分有趣，特别是城市的小孩看见了，感到十分新奇新鲜，想玩耍时，他们大方地取下来送给他们，并说："没事，没事，你们喜欢就拿去，我这里多得很，下回又来看，又来取。"

有一回我们四家人在他那儿休闲，晚饭后，他们收拾好碗筷，男人女人换了整洁的衣服。此时高音喇叭里响着电影《甜蜜的事业》的插曲《我们的生活充满阳光》，在甜美的音乐里，女人依偎着男人，在秧田边转悠，我们夸他们还懂生活，他们互相笑着，女人边走边笑着回答："我们也要过浪漫生活吧。"说话时，还将右脚跷在空中，并告诉我们，他们也喜欢听其他山歌民歌，如《泉水叮咚响》和电影《刘三姐》里面的男女幽默对歌，在轻松的音乐里劳作与生活。

两口子和和睦睦，在乡野里像他们屋后三桶蜜蜂一样勤快地酿造生活，享受生活，内心十分甜蜜舒坦。

牵 挂

民间谚语云"谷雨谷雨，采茶对雨"。谷雨时节采制的春茶，人称谷雨茶，又叫二春茶。春季温度适宜，雨量充沛，茶树发育充分，茶梢芽叶肥硕，色泽翠绿，叶质柔软，富含多种维生素和氨基酸。它清肝、明目、除湿气，泡起来茶叶舒身展体，鲜活得如绿色枝丫再生，染得春光盈眼，茶香浓郁浑厚，久泡余味绵长。

2017年谷雨前后，我和朋友们在铁山荒野中、万源市大山里采了无人管、无人施肥、无人撒农药的野生茶，回家用几十年前学的土办法制好，味道温润绵长，直抵脏腑。给女儿拿了三分之一，仅有二两。她喝后戏说是爸爸、妈妈造的"三无产品"，但她感觉味道特好。因为这种茶叶数量少，女儿倍加珍惜，每次拈三根泡一杯，闻香解渴洗眼睛，提神正气润喉。

女儿喜欢喝谷雨茶，2018年一开春，我们就一直盼望谷雨节早点到来。谷雨后的大周末，一大早我们就直奔万源大山里，目标明确——采山茶。雨后初晴，山青雾白，暖风拂面，鸟语花香。在这样清新的环境里，提着提篮，进入荒野森林之中。一进入林子里，家属就高兴地唱着"茶叶快来哟，茶叶快来哟"。刚走了50米左右，大家突然说"茶叶来了"。一颗茶树约有两米高，长在似有似无的羊肠小道左边，又嫩又黄又绿又红的新芽裹满了茶树，满树活泼泼像披着迷彩服，在雾气中静默，等待路人来采。俗话说，茶树茂盛要有人采。头年采得多，来年发得多。

我们一路寻觅一路采集，装了绿蓬蓬、冒梢梢一提篮，只有用另外的袋子装了。这时太阳西斜，时间到了下午一点半了，平时肯定是饥肠辘辘，但是我们看着十分鲜嫩的茶芽，醉在茶叶的清香里，挡不住诱惑，离不开那茶树，继续采摘。有趣的是林中的一群鸟儿也叫着，听来神似"快采，快采"，我们哈哈大笑，说："鸟儿都叫快采，不能打退堂鼓。"听着鸟儿的歌声，双手一前一后忙着采茶，往袋子里装好，每当看到满树的新芽时，我们说女儿以前每次泡三苗，今年叫她泡六苗了，每采六苗茶时，我高兴地吼道："女儿又可以多泡一杯了。"心里十分惬意，我们又延时收工。女儿在大都市学习，爸爸妈妈在大山里采茶。我和妻子边采茶，边口中念念有词："女儿又可以喝新鲜茶了。"我们在愉快中，在牵挂中采了四个多小时山茶，一点不觉得累，不觉得饿。如果是平时，八点钟早餐，下午两点午餐一定会饿得四肢无力，哪有精神采茶。

其实，子女是父母一生的牵挂，天下的人们，都是在父母的牵挂中成长起来的。

我想起满腹经纶的父亲，总是十分关心牵挂子女的学习。从启蒙读小学开始，无论他怎样忙，总会考虑我什么阶段需要什么学习资料，并千方百计想法找到。读小学时，家境十分困难，就用在大山里披荆斩棘挖药材的收入，托人在县城给我买了《新华字典》《语文基础知识》《钢笔字帖》《毛笔字帖》。他说字是人的脸面，是打门锤，是见面礼，叮嘱我要练好字。读初中时，他省吃俭用，将卖核桃、柿子、洋芋种子的钱，先后买过《初中生作文选》《读写通讯》，小说集《雨涤松青》，上海人民出版社出版的《数理化自学丛书》等课外书籍，并督促我学习理解。他随时牵挂我的学习进步和知识积累，总是抽空给我讲解人文历史知识和古典文学常识。

小时候，我在大山里读村小时，单面路程 12 里，要穿过一片大松林，爬两面山坡，淌三条河流。母亲尽量把我送过大松林，给我壮胆。看着我过第一条河，即便有时不空，也要尽量想法托人给我搭伴壮胆，早晨上学，下午三点钟放学，走读上学，每天回家。一年四季，她尽量准备好红薯、洋芋，或者用石磨将麦子、荞子、苞谷推成面粉，和成粑粑，在火龙坑里翻来翻去，烧好、烧黄当作我的午餐；或将糯米蒸熟炒干，再用苕麻糖贴好，做成阴米子糖给我当点心。她在家煮午饭时，总是把饭留好放在热锅里盖好，以便我放学回家时立即吃饭。每当下午要到五点时，她掰着手指拇盘算着我大概走到了什么地方了，尽量安排一些农活在我放学的路旁，随时用眼睛望着我放学回家的乡间羊肠小道上，盼着我出现。母亲真是用心良苦，随时把我牵挂。小学五年那些日子，虽然生活十分困难，但我在母亲的无尽的牵挂关怀中快乐幸福成长着。

几十年前，我们几弟兄上学路上、工作后离开老家上班途中，父母亲在大山里干农活时都在掰着手指算，此时走到了什么地方……如今交通和通讯发达了，我们这一代人更方便了，女儿每次上大学，我们估计火车动车到了目的地，都会第一时间电话问候到了没有。

我工作在远离故乡的达州市，时时刻刻牵挂着住在大山里的爸爸妈妈的身体健康和日常生活。那时不像现在这样电话联系方便，但每当逢年过节或者爸爸妈妈的生日，我都会千方百计克服困难，带上礼品回老家看望他们！女儿在"花重锦官城"的成都生活，一有气温变化，她就根据天气预报及时电话提醒我们增减衣服，牵挂着我们的冷暖。我们的内心像灌满了蜂蜜，甜滋滋暖洋洋。

生活中，何止是父母儿女之间的牵挂，还有兄弟姐妹、夫妻双方、师生之间、朋友之间的牵挂……

无时无刻的亲情牵挂，在凛冽的寒风中，在炎热的夏日里，在行走的羊肠小道上，在长途颠簸的汽车里，在穿过大山越过河流的火车上，在万米高空的飞行途中……

无时无刻的亲情牵挂，像无形的风筝飘向远方，像圈圈涟漪荡过高山，趟过河流，像阳光温暖每个角落……

牵挂他人幸福，有人牵挂幸运。牵挂会产生无穷的向上力量和勇往直前的精神。人类世世代代无私牵挂关怀，才能有生生不息的繁衍发展，才会有生机勃勃的世界。

幸福港湾图书馆

文化学者图书馆馆长师智勇先生,在西外新落成的图书馆开馆之际告诉我:"你那两本《门前一棵树》散文集,图书馆作为珍藏,没有上架,希望你再拿几本散文集上架到图书馆'巴山作家群'书库。"听说"惠民工程"达州市图书馆即将开馆,十分兴奋,开馆后的第一天下午,我怀着喜悦的心情,走进了图书馆。

五层楼的各种各样图书,不同层次的读者,在窗明几净的环境中,各取所需地阅读。有的读诗歌,有的读散文,有的读小说,有的读自驾游知识,有的读地方志……他们畅游在书海里,与世界各国名人静静地对话,交流思想,产生共鸣。面对琳琅满目、井然有序的图书,我自然而然想起了原来在大山里辛酸阅读的几个片段。

20世纪70年代末期的初中暑假里,我在大巴山深处树林中烧炭,住在几根木棒、几十根树枝丫、一片常绿阔叶搭成的简易窝棚里,劳累之余,不知是谁在那里拿了一张《中国乡镇企业报》上山,套红八版,我眼前一亮,快手快脚拿起报纸,坐在横七竖八的木棒上,如饥似渴地读起来。七天里,每天反反复复,一字、一句、一段、一篇、一版地阅读,连标点符号,报缝都不放过。对新闻似有似无有点感觉,后来我热爱上了新闻写作,随时宣传发生在身边的人物和事件,对我的工作十分有益,新闻稿件在《人民日报》变成了铅字,酿就了我的人生机遇。那一周的阅读我记忆深刻,对我影响深远。

我从小喜欢读书。初中阶段的寒假里,借了一本中国青年出版社出版的张扬的长篇小说《第二次握手》,爱不释手,连夜读了两章,感觉十分惬意,下决心在灯芯如豆的煤油灯下抄写,以便反复诵读体会,白加黑抄写了二十多天,二十多万字抄录清楚,终于如愿以偿。字也练习了,感悟文字的能力有所提高。真有爬一座山到了山顶的心旷神怡。我从1985年开始发表习作,如今出版了几本散文集,也算是文字工作者了。那时真有明朝宋濂《送东阳马生序》中的"天大寒,砚冰坚,手指不可屈伸,弗之怠"抄书的吃苦精神。

　　1980 年的暑假，当时的文学刊物十分奇缺，听说通江县涪阳中学语文老师订阅了《当代》杂志，我不怕炎热，不怕困难，冒着酷暑，壮着胆子，一人翻山越岭跑了 80 里羊肠小道，越过了荒无人烟的 30 里荆棘丛生、野兽出没、充满恐惧的荒野路，其中还有 300 多米十分惊险的蚕丛鸟道爬藤梯，攀过了"猿猱欲度愁攀援"的险道，终于借到了杂志。炎热和劳累烟消云散，精神抖擞。一周后按时归还，受到了老师高度称赞，夸我不怕吃苦，言而有信，将来一定会有出息。老师的表扬一直鼓励我认真学习。

　　七十多岁的三姨父，在图书馆五楼，手拿一本家乡的县志，问我在看什么书。把我从回忆中拉出，我惊讶地望着他。他怕影响其他人阅读，悄悄地告诉我，退休十多年了，除了打乒乓球锻炼，就是读书，现在新图书馆开馆了，这么好的椅子让我们坐，这么多的图书集中由我们阅读，真是幸福。此时，《巴山往事》一书突然闯入我的眼帘，它静静地挤在一排排图书中间，这是我多方寻找了几年的资料，如获珍宝，心中特别惬意。

　　"如果有天堂，那里应该是图书馆的模样。"这是文学大师、原阿根廷国立图书馆馆长博尔赫斯的一句名言。确实，图书馆是天堂的知识海洋，也是人们获取营养和智慧的起点，是幸福的港湾。恰巧这个图书馆，外形设计像一艘行进的庞大航船，读者在知识的航船里认真地学习思考，是学习的天堂港湾，是人生通往高尚的驿站。

　　学习应该像风中止不住的经幡，像大河流向大海永不停歇。图书馆里有许多让人欣赏不够的、优雅的读书背影，像图书馆门前生机盎然的、青枝绿叶的黄葛树和小叶榕树，永远蓬勃向上。

我把甜蜜带回家

从富硒基地万源市国家级风景区龙潭河往河的上游行走，沿两边涌绿的公路前行，左边望去是树，右边望去还是树，不知不觉到了东周战国时期四大名君、楚国丞相春申君的故乡蜂桶乡。

因蜂桶乡境内的大山梁上，有两块圆柱形石头一横一竖地生长着，鬼斧神工，神似大山里乡民养蜂子的圆形桶，故名蜂桶乡。跃上几个大山里的绿色台阶，蜂桶石拥入眼帘，顶上长满青枝绿叶的杂树，千年活活泼泼。

蜂桶乡位于万源市东南部，川渝交界处，距市区 70 公里，幅员面积 96 平方公里，境内平均海拔 1300 米，地势东高西低，气候冬寒夏凉，属典型的高寒山乡。境内老君山海拔 2412.9 米，为全万源市内最高峰。两条林间小溪分别注入北面的龙潭河、南面的前河。全乡森林覆盖率达 85% 以上，天蓝地绿，山清水秀，环境优美，空气清新，景色宜人，是休闲旅游度假的绝佳去处。让水坝人文风光誉为"世外桃源"。该乡的土特产蜂蜜（药蜜）系纯天然特色食品药品，名扬秦巴山区，供不应求。

蜂桶乡的人们喜欢养蜜蜂的风俗，与蜂桶岩的传说十分密切。清乾隆年间，蜂桶一宁氏男子，娶一非常聪明能干罗姓女子为妻。罗氏进入宁家后，看到这里山花烂漫，绿树成荫，四周悬崖峭壁，到处都是天然溶洞，罗氏便从娘家引来蜜蜂放在溶洞里饲养。通过劳作致富，宁家逐渐兴旺起来。几十年后宁家成了当地望族（宁姓人口在蜂桶占有重要比例），还在蜂桶乡场镇修建了一个庄园。最旺盛时期，宁家在庄园四周的溶洞都放满了蜂箱，最多时达 99 桶，每年产蜂蜜上千斤，而宁家所养的蜜蜂，只要到了一百桶就会跑掉一桶，一直没能上百。

一次，蜜蜂分桶，宁家发现自家蜜蜂少了一桶（一群）。最后发现在姓谭的家中，两家为此发生纠纷，由于宁家是望族，人多势众，把姓谭的人家打伤了。谭家将宁家告上县衙，当时县令通过调查，得知谭家的确偷了宁家的蜜蜂，而宁家在这个地方养了 99 桶蜂，实属罕见，遂判令谭家退还宁家一桶蜂，遂达到了一百桶。同时，宁家得到县令表彰，下令把木竹沟更名为蜂桶岩（今蜂桶乡政府所在地）。

在植物众多，空气清新，负氧离子十分丰富的蜂桶乡境内，映入人们眼帘的是：山上、山下，树上、树下，陡壁卧进去的岩洞里，百姓民居房前屋后的挑梁上、板壁上，都挂有"嗡嗡"蜜蜂绕来绕去的蜂桶。其中大部分圆形蜂桶，神似腰鼓点缀在山间林里，蜜蜂团团围住，用勤劳酿出"嗡嗡"的天籁鼓音，在天蓝地绿的背景下，更添了一道舞动的风景线。

蜂桶蜂蜜，因主产于蜂桶乡而得名，俗称药蜜，是四川省达州市著名土特产，2012年7月获中国地理标志产品（农产品地理标志登记证书）。产区位于四川省东北部大巴山南麓，是中国南北气候的分界线和嘉陵江、汉江的分水岭，境内山峦叠嶂，沟壑纵横，森林覆盖率高，气候湿润多雾，立体气候明显。蜂蜜是当地农户的传统养殖业。每年在白露过后采糖，以山上各种野花、山药花、菜花等为主要原料，成分独特。产品除具有一般的清热润燥之功效外，其解毒止痛的功效更是优于一般蜂蜜，长期食用对人体的肺、胃等功能有特殊疗效，并具有防癌的功效。被誉为"纯天然绿色食品"。有诗云称赞："岩洞树林蜜蜂桶，屋檐屋脊黄金涌。野花酿制白露糖，生活如蜜乐融融。"

/169

我们一行人中，有1979年高中毕业就闯天南海北的何师傅；有从小就在大山里用蜂蜜蘸麦面馍馍、苞谷粑粑吃，后来走出大山的散文作家；有大巴山传奇香料公司王经理；有在糖果厂工作的技术人员；有小时候在乡村熬过甘蔗糖、红苕麻糖的泥土匠人。大家生活的经历，对甜的食物有一定实践和感知，见了这里的海拔和生态，见了这里的散养蜜蜂的方式，吃了当地的新鲜蜂蜜，都感觉特别舒爽，于是决定每人买10斤山蜂蜜带回家，供家人和亲朋好友品尝。常常到这里休闲的朋友们，每次都会给周围的同事买上十多斤，自己也买十斤多蜂蜜带回家，坐上动车带到成都，请亲朋好友品赏大山深处原汁原味的甜蜜清香。

其实，我们在这里绿色康养，见证了乡民们质朴善良，在田间地头像蜂蜜一样勤快，创造怡然自得的甜美生活。

放木筏子

20 世纪 70 年代末期，初中毕业的暑假，我们家乡伐了一批溜溜端[1]，有木水桶那样粗的松树杉树卖给国家造船，乡民们一起拉和抬 3 公里路，运到了村上小学旁河边的一块平地，堆码如山，等待河里涨水，扎木筏子运到 20 公里外的乡上装车。

巴河上游植被十分茂密，暴雨涨水河水不浑浊，也没有泥沙，随着岸边不同形状而变幻向前哗哗流淌。我和大人们带着斗篷或草帽遮雨，身披蓑衣滤水取暖，脚穿草鞋防水防滑，高高兴兴加入到了放木筏子的队伍。手拿一根寒冬腊月里砍的十分牢实的斑竹竿，3 米长左右，一头钉上一颗大钉子用细铁丝捆绑扎实，可以用来钩木料调整方向，在水中顺水助力前行。

先将木料抬到河边，一头入水，一头靠岸，短的五根绑一筏，长的三根绑一筏，最长最大的独木成伐，顺水流走。大家一起将木筏拉撑到河里后，木料在岸上是一根根圆木料，把它们扎成筏子放到河里后，山民们看成形似"木龙"了。前面系龙头，在河面上随波浪起伏时上时下向前，中间是龙腰，后面是龙尾。前面筏子要纠正方向顺流前进，大声吼"龙头顺向"。如果要加速，大声吼"龙腰跳"，后面要调整方向，大声吼"龙摆尾"。这就像鱼靠尾巴调整方向一样。在放筏子之前，年长的教育我们在河里不准说翻身、走、冲之内的忌话。对着河流的远方，跪岸作揖，祈祷顺风顺水，平安顺利。

准备好后，作业组长一声令下："大家放伐子啰！"这时前后左右，先后在高兴的吆喝声中，和风和水的起航了。胆子大、水性好的人一个人乘三根木筏，其余的二人或三人乘五根木筏。我和大叔乘的是五根木筏，冒着细雨上筏子十分新奇，还伸出舌头舔了从天空飘下的雨丝，用脸和手板心感受了雨的凉润，还自由自在地哼起了走调的《闪闪的红星》电影里面的"小小竹排江中游，巍巍青山两岸走"插曲，和河水的哗哗声交织成天然的音乐，融为一体，天籁自然的交响乐只有我们才能听见听懂，岸边的人只听见河流水声和歌声，像蜜蜂一样的嗡嗡叫。

平缓水潭流水缓慢，冲力小，两人齐心用力撑着向前，急流时早早地观察岸边，立即要用竹竿撑着岸边固定的石头，利用作用力和反作用力原理调整筏子的大方向，这个时候既要英勇，又要用大力气，还要认真观察流水的方向，同时要眼疾手快用力。天空鸟雀飞翔，河面流水淙淙，我们奋力向前抢浪。过了这一段，紧张的气氛平缓了，眼前的场景真是诗人写的"两岸青山相对出，孤帆一片日边来"再现。有时候五根筏子和三根筏子积极配合，团结齐心，我们趟水用力向前撑，或者用竹竿那一头的铁钩互相调整筏子的方向，便于顺水流走。大家劲往一处使，顺水而为，借水前进。如果遇上了险滩，我们一起把筏子推下去，"砰"的一声，河潭里溅起一人多高亮闪闪的水柱子，溅起纯洁的雪浪花，令人心旷神怡，然后，人绕岸边走再跳上木筏前行。天要黑时，30多个人将第一批木筏放到了乡上的河岸边，到通江县板桥口乡供销社国营食堂吃了三个馒头，打着柏树皮火把或向日葵火把，热热闹闹夜行了20公里乡间羊肠小道回到家，憨憨大睡进入梦乡。第二天一大早，又加入了放筏子的队伍，护送第二批木筏到乡镇的河边。送完了木筏子回家休息时，爸爸说这个活艰苦吧，我说有点艰苦，但是锻炼了我，这种活要胆大心细手快。

他接着给我讲述了在部队的时候，从巴河放木筏子到重庆朝天码头换武器弹药的惊险故事。

川陕革命根据地时期，父亲经过特训班训练，上级命令他将一批大巴山珍贵的楠木、红豆木等木材扎成一个个筏子，以木材本身当运输工具运抵重庆换回武器弹药。早春二月，他和特训班教官，找来常年在大巴山的大小河流渡口上撑船的船驾子（渡船工人），从春寒料峭的巴河上游走水路坐筏子，从巴河进入渠江水系，入嘉陵江到重庆朝天门码头交货。

这次运去的木材有500余立方，换回了50包棉花、印刷设备和一小批军火，主要是18支手枪和36支狙击步枪。坐木头筏子的10多个船驾子，忍住饥寒争抢时间，没有叫一声苦和累。我问父亲，他们船工不是为了挣钱么，还有啥说的？父亲说，其实他们不光是为钱，他们多少能揣摩到此行放筏子是为红军办的大事情，是为解救大巴山老百姓苦难做的善事情。一路上他们在江水里泡，在风雨浪花里行，把脚手给冻坏了。白天衣服打湿了，晚上在江边生火，一边做饭一边把衣服烤干。

一路上惊险故事多。就是这次木筏子运输过程，起初分两路行进。一路从南江县米仓山下的贵民乡经赶场乡、大河镇的明月江段到下两镇入巴河到平昌县城的江口镇；另一路从诺水河经通江县城、广纳镇、三溪镇入巴河在江口镇汇合。这段历程非常艰险，路上还有土匪抢劫，构成生命财产安全威胁。两路筏子会合已是入夜时分，码头上显得很安静。大家上岸到一客栈吃饭的时候，守船的民工来报信，有10余人劫走两个筏子的木材，父亲和赵久才（神枪狙击手）马上把手枪、步枪子弹上膛，往江边跑去。找了该码头熟悉环境的船工查明情况。在上游老码头发现他们的木材筏子后，径直在夜幕掩盖下滑翔靠近之时，不料，筏子上的两个土匪用火药枪开枪了。砰砰响声之间，红红的一大团火焰喷射过来，小木船上的船工稍一紧张，小船剧烈摇晃，父亲喊船工沉着把稳舵，待船稍微平稳的间歇，狙击手开枪了。船工又一次惊恐，差点翻船。父亲说："他们是火枪，打不到我们。"船工才稍微平静。木材筏子还在前行，父亲叫船工们拼命往前面划。待看得见前方火星闪亮之际，狙击手迅疾开了一枪。好像听见"扑通"一声响，前方筏子上传来声音，别开枪，他们归还筏子。我问父亲："黑夜狙击手也能一枪毙命么？"父亲说："他是找火光射击的。谁叫他们抽烟，露了馅儿。"

父亲告诉我，他途中看见放筏子的一个接一个，像长蛇逶迤在绿水清波上面探头探脑地前行，既壮观又潇洒，至今不忘。

俗话说，欺山莫欺水，好男不跟女斗，好山不与水斗。河流是咆哮的，其实也是温顺的，只要因势利导，尊重它，无论是什么人什么时代，它都不计报酬，不讲条件，默默奉献自己的能力和特长。这是我放木筏子的粗浅感受。

注释：
①溜溜端：方言，端正、笔直。

鸟语趣记

春天一到，鸟语花香。活泼美丽的大山树林里，田园间鸟飞来飞去，众鸟高低错落飞旋，满耳的鸟叫像交响音乐在大地上荡漾，生机勃勃，春意盎然。有了鸟儿，自然界充满生机活力，我国有鸟类1175种。这是人类宝贵的资源。森林中、田野间鸟的语言给人类生活带来无穷乐趣和丰富的想象力。

鸟鸣山更幽。童年时代和母亲在森林茂密的大柏树湾砍柴割草，我们在"空山不见人，但闻人语响"的绿色仙境里，却有"但见悲鸟号古木"的心境，因为参差的森林里，鸟儿声嘶力竭、此起彼伏的叫神似李贵阳的声音，荡气回肠，山间里弥漫着凄惨的气氛。母亲和二哥互相补充讲起了李贵阳的传说故事。

农历谷雨前后，乡间里一群鸟儿夜以继日齐叫"播种、播种"，生怕提醒晚了误了农事，在春天昂扬的气息里，急促地催促农民们抓紧季节撒下种子耕耘，各种农作物种子，在鸟的催种声音里，在村民们的辛勤劳动中，在屋前屋后，田边地角，山山梁梁，坡坡沟沟的泥土里发芽生长，等到秋天里收获满满。正是"布谷声中雨满篱，催耕不独野人知。荷锄莫道春耘早，正是披蓑叱犊时"。

人间四月天。新翻出的泥土里面，处处都有鸟儿爱吃的虫子，田里地里到处生长着即将成熟的豌豆、胡豆。鸟儿们成群结队在田野间树林里，载歌载舞撒欢地叫着"虫子、豌豆、胡豆"，仿佛在互相提醒有吃的了，喜形于声。

在万物生长的季节，如果行进在绿波荡漾的犀牛山、凤凰山、火烽山、八台山、烟霞山、铁山、光雾山等大森林里，鸟儿长声叫"儿吃一辈子""女儿吃一顿"。每每听到鸟儿们这种声音，我们在山里休闲的同伴的笑声飘过密密的绿叶和树梢，高兴的涟漪越荡越大。

每天早晨八点钟的时候，我常常步行到市政中心后面的绿色的山梁上森林中甩手做操，飞来飞去的鸟儿发出清脆悦耳的声音，听起来十分像"要按时""要按时"。我半信半疑，请教几位打太极拳的大爷，让他们听听是什么声音，他们一起侧耳静听后，异口同声地说："鸟儿叫的是'要按时'，叫我们退了休的人们按时锻炼身体，上班的同志按时上班。"顿时我们哈哈大笑的声音与鸟儿清脆的叫声，像两股山间溪水相融，荡漾在林间。

四川叙永县大山里有一种鸟儿发出的声音是"狗误我""狗误我"，声音绵长悠远，既温柔又哀怨。据当地老人说，此鸟是童养媳死后变的。原来有童养媳的家里的狗子把小孩儿的饭偷吃了，婆婆硬说是童养媳偷吃了的，又打又骂童养媳，害得童养媳走投无路，只好趁上山割草时跳岩摔死。为了告知人们是狗误了她，死后变成了一只鸟儿长期叫唤声明"狗误我"叹息，警示人们遇事不要轻易冤枉好人。

暑热的夏季，休闲避暑到成都市蒲江县的乡村绿色通道石象湖周围，远远的映入眼帘的是一片五颜六色的花海，边缘一大片一大片森林，凉风习习、清风拂面，林间小鸟在青枝绿叶间飞来飞去、起起伏伏，连连送来高亢、清脆、悦耳、轻快的"欢迎——你！欢迎——你！"。我们一行人突然听到鸟儿欢迎的叫声，顿时惊呆了，心情异常兴奋，双脚并拢，凝神屏气，立即寻找鸟儿的身影，可鸟儿倏尔闪进绿色深处了。国与国之间的语言需要翻译，今天鸟儿的叫声一听了然，一听特别高兴，人的身心立即融入大自然幽静快乐的风景中。刚开始我们都以为这些鸟鸣，是鹦鹉学舌的人工欢迎声，走进树林仔细观察，原来是真正的野鸟，自然界精灵的欢叫声。

2017年6月中旬，市政府北京联络处的长方形四合院里长成了两棵香椿树和枣树，我离开联络处回美丽的家乡达州的早上，约九点的时候，6只喜鹊在院坝上空盘旋，在两棵树上飞来飞去，有时齐声叫，有时单独叫，有时此起彼伏叫"你好、你好、你好"，热闹非凡，我们特别高兴，认为喜鹊叫喜事到，心情特别爽快。我们到机场换登机牌，座位都靠窗，我岳父和夫人很少坐飞机，能在飞机上穿云过雾俯瞰大地少有机会，他们十分高兴，看蓝天如海，云彩似舟，看天地之间一条线蓝白分明，看大地起起伏伏，过秦岭，大巴山上空，见连绵不绝的青山顶像金元宝，像乡村百姓蒸的荞面馒头，在飞机上，看见一朵朵一片片一团团洁白温馨的云，层层叠叠、上上下下、挨挨擦擦，像天宫中齐天大圣美猴王孙悟空偷吃的棉花糖。我们的心情乘着白云的翅膀同飞机前行，在云层上面见到了很多奇形怪状的新鲜图案，我们被美景吸引，眼睛不眨地愉快地度过了空中飞行时间。一回家到值班室拿报纸，见到了《达州晚报》当天发表了我的习作《幸福港湾图书馆》，真是幸福。从北京回达州好事多多，心情愉快，我暗下决心努力锻炼身体，敬业，用喜悦的心情迎接美好的未来。

人鸟天然相通

元旦节的早晨，我们几家人，怀着愉快的心情，迎着凛冽的寒风，一路欢歌来到达川区的铁山国家森林公园。听着松涛阵阵，踏着羊肠小道上纵横交错铺就的软软的、金黄的松针，看着笔杆一样直的松树，望着连绵起伏温馨的群山，沁着花草弥漫的清新香味，呼吸着负氧离子，摆着天南海北、自由自在的龙门阵，心旷神怡、载歌载舞、手舞足蹈，路旁的小树枝，不知是被风吹还是我们的舞姿扇起的风，让它们在微微点头祝福。大家自由跳动和随意跳高亲近悬在空中的树叶时，高喊："新年快乐！新年快乐！"互相点头道贺。林中的鸟儿欢欢喜喜，雄飞雌从，比赛唱着欢歌。突然有几只鸟儿从青翠的树丛里，从松树高空的枝丫间，同时互相传出神似："新年——快乐！新年——快乐！"这声音或明或暗，或长或短，似汩汩山泉自然流淌婉转悦耳，不知是我们的喜悦感染了鸟儿们，还是它们能听懂人的声音，像是在向我们祝贺，又像是它们互相唱着祝福。我们同时屏住呼吸，凝神静气，静听鸟儿们的神清气爽的福音，喜上眉梢。

万物复苏生长的春天，我居住的院子前面沁园里有黄桷树、桂花树、樱花树等各种杂草树木 30 多种。鸟儿们傲立枝头，飞上飞下，叫个不停。恰似"春眠不觉晓，处处闻啼鸟"神来之笔画面。有趣的是，如果哪一天，六点三十分我还没有起床到阳台上洗漱和做家务，我平常用苹果核和梨子核等食物喂的几只大麻雀，一定会在阳台护栏花架上并排站立，像故乡遥远的小山村凌晨的雄鸡，要么一起叫，要么此起彼伏叫，先是几只鸟叫"快、快、快、快、快"，接着几只鸟 "起床了！起床了！"的亲切自然提醒，然后几只鸟发出"羞、羞"的叫声。连绵不停、清脆快节奏的声音，催促我立即起床了。直到我到阳台上开始一天新的幸福生活时，鸟儿们才欢快得似离弦之箭，一齐钻向那高大的密不透风的黄桷树叶和桂花树叶深处。鸟儿齐鸣催我起床，内心无比喜悦甜蜜，真像我小时候每天早上母亲按时叫我起床一样温暖亲切。"早起的鸟儿有虫吃，早起的人儿有饭吃。"母亲教导我们的话语，一直鼓励着我成了早起的人儿。

　　盛夏的一日，三朋四友十多人相聚在森林植被茂密的犀牛山中，我们在参差不齐、疏密有致空朗的松林里，寻觅了几提篮菌子，有人在林间边走边抱怨个人生活中一些不顺心的事。突然树林深处传来鸟叫的声音，听起来明显是"莫乱说！""莫乱说！"的谐音，我们都目瞪口呆了。当时真正应验了"隔墙有耳""路边说话，草里有人"的谚语。我们不约而同地驻足、停歇、闭口，聚精会神，十几双目光一齐射向绿色的森林里，寻找声音，观察野鸟。此情此景，在这荒山野岭中，耳边突然响起九十一岁高龄的父亲教育我们的口头禅："只准傻（哈）吃，不准傻（哈）说。"父亲在乡间读了几年私塾，功课出类拔萃，从大山深处奔向山外世界，考入了民国时期的四川省达县师范学校，加入了中共地下党，参加了红军，亲历了抗日战争和解放战争以及改革开放，满腹诗书，饱经沧桑。我此时此刻更加坚信了父亲的口头禅，是他曾经沧海难为水，曾经风雨见彩虹的金玉良言，是人生的经典，生活的真谛。

　　在"玉龙飞卷巴山雪，玉树琼花冰雕列"的四川省迎来第一缕阳光的八台山半山腰，有一只鸟儿不知什么原因翅膀和脚受了伤，在天寒地冻的环境里，气息奄奄，鸣叫声凄惨撕扯人心。一位姓董的七旬老人路过时见此情形，怜悯之心油然而生。将鸟儿捧回家，在火龙坑里边烤火边用酒精消毒，然后撒上天然树木灰消炎，再喂了苞谷米，放在屋子里让它慢慢恢复调养伤口。约一周左右，鸟儿扑棱棱在屋周围飞上飞下，欢歌跳舞，慢慢飞入了森林深处。真有趣，寒冷的冬天过去了，温暖的春天来临时，一大群鸟儿，密密麻麻，热热闹闹飞到了董家老人的院坝上空盘旋，形成亮丽的风景。老两口被美景迷住了，一起站着看热闹。一会儿一只鸟儿站在老大爷的肩上亲热欢叫，嘴里发出十分像"谢谢"的声音，他十分奇怪，仔细一看翅膀和脚，十分熟悉了，是他去年冬天救的那只，高兴之情陡然而生。喜笑颜开地告诉老伴，这就是他冬天救的那只鸟儿，应该是它带着它的同伴来感谢他们，原来鸟儿也知道感恩，鸟儿也一样通人性。

附录

山高自有清风来

符珞珈（四川大学文学与新闻学院）

　　散文作品不同于其他文学体裁，并不侧重冲突的情节和喷薄的情感，而注重形式多变、内容广泛，往往以自然、朴实的特点示人。邹清平先生的散文作品以独特的大巴山文化为依托，取材宽广，语言平实，情感细腻，如同一幅工整的素描，清淡地描摹出了川东的自然山水、奇石异景和独特的大巴山民俗画卷，所绘景致生动喜人，所述人物亲切可感。

　　一、创作背景

　　写就灵动的文字得益于作家的巧思，作家的巧思则根植于其创作背景。自然的氤氲，人文的浸润，对作家的情感、思想有不可忽视的作用。

　　作家邹清平的童年是在川陕边境秦巴山区度过的。从那时起，绵延起伏的高山、层层叠叠的梯田、蜿蜒狭小的山路、予人清凉的大树、饱经风霜的巨石和口耳相传的故事就在作家的心中烙下了深刻的印记。自然和生活给予了邹清平先生最初的文学启蒙，让儿时的他得到心灵的扩展、思绪的驰骋。恰恰又是这块土地，山高路险、道路阻隔、贫穷饥饿，从童年开始便在培养和考验他的忍耐、坚强的激情和意志。也恰恰是在这块土地上，他常常在抗击北匈奴入侵、张献忠起义军同官军激战、白莲教同清军鏖战的古代和现代战场的石寨、隘口和堑壕等遗迹里攀爬游玩，感受乱世战争带给这块土地的灾难和创伤。少年和青年时期，作者离家学习和工作，外面的世界给了他不同的感受和启发。邹清平先后从事过会计、编辑、摄像师、秘书等职业，学习中的豁然开朗、工作中的领悟、家庭生活的感触、漂泊的苦楚，点点滴滴酿就了作家的细致情思与高洁品质。邹清平先生的散文读来清新秀雅而不失厚度，想来是得益于此。而今每逢假期，邹清平先生一有空闲便亲近自然山水、总结生活体悟。山水草木和点滴生活仍然给予他创作的灵感与激情。

　　二、山、树、石谱写的故乡恋歌

　　《诗经》中，蒹葭、关雎等意象将温软的江南和盘托出，北朝乐府中，白山黑水、白杨大漠将北疆的寥廓呈现得淋漓尽致。邹清平的散文中，山、树、石三种意象的巧妙运用，为读者呈现了一个生机盎然、令人向往的川东故乡景观。

生于斯、长于斯的邹清平先生用双手抚摸每一块饱含故事的石头，用双腿丈量每一寸祖辈翻过的山梁。故乡留下了他的成长足迹，也为其创作注入了丰厚的原动力。

笔下的川东老家，是那般富于变幻、惹人怜爱。作者写到青垭古寨，"春夏晴日的青垭寨在坪里仰望，常常感觉仿佛神话中的南天门，白雾在山峰缭绕，墨绿的松树与主峰背后深邃浩瀚的蓝天相映衬，给人无限的神往、无限变化和革新的想象力。不禁生发出望峰止息，人生有限，宇宙无穷之慨叹。青垭寨的迷人之处首推曙光初现到朝霞初起，及至红日喷薄的过程。曙光是在松涛澎湃和野稚清啼的宁静中慢慢呈现的。尤其是在春夏之时，村子里宁静极了，三五声犬吠和远村近邻的鸡啼五更之后，整个山峰的轮廓像是老虎蹲卧在那里，西北面刀削般的岩壁像是家中的铁锅底和鼎罐的黑色，而东南面那时就是冬天峡谷柏树的那种色彩，甚至像春天上空运动、变幻着的积雨乌云黑如同水墨那种淡淡色素……"古寨褪去了往昔的气焰，在作者的笔下变得清雅。有着厨房锅底色泽的岩壁是自然与人共生共荣的写照。"狗吠深巷中，鸡鸣桑树巅"的悠然宁静已渐渐被工业文明的声嚣掩盖，通过邹清平先生的文字，我们还能回归到那样虫鸣犬吠的时代，无疑是都市人寻求内心安稳的一剂良药。提笔写到青冈林："起风了。青冈林又喧哗起来，似摇篮前的足音，似母体淌出的心声，绵密、真挚、贴切，任你踱，任你坐，任你倒。"树木有情，青冈林的笃定深情陪伴作者的悲喜，带他逃离不该承受的世俗烦恼，抚慰时代烙下的伤痛，也引领他聆听国殇阵地上的悲壮和马革裹尸的豪迈，赋予他"得失何足道哉"的心灵境界。在作者的笔下，冰冷的石头充满了暖人的情味儿。故乡的尖荷包石，承载亲人之间的牵念。"人们称这块石头为尖荷包石，大概是站在千米之外看到的形状，在万顷良田衬托下，万顷禾浪的摇曳中，如同心爱的姑娘给远行的未婚郎君绣出的尖头荷包，并从脖子上垂到胸前的刚刚停止摇动那一刻的样子。因而，我们家族的子弟在远方谋生的，在本土留守的都把此石当作寄予相思，寄托吉祥、平安和幸福的象征，是一种祝福，一种等待，一种稻田般的守望。"蕴藏着相思与愿景的尖荷包石，为留守家乡的亲人给予了情感的依托。荷包石是山民们心中的念想，点燃他们内心微弱的生命之光。此外，如癞蛤蟆石头、船头石、雷破石等形状奇特的石头，都是邹清平童年玩耍、观察日月星辰、形成人生理想的天堂，也是其读书写字的书桌，吃饭喝茶的桌椅板凳。他笔下的石头绿意葱茏，生命鲜活，暖和光亮。每一块石头里面藏着一段童话，一个精灵，一方璞玉。

三、川东文化小记

邹清平散文作品的另一特色，则是对于川东文化的精当叙述。对于两鬓斑白的上一辈，曾经熟悉的川东文化习俗已渐渐忘却，而于浸润在现代生活里的后辈，川东文化从来没有被他们注目留意过。一方土地因其独特的民俗文化才能永保魅力，同时也因了这些独立的文化习惯，土地有了灵气，便于后生铭记。一如我们通过社戏记住了鲁迅先生的故乡绍兴，借由可口的鸭蛋对汪曾祺先生的老家高邮记忆深刻，因为茶峒船家的号子声而时时记起沈从文先生心中秀美的湘西。邹清平的散文，为我们讲述了一个个来自川东的故事，或伴着愚昧盲从之意，或充满着人情冷暖之思，或传递着祖祖辈辈的谆谆训诫，或给予了山民朴实诚恳的相信，这都属川东巴蜀后代的共同记忆，同时也带来现实的反思与领悟，大脑和心灵的双重洗礼。

古人有云："上善若水。"《圣经》故事中的大水给了世间万物涅槃重生的良机，邹清平先生笔下的水同样充满了情义。散文《抢银水》开篇写到，"川东北的乡村，大年初一有'抢银水'的习俗。村民们认为在岁首之日一大早，最要紧的是第一桶水，谁家抢到，这一年准会有好运气。一年一度的正月初一凌晨是'抢银水'寄托了人们共同的希冀"。文章中回忆道，腊月三十的下半夜，全家人凝神等待鸡鸣枪响声，等到第一声鸡鸣与第一声枪响接连而来，少年背着预先准备好的水桶，姑娘高举着火把从不同方位向同一目的地 —— 观音井冲去。这种意气风发满怀希望的抢的姿态，而今只在城市中的超级市场常见。但抢银水过程中抢的是一份希望，超级市场中人们抢的不过是柴米油盐酱醋茶。对抢银水习俗的无比怀念让作者笔下生花，但同时，作者也冷峻地表明："是啊，多少年来，一口井水抢啊抢，一桶银水洗啊洗，抢不到富裕，洗不去贫穷。饥饿照旧在村里徘徊，贫困锁住了村头的欢声笑语。"文字的情感是炽热的，字句背后的思绪却是冷静的。在炽热与冷静的交织下，作者的散文带我们正确地认识了历经时间洗礼的习俗。除了描写洋溢着人情味的习俗，对于人文景观的描写也十分耐人寻味。古代战场的石头寨子、石头碉堡卡门、石头禁山碑、石刻的"金榜"岩石、石砌的"观音井"等人文景观无一不闪烁出古人的智慧、灿烂的文化光芒，无一不体现着永垂不朽的创造的精神。

这些奇异瑰丽的民间文化未能进入正史的书页，却有着每个人可以感知的热度，传递着先祖的点滴情愫，邹清平先生的散文将文化融入到生动的传统生活中，为我们描摹记录了那些精短的传奇与往事，用心灵的激情在给读者进行娓娓讲述和传递着，让时人细细追忆和不断反思，让这片土地多了俊逸。

四、坚韧醇厚的人物小传

自然山水是邹清平散文作品的经典主题之一，不过，高山映衬之下的鲜活人物也是他诗神环佩的源泉。他的散文中留下了许多有着真诚质朴、厚道仁善、和坚忍不拔精神的人的印记。他们并非王侯将相、名人雅士，只是一些平常的老师、同学、亲友。作者将他们放在特有的时空中进行刻画，讲述他们的人生际遇，描绘他们的生活画面，这些人或许曾与我们在人海中擦身而过，或许住在我们的邻家里舍，也有可能就是我们自己，邹清平将他们的故事诉诸笔端，让读者在阅读中产生内心的回响与共鸣。柏拉图的艺术功能论认为艺术的功能在于感动心灵，把真善美的东西写到读者心灵里去，邹清平的散文很好地印证了这一点。我们可以读到怀揣"连绵不绝的爱"的老师，"免费收了背着小弟弟来听课的我，第一次把知识的甘露灌进了我贫穷而干旱的童年，也灌进了我还在褴褓中的人生"；能够依稀看到民间艺人三叔公听城里"知青"坐在卧包石上拉二胡，"眼里流出羡慕得要死的神色，几十岁的人了竟像个孩子似的东摸西摸，问这问那"。他先前是那般得意，漫山遍野被嫩草缠住嘴巴的羊儿会成群结队围拢来听他吹动草叶，山里老老少少总是听不够他《吴幺妹》的草叶曲儿。可是面对擅弹二胡的知青，三叔公也只好把作寿木的木材卖了，买来二胡"杀鸡、杀鸭"声似的苦练起来，功夫不负有心人，三叔公抡过铁锤的大手奏出了优美乐章。作者在《琴弦上的颤音》里写到的三叔公，淳朴，自然，执着，当时生活的年月中，音乐似乎是天外之物，而三叔公的认真与坚定为闭塞的山村送来了江南音乐的温婉和浓情。以粮为纲时期的生活，有苦中作乐的欢愉，也有被命运捉弄的慨叹。《总是难忘》中刘世芳同学囿于山区害人的封建礼教，失去了学习的机会，嫁进了儿时结亲的婆家，后来被时光打磨成了白发驼背的女子，中年承受着丧夫的苦痛。邹清平刻画人物独具匠心，让人物成为了生气灌注的整体，而不是困于二元对立的好人或坏人，给我们认识那些时代社会生活环境中的人的心灵、际遇、价值尺度和精神取向的机会。那是我们经历的艰难的年代，是迷信、盲从、狂热的时代，是人性普遍荒疏、缺失的时代，是交学费摸着石头过河的时代，当然又是我们逃也逃不掉的、不得不经历的时代。作者没有运用宏大叙事、大肆抒情的手法，避免了空洞与沉重，转而用点滴回忆勾勒出彼时的风貌，见微知著，以小见大。"这是因为，散文说到底是一种心灵的写作，对于一个散文家来说，作品获得成功的关键不在于抒情架势的'大'与'小'，而在于作家是否有一颗真实和真诚、可以被读者触摸到的'散文心'。真正优秀的散文，正是这种'散文心'的自然、朴实、随意地流露。"邹清平遵循着"散文心"的脉动，谦逊地为读者指引了洞察远去时代的途径。因而这些散文读来，就像观赏松柏、竹海、梅林，就如同感受脚踏松针的质感，在空谷中听闻心跳的回音。

　　五、生活点滴融真情

　　"含英咀华，推陈出新，以吾目之所见，耳之所闻，心之所感，抉发而歌咏之，使夫闻者足戒"是萧涤非对文学的阐释。作家要有所见，有所感，有所思，才能下笔有神，文章才有普世价值。邹清平则是这样一位细察生活、珍藏感动的有心人，生活的面貌是多样的，有喜有忧，好似一块未经加工的绸缎，等待着裁缝来取舍裁剪。经历颇丰的邹清平已能将清新快乐予以平白动情地描绘，把苦痛与眼泪转化为幸福的酝酿。他对生活细节的描写，总能引导我们从举手投足之间体会生活的情趣，吸收向上的能量。

"野人怀土，小草恋山，我却思树"以这12字开篇的散文《门前一棵树》，如回忆老友一般写到儿时的"Y"形柿子树、少年时的高脚杯形大柏树和现在伞形的黄桷树。"故乡的小屋前有一颗约8米高的"Y"形柿子树，一年四季矗立在院坝边，春夏秋冬献出自己不同礼物给屋主和周围的儿童们，以至于我们无论什么时候总是牵挂着它""第二故乡院坝边冬水田坎上，有一根伸向空中的高脚杯形大柏树……那时条件艰苦，树就成了我们时间树。小学期间，我们能按时上学，大人、小孩都是以这棵柏树上的太阳光来判断上学时间的，只要我们戏称时间树催我们上学了，同学们就飞也似的赶到5公里外的白果树坝小学读书。几十年后想来其乐无穷，思念更浓。"伞形黄桷树吐绿送爽，"特别是惊天动地的汶川5·12大地震期间，屋前的黄桷树更显现了与人的和睦相融。树周围二十多户人家，每天晚上将钢丝床、凉板床、凳子早早地搬到树下，为老人、小孩找好睡觉的地方。青年人、中年人在树下板凳上和衣而睡。孩子们放学后在绿荫下，在鸟鸣的伴奏中，旁若无人地读书、写字。余震使人们惊慌失措，而集聚在这棵树下的人们自信、自然，依然其乐融融，仿佛周围什么也没发生。"树不再是简单的树，而成为了生活的伴侣，与树共生，同欢乐。这份欢乐透着不同时期的闲适与豁达。林语堂认同的闲适是一种崇尚自我的士大夫的个人体验和情调，有时甚至是不食人间烟火的。邹清平的闲适与此有别，其富有生活情趣，微醺在人间烟火的缥缈中，与脚下现实更为贴近。张晓风歌颂过的行道树是一位勇士，为城市吸走尘埃，吐露清新，邹清平门前的树则是一位亲切的邻居，陪他走过春秋和冬夏，经历灾害和幸福。作者写树，字里行间透露着对树的信赖，同时也含蓄表达了保护树木的呼唤。静默的树木有了这样一位知己，树的命运得到了关注。文章从抒情的姿态过度到了关心环保生态的现实高度，艺术价值和现实意义有了精妙的融合。

邹清平爱树，也爱家。《我和女儿是哥们》呈现了欢乐融洽的父女情谊。在父权制的文学作品里，父亲的形象总是刻板、严肃、不苟言笑的，女儿的样子也常常是乖巧听话。邹清平笔下的父女关系似师生、似好友、似知己，相互鼓励，共同进步。女儿教父亲普通话、计算机技术，父亲也督促女儿不断学习。

"女儿和我似哥们，令我时时处处认真，工作努力，学习勤奋，脾气平和自然。让她看着、感觉着，引领着她"。这是父亲喜悦的感触，是作家动情的表达，同时也颇具社会意义。民众关注的"叛逆少年""家人代沟"等问题，在文中全无踪迹，邹清平的散文因而在轻松之余，启发读者思考、变化，更为和睦地生活。作者在文中谈到父亲，是那么深情与充满感激。《山道背架和汽车》中，写到父亲的背架"那是一幅从祖父背上接过来的檀木背架，光溜溜的，亮得冒油。它弯得像弓，吸足了祖父的血汗，又似残月，伴着祖父无法圆满的人生。父亲十四岁那年，从累倒在床的祖父手里接过了背架，上汉中、下通州，背盐、背碗、背草纸、背白蜡、背巴山水青冈树皮……"不由让我想起朱自清笔下消失在月台上的父亲的背影。台湾作家龙应台说过，"我慢慢地，慢慢地了解到，所谓父女母子一场，只不过意味着，你和他的缘分就是今生今世不断地在目送他的背影渐行渐远。"送儿子上月台的父亲，背着背架的父亲，目送子女的父亲都表达着人世间最纯美的情感。邹清平笔下的父亲迟缓地前行在山路上，直至山道上通了汽车，他才能够停歇。作者从父亲的艰辛写到了家乡变化带来的福祉，文章中透露着困苦，强调着改变，二者协奏，让人读来自然流畅，这也是邹清平乐天心态和宽广胸怀的映照。"散文说到底是人生、人性、生命、人情、人品的外化，因此某种程度上说，优秀的散文不是'写'和'造'出来的，而是'修'和'流'出来的。一个散文家与其说整日地想着创新，还不如在人品和文品进行双修，当他或她对于天地人生确有参透，并付诸文字，一定会有天地至文产生 。"邹清平的生活散文，则是品格和文风的自然倾泻与流露。

六、结语

邹清平的散文语言平白，天然去雕饰，韵律节奏好似白居易的诗词，一字一句总关情，情感真挚、轻松、愉悦、明朗、清新。其作品如同晶莹的雨滴，静静洒在我们的心田里，荡漾出层层柔美的涟漪。川东自然朴实的美在他的笔下变得灵秀，每日的忙碌生活经由作者的撰写也处处闪着幸福的光亮。相比为赋新词强说愁的幽怨笔调，相比于沉闷抑郁的都市流派，相比于缺乏深思的网络文本，相比于居高临下的空洞散文，邹清平的散文当属轻快秀雅的独立文风。诚然，全球化的浪潮下，工业复制时代的环境中，生活似乎渐渐成为了流水线，明天的内容只不过是今天的复制，下一秒只是前一秒的重复罢了，日子似乎失去了激情与美丽。不过还好，还有邹清平先生这种自然而纯粹的作家，为我们描摹自然，记录生活，传递幸福。读者需要如此的作家，时代也需要这样平静的记录者。

（原载《当代文坛》，获首届"马识途"文学奖）